MÊME LES MÉCHANTS RÊVENT D'AMOUR

ANNE-GAËLLE HUON

MÊME LES MÉCHANTS RÊVENT D'AMOUR

roman

ALBIN MICHEL

Ce livre est inspiré du carnet que m'a confié ma grand-mère durant l'un de nos derniers étés ensemble.

Si sa mémoire est partie en voyage, j'espère que cette histoire lui permettra de vivre un peu dans la vôtre.

À Mamie donc. Avec une tendresse infinie.

« L'oubli est le plus sincère de tous les pardons. »

Chemin faisant, Anne Barratin

« Pour moi, n'arrêtez pas la danse ;
Le ciel est pur, je suis au port,
Aux bruyants plaisirs de l'enfance
La grand-mère sourit encor.
Que cette larme que j'efface
N'attriste pas vos jeunes cœurs :
Le soleil brille sur la glace,
L'hiver conserve quelques fleurs. »

La Grand-Mère, Sophie d'Arbouville

1

Cette histoire commence dans un petit village de Provence. Un village aux tuiles rondes perché sur les collines, entouré de vignes et gorgé de soleil. Selon la direction du vent flotte dans ses ruelles l'odeur du pain chaud, de la garrigue, ou de la mer. Sur les hauteurs, une maison rose, décorée de glycine et bordée d'oliviers.

Indifférente à la chaleur qui réveille doucement les pierres, à l'abri du monde derrière les volets, Jeannine écrit. L'enfance, la guerre, le maquis. La Provence, les bals, les fous rires. Elle écrit la tendresse. Devant elle, un sous-main en cuir, un carnet épais, des photos en noir et blanc. Sur l'une d'elles, un jeune homme tient par la taille une jeune fille souriante. Quinze ans à peine, des joues pleines, et un maillot de bain à carreaux. Ses cheveux sombres sont retenus sur les côtés par deux barrettes sages. Les amoureux posent sur le sable. Heureux et beaux.

Neuf heures sonnent à la pendule. L'heure des cachets. À quoi servent ces pilules multicolores ? Aucune idée.

Jeannine les prend par bonté d'âme, en espérant que la médecine verra en elle une vieille dame docile et volontaire. À chaque fois, elle entend le médecin marmonner, le nez sur son bureau. *Démence sénile*. Sur le coup, elle avait souri, croyant à une plaisanterie. Il avait déroulé une phrase composée de mots compte triple. Jeannine avait pensé au Scrabble. *Alzheimer. Dégénérescence. Irrévocable*. Elle avait cherché un peu d'espoir dans ses yeux. En vain. Elle était repartie un peu secouée avec une ordonnance. C'est le soir en lisant l'*Encyclopédie médicale* qu'elle avait compris : le médecin pensait qu'un bout d'elle était déjà mort.

Sa mémoire, Jeannine se la figure comme une falaise attaquée par les vents. Un rocher qui s'érode à chaque assaut des vagues. Alors depuis un mois, chaque matin après avoir fait un brin de vaisselle et tiré la courtepointe, Jeannine écrit. Devant un portrait de Julia, sa petite-fille, lumière de sa vie. Elle écrit pour qu'elle sache d'où elle vient. Et surtout, pour lever le voile sur ces secrets qui la grignotent de l'intérieur. Pour témoigner, transmettre, pardonner aussi peut-être, si tant est que cela soit possible. Le plus triste, quand on meurt, c'est pour ceux que l'on laisse derrière soi. C'est un morceau d'eux alors qui ne vit plus en vous.

Jeannine plonge la main dans la boîte à chaussures et en tire une photo. Ça lui fait le même effet que lorsqu'un joueur de Motus tire une boule noire. Cette musique navrante qui accompagne le visage affligé des participants. Son père. Sa boule noire.

Soudain, on sonne à la porte. Jeannine jette un œil par la fenêtre. Lucienne déjà a franchi le portail. Elle s'empresse de ranger ses papiers. Glisse la boîte à chaussures dans son placard, à l'abri sous une couverture.

– Jeannine, c'est moi ! Je t'ai fait des lasagnes. Jeannine, tu es là ?

Jeannine se hâte, ferme l'armoire et rejoint Lucienne dans la cuisine. Celle-ci boite un peu à cause de son genou mais elle sourit en la voyant. Lucienne prend de l'âge. Tout en os, le visage long et une jupe aux chevilles, elle semble ployer sous les années. Pourtant, le dos voûté, le front ridé, elle reste pour Jeannine la petite sœur qu'elle a toujours été. Lucienne, c'est la famille.

Elle passe deux ou trois fois par semaine, avant le déjeuner. Deux kilomètres à pied depuis le village, juste après la messe. Ça grimpe un peu, mais ça lui fait les jambes. Elle apporte à Jeannine une tarte aux figues ou une ratatouille, des revues ou ses cachets. Les deux femmes s'embrassent bruyamment, en se tenant par les épaules, heureuses de se retrouver. Et puis, comme chaque semaine, elles s'assoient autour de la nappe en toile cirée. Un rayon de soleil se promène dans la cuisine. Il est encore tôt, de ces heures que les femmes parviennent à voler au monde, quelque part entre les corvées du matin et celles du déjeuner.

Le nez dans le journal, Lucienne prend connaissance

de son horoscope. Sa vie est réglée par les homélies du père Marius, la météo d'Évelyne Dhéliat et les prévisions de Madame Soleil. Au moins, se dit Jeannine, lorsque Lucienne montera au ciel, elle ne sera pas perdue.

– Eh bien, ma Luce ! s'exclame-t-elle. Qu'est-ce qu'il nous dit, ton papier ? On va mourir ce soir ou ça peut attendre un peu ?

Lucienne lève les yeux au ciel.

– Moque-toi ! Les planètes, ça ne ment pas. Écoute ce que ça dit pour toi : « *Poissons : un événement imprévu viendra bouleverser votre quotidien. C'est le moment de déclarer votre flamme.* »

Jeannine rit de bon cœur.

– Tu crois qu'ils parlent du facteur ? Parce que le minot-là, si j'avais trente ans de moins, je ne serais pas contre s'il bouleversait un peu mon quotidien, pardi...

Plongée dans sa lecture, Lucienne l'ignore. Jeannine lui prend le journal des mains.

– Et toi alors, montre voir ce qu'il en retourne ! « *Scorpions : des situations anciennes reviennent vers vous sous la forme d'une rencontre ou d'un courrier. Soyez prudent.* » Ma foi ! Le postier va avoir du pain sur la planche !

Lucienne récupère le journal en grommelant.

– J'ai reçu de bonnes nouvelles de Julia, lance Jeannine sans transition. Elle travaille sur un nouveau livre. Cette petiote, tu n'as pas fini d'entendre parler d'elle, c'est moi qui te le dis !

– Si elle est aussi bavarde que sa mamée, ça ne m'étonne pas ! maugrée Lucienne en regardant les feuilles tomber derrière la vitre.

L'une d'elles se détache de l'abricotier et tournoie lentement avant de se poser sur la terrasse.

– Les anciens craignent que l'hiver n'arrive pas, poursuit-elle, l'air grave. Il fait trop chaud, c'est mauvais pour les truffes. Et s'il n'y a pas de truffes, alors…

Jeannine acquiesce, un peu par habitude. Quand elle n'est pas occupée à l'église, Lucienne donne un coup de main à l'Hôtel des Voyageurs, une modeste pension à l'entrée du village qui offre quelques couverts. Passé l'été, les touristes se font rares.

– Bah ! il nous restera toujours le postier ! s'enthousiasme Jeannine.

Elle rit. Lucienne un peu moins. Un minuteur en bout de course se fait entendre depuis la buanderie. Jeannine repousse sa chaise dont les pieds raclent le carrelage. Elle se dirige à pas lents vers le couloir. D'un même élan, Lucienne étale une feuille de journal sur la table et entreprend d'équeuter les haricots.

Jeannine extrait une boule de vêtements de la machine à laver. Quelques culottes larges, une chemise de nuit mauve, deux torchons de cuisine. Elle s'amuse encore des balivernes de Lucienne. Déclarer sa flamme ! Elle se dirige vers le jardin, le panier sous le bras. Ça sent les pins, le thym et le savon de Marseille. Une pie bavarde au sommet d'un arbre. Un pas après l'autre, elle monte dans la restanque et s'achemine vers l'étendoir. Soudain, sans prévenir, sa cheville se dérobe. Elle trébuche et tend les bras. Son corps un peu lourd part sur le côté. Elle tente de s'accrocher au muret, aux branches, à quelque chose. Mais ce matin, la nature ne peut rien. Elle tombe, sa tête percute le sol. Quand Lucienne la rejoint, Jeannine gît, inconsciente, au milieu du linge frais.

2

Trois jours. C'est tout ce dont elle dispose. Trois jours, arrachés à son éditeur avec la promesse de rester joignable. Julia pousse un soupir en pénétrant dans la cuisine. Dans la maison, tout est à sa place. La table en bois et sa nappe en toile cirée, les chatons en porcelaine, le minuscule téléviseur, les napperons en dentelle, le calendrier du facteur. Elle sourit tristement. Cet endroit lui a manqué. Pourquoi ne suis-je pas venue avant ? se demande-t-elle. Un silence épais lui répond.

Quelques jours plus tôt, son père lui a fait parvenir les clefs avec un mot. *Mamie est tombée.* Elle est restée hagarde, la lettre entre les mains, devant la cage de l'orang-outan au Jardin des plantes. Son refuge. C'est là qu'elle passe ses journées quand elle n'arrive pas à écrire, ce qui se produit de plus en plus souvent ces derniers temps. Le singe l'observe derrière la vitre. *Sors de ta bulle, ma libellule.* La voix de sa grand-mère résonne dans sa tête. Quelques heures plus tard, elle saute dans un train.

Julia pose sa valise dans la chambre claire. Elle reconnaît le coussin brodé au milieu de la courtepointe, le papier peint fleuri décoré de photos d'elle, jusqu'à l'étagère remplie de sa collection de la Bibliothèque rose. Elle voudrait arrêter le temps. Elle allume le chauffage, grignote quelques carrés de chocolat oubliés dans le frigo, s'attarde un peu dans le salon. Son regard balaie la pièce, s'arrête sur le fauteuil face à la télévision. Elle devine l'empreinte des mains de sa grand-mère sur les accoudoirs. Sa gorge se noue. Elle lutte contre les larmes. Faut pas que je pleure. Pas maintenant, sinon je ne vais jamais pouvoir m'arrêter. Elle s'arme de courage et retourne dans la chambre avant de se glisser sous les draps.

Le parfum de lessive la happe tout entière. Il lui semble que sa grand-mère est allongée près d'elle. Julia peut entendre sa respiration lente, sentir la chaleur que diffuse son corps lourd. Julia n'avait jamais froid alors, sa grand-mère prenant soin chaque soir de glisser une bouillotte au creux des draps. Ce soir, elle grelotte et se décide, après avoir enfilé un pull et des chaussettes, à rajouter une couverture.

Dans la chambre mitoyenne, rien n'a changé. La coiffeuse en bois blanc, les chaussons en laine. Les tableaux religieux, les portraits des enfants. Sur la table de nuit, ses parents, en tenue de mariage, sourient au photographe.

Dans la grande armoire flotte une odeur de rose et de

jasmin. Manteaux, fourrures, robes et lainages attendent des jours plus heureux. Julia caresse un chemisier en soie en songeant à tout ce dont il a été témoin. Des bals, des fêtes costumées. Des tangos, des cha-cha-cha, et des valses à trois temps. Ce chemisier-là a dû entendre battre ton cœur, murmure-t-elle.

Julia se hisse sur la pointe des pieds pour attraper la couverture. Qui tombe. Un objet vient heurter sa tempe. Julia pousse un juron. Par terre, une boîte en carton décolorée, marquée au nom d'un chausseur parisien. Sous le numéro de téléphone, elle s'étonne d'y lire son prénom. Sans doute des photos d'elle enfant. Elle soulève le couvercle. À l'intérieur, un épais carnet en feutrine. Julia reconnaît l'écriture de sa grand-mère. Curieuse, elle l'ouvre et lit la première page.

1er avril 2018

Ma libellule,

Je ne sais pas quand tu liras ces mots. Ni même si ma pauvre caboche me permettra d'aller jusqu'au bout de ce que j'aimerais te raconter. Une chose est sûre, je ne serai plus là pour le voir.

J'ai longtemps hésité à t'écrire. Par pudeur, par honte, par manque de courage aussi sûrement.

Le temps est venu de te dire ce dont je n'ai jamais osé te parler. Parce que ma tête prend l'eau, que mes souvenirs se grippent et que ma mémoire me file entre les doigts. Parce que, et c'est sans doute le plus important, c'est en sachant d'où l'on vient qu'on peut savoir où l'on va.

Je garde ce secret en moi depuis plus de soixante-dix ans. À vrai dire, je ne sais pas par quoi commencer. Ma vie n'a été qu'effervescence, frissons, chagrins, drames et éclats de rire ! Tout cela semble si petit vu d'ici à présent.

MÊME LES MÉCHANTS RÊVENT D'AMOUR

Alors voilà. Je suis née à Saint-Amour le 24 février 1929, sur un air d'opérette qui parlait d'amour et de courage, et j'ai gardé cette mélodie en moi toute ma vie.

3

Julia referme le carnet, incapable d'aller plus loin. Ces aveux lui explosent au visage, sa gorge se serre, elle étouffe. Pourquoi ne lui a-t-elle rien dit ? Sonnée, elle remet le carnet dans la boîte et s'assoit sur le lit.

Je garde ce secret en moi depuis plus de soixante-dix ans.

Quel secret ? Julia balaie des yeux le décor familier, comme si la réponse était cachée là, entre la coiffeuse et l'armoire. Un frisson la sort de sa torpeur. Elle saisit le carnet épais et le caresse doucement. Des documents de différentes tailles ont été glissés entre les pages. Quelques photos, un feuillet échappé d'un bloc-notes, une enveloppe, une ordonnance et même une liste de courses. Il va lui falloir des heures pour en venir à bout. Et que va-t-elle apprendre qu'elle ne sache déjà ?

Embarrassée, comme si elle avait jeté un œil par le trou d'une serrure au mauvais moment, elle tire sur la manche de son pull et glisse ses pieds froids sous ses cuisses. Voilà que ce carnet l'encombre. Doit-elle le remettre à sa place, l'air de rien ? Son prénom écrit sur la boîte l'en dissuade. Elle parcourt à nouveau la première page, lentement. Elle s'imprègne de chaque mot, émue par cette écriture si familière. Il lui semble entendre sa grand-mère.

Les larmes lui montent aux yeux, son ventre se contracte. Partagée entre la culpabilité, le chagrin et l'inquiétude, elle fouille sa mémoire à la recherche d'un indice qu'elle aurait pu ignorer. Et si sa grand-mère lui avait caché l'essentiel ?

Elle s'approche de la commode où trônent quelques photos. Sur l'une d'elles, Jeannine a quinze ans et un sourire rayonnant. Julia effleure son visage du bout du doigt. Bien sûr qu'elle sait tout d'elle ! Ses peurs, ses joies, ses rêves abandonnés, sa gourmandise, sa joie de vivre, elle sait chaque ride de son visage comme chaque bracelet à ses poignets. Elle pourrait réciter au mot près toutes les anecdotes, cent fois répétées. Les prénoms, les histoires, et même les secrets, tiens ! Ces confidences qu'on ne se dit qu'entre femmes et qui font paraître les hommes si fragiles. Jeannine se confiait souvent à elle et convoquait le passé en observant les arbres du jardin. Elle semblait encore y voir jouer son fils, y entendre son mari frapper des souches à la hache, et l'ambulance emporter son corps, un soir de juillet.

Julia ravale un sanglot. Connaît-on jamais vraiment ceux que l'on aime ? Soudain, seule dans cette chambre, Julia se met à douter de tout. Elle hésite, terriblement tentée, fébrile aussi lorsqu'elle tourne la page, presque malgré elle.

Je vois le jour en 1929 en Provence, dans une maison étroite coincée entre le lavoir et l'église. Henriette, ma mère, est une femme discrète et pieuse. Mon père, Joseph, un Corse fier et ambitieux. Il tient une quincaillerie sur la place de Saint-Amour. Un labyrinthe aux allures de cabinet de curiosités où je n'ai le droit d'entrer qu'en gardant les mains dans le dos. Pour passer le temps, je longe les rayons en nommant à voix basse ces objets fabuleux. Cafetière. Passoire. Lampe à huile. Marmite. Brillantine. Râpe à fromage. Et même une luge en bois qui me vaut chaque hiver quelques espoirs déçus. Que j'ai pu rêver de voir la neige recouvrir la garrigue !

Mon père aime son métier et l'on vient de loin pour visiter sa boutique. Charmeur avec les clientes, attentionné avec leurs enfants. Il ne se départit jamais de son sourire, même quand des bambins maladroits renversent les boîtes de vis et dérangent ses étagères. « Belle journée, madame ! » souffle-t-il, en effleurant sa main du bout des lèvres. « Joli chapeau ! » s'émerveille-t-il, en glissant un bonbon dans la poche des enfants.

Il promène son regard à travers la boutique en lustrant sa moustache. Un maréchal contemplant son empire. Qu'il inspecte avec sérieux. Chaque chose à sa place, une place pour chaque chose, marmonne-t-il en alignant les boîtes de cirage à l'aide d'une équerre. Au moment de Noël, il procède à l'inventaire. Il fait claquer sa langue, son crâne dégarni penché sur son grand livre. Assise dans un coin, je retiens mon souffle. Prie pour qu'il ne trouve rien. Ni poupée désarticulée, ni soldat de plomb à la peinture écaillée, ni ours en peluche au ventre décousu. Peine perdue. Chaque année, mon père glisse sous le sapin les invendus, ces jouets esquintés qui donnent à ma chambre un air de cour des Miracles.

– Plains-toi ! me gronde-t-il. Les enfants du village sont déjà bien contents qu'on leur donne une orange !

Je ronge mon frein en silence. Une orange, c'est toujours mieux qu'un ours borgne.

4

Julia se gare devant le bâtiment blanc et inspire profondément. Dans quel état sera sa grand-mère ? Elle pose les mains sur le volant et rassemble son courage en songeant à son père. À cette heure-ci, il doit dormir, se dit-elle. C'est la première fois qu'elle lui en veut d'avoir refait sa vie de l'autre côté de l'Océan. Il lui manque cruellement.

Les deux portes s'ouvrent sur son passage, découvrant une pièce baignée de soleil. Une télévision monologue dans un coin. Assise dans un fauteuil, une femme minuscule tricote, un chat sur les genoux. À côté d'elle, un petit groupe joue aux cartes. Julia s'arrête, se retourne pour vérifier. Ils portent tous des bonnets en laine. Épais et bariolés. Pourtant, dehors il fait doux. La porte-fenêtre entrouverte laisse entrer une brise légère. Dans le jardin, deux poules d'ornement picorent quelques graines imaginaires. Mais c'est quoi cet endroit ? se demande-t-elle. Son regard croise celui de la tricoteuse qui lui fait un clin d'œil. Julia sourit malgré elle. Soudain, deux vieux s'interpellent.

– Pierrot ! Ne me dis pas que c'est toi !

– Fernand ? Nom de Dieu ! Qu'est-ce que tu fais là ?

Le grand maigre s'approche du rondouillard et lui tombe dans les bras, les larmes aux yeux. Son pantalon en velours est usé aux genoux. Sur sa joue, une touffe de poils blancs a échappé au rasoir.

– Mais ça fait combien ? Soixante ans au moins ?

– J'arrive pas à y croire ! C'est comme si c'était hier !

L'autre le fait répéter, la main en cornet autour de l'oreille. L'ascenseur s'ouvre. Une vieille dame porte un manteau élimé d'où dépasse une jupe longue. Tout est gris chez elle, de ses chaussures jusqu'à son teint. Julia marque un arrêt, ce visage lui est familier.

– Lucienne ?

L'amie d'enfance de sa grand-mère n'a pas beaucoup changé. Son chignon sévère, ses bas de contention, même son odeur de poussière. Sans même la saluer, Lucienne secoue la tête en regardant les deux vieillards et lâche :

– Si c'est pas triste de voir la Jeannine ici… Je viens tous les matins, moi. Et tous les matins, c'est le même cirque !

Julia l'embrasse. La vieille dame ajoute comme pour elle-même :

– Ma foi, il fait pas bon se faire vieux ! Si c'est pas malheureux…

Près d'elles, les deux hommes n'en reviennent toujours pas de leurs retrouvailles. Le petit se tape la cuisse à chaque phrase, visiblement ravi de cet échange.

– Comment vas-tu ? demande Julia. Je suis arrivée hier et…

– C'est moi qui l'ai trouvée, la coupe Lucienne. Dans le jardin, près de l'étendoir. Peuchère…

Elle fixe un point à l'horizon, bouleversée. Julia n'a pas le temps de répondre qu'elle s'exclame :

– Voilà le sergent-chef ! Allez, moi je décanille. Je vais finir fada si je reste ici.

Une infirmière s'approche, la cinquantaine ronde et joyeuse. On peut entendre pétiller ses yeux. Le temps que Julia se retourne, Lucienne a disparu.

– Vous, vous êtes la petite de Jeannine !

Surprise, Julia rougit.

– Je m'appelle Éliane. On vous a déjà dit que vous lui ressemblez, non ? Venez, je vous emmène.

– Il y a de l'ambiance ici ! s'exclame Julia en la suivant dans l'ascenseur.

– Ça oui ! Les gens sont toujours surpris la première fois. Les maisons de retraite n'ont rien à envier aux clubs de vacances, c'est moi qui vous le dis ! Il suffit de chausser les bonnes lunettes. Faut dire qu'on a de sacrés numéros dans la maison. Les deux, là, c'est Pierrot et Fernand. Ils ont fait la guerre ensemble quand ils avaient dix-huit ans et se sont retrouvés ici par hasard.

– Incroyable !

– Oui, une belle histoire ! Ils la revivent au moins trois fois par semaine. La mémoire fragile a un certain charme… On a dû les mettre à l'eau au déjeuner, ils fêtaient ça en réclamant du champagne. Ajoutez à cela le vieux Marcel qui entonne *La Marseillaise* à chaque fois qu'il entend sauter un bouchon…

Julia est surprise. Elle ne s'attendait pas à un accueil aussi joyeux. Éliane lui fait un signe du menton.

– C'est la porte au fond là-bas. Ça va aller ?

Julia acquiesce. À la vue de la large porte en bois, les mots se coincent dans sa gorge. Elle n'a pas le temps de toquer que celle-ci s'ouvre sur le visage contrarié d'une infirmière.

– Bonjour mademoiselle, si vous venez pour Jeannine, vous tombez plutôt mal ! Pardonnez-moi, je vais chercher du renfort.

5

Un peu inquiète, Julia pénètre dans la chambre. Au lieu de la petite pièce médicalisée à laquelle elle s'attendait, elle découvre un appartement cossu. Elle a une pensée pour son père ; malgré la distance, il s'est assuré que Jeannine reçoive les meilleurs soins.

Au milieu du salon, une petite silhouette dans un fauteuil roulant.

– Mamie… ?

Jeannine est là, face à la baie vitrée. Son dos est voûté et ses cheveux blancs permanentés, légèrement clairsemés. Elle porte une blouse fleurie au tissu trop brillant.

– Mamie, c'est moi.

Jeannine se tourne vers elle et marque un temps d'arrêt. La scrute, apeurée. Julia pose délicatement sa main sur la sienne. Le visage de la vieille dame s'illumine.

– Ma Lili ! Te voilà !

Julia se réfugie dans ses bras. Sa peau est douce, elle sent bon. Une vague de bonheur teintée de mélancolie la traverse. Elle approche une chaise et s'assoit à ses côtés. Sur la table, un friand encore chaud dans une assiette à fleurs, une nappe blanche et un bouquet de tulipes. Mais rien n'égaie le tableau de cette solitude.

– Dis donc, c'est Byzance ici ! lance la jeune femme avec une légèreté forcée.

– Oh oui ! Ton père s'est bien occupé de moi !

Julia avale sa salive avec difficulté. Jeannine porte une main ridée à son visage tuméfié.

– Tu as vu comme je me suis amochée ! Je ne sais pas ce que j'ai fichu encore !

Soudain, elle se ferme. L'infirmière revient.

– Alors Jeannine, vous êtes contente de voir votre petite-fille ? dit-elle un peu trop fort. Vous avez mangé un peu ?

– Laissez-moi tranquille ! Je veux rentrer chez moi !

Julia est mal à l'aise. L'infirmière coupe le friand en morceaux.

– Je vais me plaindre à votre directeur, appelez-le immédiatement ! crie Jeannine.

Elle tremble. Julia tente de lui prendre la main pour l'aider à se calmer. Mais un homme entre à pas vifs dans le salon. Yeux verts immenses, crâne rasé, blouson de cuir et casque au bout du bras.

– Félix ! Dieu soit loué, vous voilà ! Dites à cette morue d'aller se faire voir ailleurs !

– Eh bien Jeannine, je vous manque déjà ? lâche-t-il dans un sourire.

Félix fait un signe de tête à l'infirmière qui sort. Sidérée, Julia observe la scène sans comprendre. Qui est Félix ?

Ma libellule,

Quand le médecin m'a parlé de ma cervelle en friche, je lui ai ri au nez. Un bout de moi voulait croire que ce n'était qu'une fatigue passagère, l'hiver qui approche ou un peu d'étourderie. Mais voilà, les semaines passant, j'ai dû me rendre à l'évidence, je perds la tête et mes souvenirs sont en train de mettre les voiles.

Je songeais depuis longtemps à te raconter ma vie et les rencontres qui l'ont marquée. Mais j'avais toujours mieux à faire, un médecin à voir, une lessive à étendre, une tarte à préparer. La vérité, ma chérie, c'est que j'avais la frousse. Plonger dans ces souvenirs, c'était prendre le risque de me noyer.

Et puis un jour, en allant chez le médecin, j'ai croisé Simone, une voisine avec qui il m'arrivait de jouer au bridge au foyer des anciens. Nous nous étions vues cinq mois plus tôt, elle était en pleine forme, impatiente d'assister au mariage de son petit-fils. Je me suis approchée d'elle pour la saluer et je lui ai demandé des nouvelles des jeunes époux. La pauvre m'a regardée longuement, incapable de savoir de qui je pouvais bien parler. En un claquement de doigts, la cervelle de Simone avait plié bagage ! Ce jour-là, j'ai pris peur. Ma Lili, que me resterait-il si toi aussi tu disparaissais ? Si j'oubliais ton nom, ta voix, ton visage ? La moutarde m'est montée au nez. J'étais en train de laisser cette maladie prendre ses aises, sans rien faire pour l'arrêter. Je me suis empressée de quitter le cabinet. Chez le papetier du village, j'ai acheté ce carnet, le plus épais que j'ai pu trouver. Je me suis juré de ne laisser aucune page blanche et de tenir le siège, aussi longtemps que je pourrais.

Est-ce une bonne idée de poser tout ça là, comme ça, sans pouvoir t'accompagner dans cette lecture ? J'aimerais te voir, te prendre la main, répondre à tes questions, calmer ta colère quand tes sourcils se froncent. Mais le temps ne joue pas en ma faveur, et la manière la plus sûre – et sans doute la moins courageuse – est encore de me confier à ce carnet.

En prenant le stylo, j'ai ouvert la boîte de Pandore et envoyé le message à ma vieille caboche qu'il était temps de livrer sa dernière bataille. Mes neurones se mobilisent pour déterrer de vieux os et ouvrir tous les placards. C'est comme un grand nettoyage de printemps ! Pour ne pas perdre pied, j'ai pris l'habitude de me promener avec un bloc-notes et un crayon. À force d'être taillé, il est tout minuscule. Je prends des notes et je fais des listes. Toutes sortes de listes. Des listes au dos des enveloppes, sur des post-it, et même hier sur un prospectus quand j'attendais mon tour chez le rhumatologue. Je les sème entre ces pages pour ne rien oublier et j'espère qu'elles ne perturberont pas ta lecture.

Tu m'as téléphoné hier, et de t'entendre, mon cœur s'est mis à rire. Quand ta petite voix résonne dans le combiné, c'est comme une volée d'oiseaux qui prend son envol dans ma poitrine. Quand je t'entends, ma Lili, c'est chaque fois le printemps. Je t'écoute parler de cette vie que tu mènes à Paris avec beaucoup de passion, et j'éprouve une fierté sans limites pour la femme que tu es devenue. J'aimerais te l'exprimer mieux, avec plus de panache, mais je n'ai pas ton talent pour manier les mots. J'espère que tu me pardonneras de t'avoir caché ce carnet et les raisons qui l'ont fait naître.

Je te laisse, voilà qu'on sonne à la porte. Sans doute Lucienne qui revient de la messe.

Je t'embrasse, ma doucette,

Mamie

6

– Salut, je suis Félix, l'assistant de vie de Jeannine, dit-il en enlevant son blouson.

Il est jeune, songe Julia en bafouillant son prénom. Et franchement mignon. Un assistant de vie ?

– Ah ! Jeannine m'a beaucoup parlé de toi !

Puis se penchant vers la vieille dame :

– Je suis passé au marché ! Mme Abello vous a mis de côté un camembert à la truffe, vous m'en direz des nouvelles ! dit-il en ouvrant son sac à dos. Et ça, c'est le saucisson aux olives du vieux Flavio.

Se tournant vers Julia, il chuchote :

– Il a le béguin pour Jeannine, le vieux Flavio !

Sa bonne humeur est contagieuse. Félix fait la conversation, tout en sortant une baguette fraîche, et le fameux saucisson. Il parle du temps qu'il fait, des gens croisés au village, du chat de Mlle Méli et du mimosa de la Mireille. Ces deux-là semblent avoir leurs habitudes. Jeannine rit, réjouie de ces bonnes nouvelles. Sa main serre celle de sa petite-fille comme si elle craignait qu'elle ne s'envole. Quelque chose a changé, songe Julia. Une douceur presque enfantine se dégage de son visage. Son regard est différent. Un peu plus lointain, un peu plus léger aussi.

Félix se dirige de l'autre côté du salon et déplace quelques fauteuils sur son passage. Il s'approche du vieux phonographe. Julia écarquille les yeux. Comment a-t-il atterri ici ?

Elle se revoit soudain tourner dans le petit salon, les pieds sur ceux de sa grand-mère, un boa autour du cou. Jeannine jouait du piano et poussait parfois la chansonnette, mais la danse… Ah, la danse ! Haute comme trois pommes, Julia était sa meilleure cavalière. Sur des airs de Trenet, de Joséphine Baker, de Mistinguett, et bien sûr de Fréhel. À cette pensée, son cœur se serre.

Julia jette un coup d'œil autour d'elle et remarque quelques objets familiers. Un napperon en dentelle sur la tête d'un fauteuil, quelques cadres photo, la collection de petites cuillères. Félix ouvre le petit coffre en acajou. Remonte méticuleusement la manivelle, puis bascule le bras jusqu'au déclic. Il attrape un disque, hésite, en prend un autre, le pose sur la platine, et approche l'aiguille fine du bord. Un grésillement délicieux se fait entendre. Le jeune homme effectue une révérence gracieuse devant le fauteuil de Jeannine et se tourne vers Julia :

– Vous permettez ?

Amusée, Julia acquiesce tandis que sa grand-mère,

ravie, s'extrait de son fauteuil avec l'aide de son cavalier.

Une voix haut perchée résonne dans le salon tandis qu'ils se mettent à danser. Sa main dans celle de Félix, l'autre sur son épaule, Jeannine retrouve le port de tête que Julia lui a toujours connu. Son pas est sûr, précis. Le menton relevé, Félix la guide avec assurance. Tous deux tournoient doucement dans un rayon de soleil.

Parlez-moi d'amour, redites-moi des choses tendres…

Jeannine ferme les yeux. Elle virevolte et sourit, pointant avec grâce son pied dans sa pantoufle. Elle virevolte, jeune, légère, quelque part dans un souvenir. Julia pourrait les regarder danser toute une vie. Mais déjà l'aiguille du phonographe s'approche du centre, inexorablement. Le piano délicat pleure ses dernières notes.

Félix raccompagne la vieille dame jusqu'à son lit.

– Jeannine, j'ai du mal à vous suivre ! Ça ne m'étonne pas que votre carnet de bal soit rempli !

Elle le rabroue gentiment. Julia remarque alors l'équipement médicalisé. La barrière, le matelas surélevé, les boutons d'appel en cas d'urgence. Son cœur se serre. Félix ferme les volets, plongeant la chambre dans une douce pénombre. Jeannine l'interpelle, sa voix soudain inquiète :

– Félix ? Félix, quand est-ce que je pourrai rentrer chez moi ?

– Dès que vous vous serez lassée de moi, Jeannine.

Puis il s'éclipse sans un bruit.

Liste des choses à ne pas oublier (à destination de moi-même)

Je m'appelle Jeannine, Paulette, Paoli

J'habite au 20, chemin des Pins, à Saint-Amour

J'ai quatre-vingt-neuf ans

Mon fils s'appelle Yves. Il habite à Los Angeles et il travaille dans le cinéma. Il est né le 24 janvier. Ma petite-fille s'appelle Julia, elle habite à Paris, elle est née le 10 juillet (liste des numéros de téléphone à suivre)

L'amie qui me rend visite s'appelle Lucienne. Elle aime la tarte aux abricots et son anniversaire est le 18 novembre. À cette occasion, penser à lui offrir un santon, elle les collectionne

J'aime : les chansons d'Aznavour, les bals musettes, les enquêtes de Paris Match*, les émissions de Nagui, les jeux d'Intervilles, les Figolu, et tous les romans d'Agatha Christie*

Je n'aime pas le sucre sur le pamplemousse, les films d'horreur, les spaghettis

Le matin, je prends du Ricoré, avec un sucre et deux cracottes au beurre

Le boucher s'appelle Serge, la boulangère Fanette. J'aime les baguettes bien cuites et le jambon tranché très fin

J'ai rendez-vous avec Marie-Belle, la coiffeuse, chaque premier jeudi du mois. Je n'aime pas l'eau froide, et la laque dans les yeux

Le facteur s'appelle Noël. Pour se tenir informée des nouvelles, lui offrir un petit jaunet

Mon code de carte bleue est le 2430

Je cache des billets dans le troisième tiroir de la cuisine en partant du haut

Je n'ai pas besoin d'un nouveau jeu de poêles, d'un climatiseur ni de nouvelles fenêtres

7

– Tu fumes ? demande Félix.

Julia secoue la tête, mais l'accompagne volontiers sur la terrasse. Alors qu'il allume une cigarette, elle n'arrive pas à détacher ses yeux de ses traits fins. Félix souffle quelques ronds de fumée.

– T'es pas en train de tomber amoureuse de moi, j'espère ? Parce que mon cœur est à Jeannine, tu l'as compris.

Elle éclate de rire.

– C'est fou, tu as exactement les mêmes expressions que ta grand-mère !

– Il paraît, répond-elle.

Au loin, on devine le village, son église et ses toits orangés. En silence, Félix et Julia dégustent les rayons du soleil, quand on toque à la porte. Félix s'excuse et revient quelques instants plus tard, suivi de près par la tricoteuse menue, son chat sur ses talons. Julia se rappelle les avoir aperçus un peu plus tôt dans le hall.

– Je te présente Madeleine et Plume.

Julia sourit intérieurement en entendant le nom du matou dodu. La vieille dame la dévisage de ses yeux noirs.

– Je suis là que pour l'été, lâche-t-elle tout en fouillant dans le sac en plastique qui pend au bout de son bras. Je suis infirmière.

Puis elle extrait un bonnet de son cabas, se lève et l'enfonce sur la tête de Julia.

– Bleu ! Comme vos yeux ! Il vous portera chance.

Interdite, Julia voit Madeleine retourner à son ouvrage et le chat se rasseoir sur ses genoux.

– Madeleine nous a rejoints l'an passé. Elle aime beaucoup ta grand-mère, explique Félix.

La vieille dame acquiesce. Ses doigts croisent la laine à une vitesse étourdissante. Le calme de la campagne environnante n'est troublé que par le cliquetis de ses aiguilles.

– Pfff… c'est pas beau de vieillir, dit soudain la tricoteuse. Je me demande comment je serai à son âge.

Julia jette un coup d'œil étonné à Félix.

– Faut profiter tant qu'on est jeunes, ajoute la vieille dame.

– Vous avez quel âge ? lui demande Julia.

– Vingt-cinq ans ! Depuis hier ! J'aime bien travailler avec Félix.

Julia éclate de rire. La douce folie de la vieille dame l'enchante, elle a chassé ses pensées les plus sombres, ses appréhensions. Elle se tourne vers Félix qui semble s'amuser autant qu'elle.

– Et toi, tu travailles ici depuis longtemps ?

– Non. Et je suis arrivé un peu par hasard… Je suis du Colombier, de l'autre côté des gorges. Un village encore plus petit que Saint-Amour, où il ne fait pas bon aimer les garçons…

Il lui jette un coup d'œil discret.

– Je suis parti le jour de mes dix-huit ans. Je ne voulais pas embarrasser mon père… Il croit que je suis comptable ! La belle affaire… En vérité, mon truc à moi, c'est la danse et la scène.

Son regard s'illumine, il sourit en fixant l'horizon.

– C'est une copine infirmière qui m'a parlé de cette maison. Ils cherchaient des gens, j'ai trouvé Jeannine. Et puis, je ne l'ai plus quittée. Avec le patron, on a conclu un deal, c'est moi qui veille sur elle en solo. Parfois, l'infirmière me remplace, mais comme tu le vois, c'est moi son chouchou !

Félix reprend une cigarette.

– Et toi, tu as grandi ici ?

– Oui et non, j'ai grandi à Paris. Mais je venais passer toutes mes vacances chez ma grand-mère.

Elle repense à tous ces souvenirs que lui a fabriqués Jeannine, à grands renforts de fous rires et de caresses.

– J'habite à Paris maintenant.

– Tu fais quoi ?

Elle baisse les yeux vers la table, cherche quelque chose à grignoter.

– J'écris.

Ces derniers temps, le moelleux des biscuits et le croquant du chocolat sont les seuls remparts contre ce mal-être un peu diffus qui s'est installé en elle. Une sorte d'inquiétude sans objet, un bruit de fond désagréable que seul le sucre semble apaiser.

– C'est vrai ? Raconte un peu ! Les dédicaces, la gloire, les hommes qui se pressent à tes pieds ?

– Si seulement ! soupire-t-elle en levant les yeux au ciel. Les hommes et moi, ça fait trois tu vois...

– Je pourrais vous présenter mon frère ! lance Madeleine, ravie.

– Pardon ?

– Quelle bonne idée ! intervient Félix. Julia aimerait sûrement faire des rencontres !

– C'est un bel homme, vous savez. Il rentre de permission le mois prochain. Si vous avez une photo de vous, je pourrai la lui envoyer. Ne bougez pas, je vais chercher son adresse.

Sans lui laisser le temps de répondre, Madeleine disparaît, abandonnant Plume et ses pelotes sur la chaise.

– Eh bien tu vois, tout arrive ! s'exclame Félix en riant. L'amour est toujours là où on s'y attend le moins !

Le chat se laisse tomber au sol dans un bruit sourd et s'étire sans la moindre grâce.

– Tu restes combien de temps ? lui demande-t-il.

– Jusqu'à ce que Mamie rentre chez elle.

Il ne répond rien. Julia baisse les yeux. Deux fourmis s'activent autour d'une miette. Sa gorge est sèche. Son père n'a pas été très explicite au téléphone. Elle le soupçonne de vouloir la protéger des mauvaises nouvelles.

– Elle ne rentrera pas, c'est ça ? demande-t-elle d'une voix éteinte.

Félix marque un silence.

– Je pense pas.

Une ambulance se fait entendre au loin.

– Tu l'as vue dans un bon jour... Le fait de te retrouver sans doute. Mais il y a des jours sans...

Julia sent monter en elle une vague de culpabilité. Elle pense au temps perdu, et à la mémoire de sa grand-mère qui doucement s'éteint. Elle a envie de hurler. Évidemment qu'elle a songé à venir avant ! Évidemment qu'elle a regardé passer les semaines, les mois, les engagements ! Elle sentait bien que ça ne tournait pas rond. Quand parfois elle sortait la tête de l'eau, qu'elle croisait un bouquet de mimosas ou une vieille dame aux yeux rieurs, elle se promettait d'acheter un billet de train dès le lendemain. Mais le lendemain, elle se prenait immanquablement les pieds dans un tapis de mauvaises excuses. Tout cela lui semble à présent bien dérisoire.

Félix retourne dans le salon. De ses doigts délicats, il glisse une nouvelle aiguille dans le bras du gramophone.

– Tango ?

Sans attendre sa réponse, il lance un disque et se dirige vers la chambre.

8

Seule dans la sacristie, Lucienne branche le fer à repasser.

L'église est froide. Elle frissonne, s'empresse d'allumer le chauffage et s'attelle à la préparation de la messe. Son pas boiteux résonne dans la nef vide. Quelques cierges apportent un peu de lumière sur les fleurs dont elle a changé l'eau.

Debout devant l'autel, elle ouvre mécaniquement le lectionnaire à la bonne page et prépare le missel. Sacristine assidue, elle n'a pourtant pas ce soir le cœur à l'ouvrage. Sa hanche la tourmente et cela n'augure rien de bon. Lucienne croit aux dictons, au mouvement des oiseaux et aux pressentiments. Et pour une raison qu'elle ignore, le retour de Julia ne lui dit rien qui vaille.

Lucienne place dans la coupe quelques hosties, une demi-douzaine à peine. Le père Marius n'attire pas foule, et encore moins les soirs de semaine. Après s'être assurée que l'église est bien vide, elle en glisse une dans sa bouche. La sensation de la pastille fondante sur sa langue la revigore un peu. Alors qu'elle verse le vin dans la burette, une pensée désagréable la foudroie. Sans réfléchir, elle porte le vin à ses lèvres et en prend une bonne rasade. Le Christ sur la croix la fixe sans ciller tandis qu'elle s'essuie les lèvres. Aux grands maux, les grands remèdes.

Lucienne saisit alors le corporal et disparaît dans la sacristie. D'un geste machinal, elle jette le linge sur la table à repasser et entreprend d'en faire disparaître les plis. Ce rituel, qui normalement la calme, ne l'apaise en rien. D'un mouvement saccadé, elle promène le fer chaud sur le tissu amidonné. Et si Jeannine finissait complètement fada ? Qui sait l'impact que le choc a pu avoir sur son esprit ? Car si elle perdait définitivement la tête, elle pourrait bien se mettre à raconter des choses. Le ventre de Lucienne se contracte. Elle secoue la tête, tente de se rassurer. Tout cela appartient au passé.

La vapeur remplit doucement la petite pièce. Un pli lui résiste. Lucienne augmente la puissance du fer et appuie plus fort sur le linge. Soudain, sa hanche l'élance davantage, et la force à s'interrompre. Elle pose ses mains sur le point de douleur, les yeux fermés, et prie en silence. *Seigneur Jésus, soulagez ma peine. Sainte Marie, mère de Dieu, protégez notre mémoire. Pardonnez-nous nos offenses comme nous pardonnons aussi...*

Quand elle ouvre les yeux, une fumée sombre s'échappe du linge liturgique. Le fer brûlant, posé à plat, a emporté avec lui une partie du drap destiné au corps du Christ. Lucienne pousse un cri d'effroi et manque de s'évanouir, anéantie par ce terrible présage.

9

Julia repose le carnet sur la table. Autour d'elle, la cuisine vert anis est terriblement silencieuse. Elle parcourt la pièce du regard et détaille les petits mots que sa grand-mère a posés ici et là, entre le pot à farine et la gazinière. Sur chaque placard, elle a indiqué son contenu – assiettes, casseroles, conserves, filtres à café… – , tandis que sur la table sont entassées toutes sortes de listes et de notes, des recettes, des numéros de téléphone, des paroles de chansons, parfois juste quelques mots. Julia prend soudain conscience de l'ampleur du combat que Jeannine a mené ces derniers mois. Au dos d'une enveloppe, elle a ébauché un arbre généalogique et rempli certaines cases d'un simple point d'interrogation. Entre deux prospectus pour le supermarché du coin, elle a glissé plusieurs mémos, similaires à celui que Julia a trouvé dans le carnet. *Tu t'appelles Jeannine, Paulette, Paoli, tu es née le 24 février 1929…*

Julia mesure l'angoisse qui devait la saisir quand sa mémoire faiblissait. Que ferais-je si on m'annonçait que demain je ne me souviendrais plus de rien ? Quels messages me laisserais-je à moi-même ? De quoi aimerais-je me souvenir ? Du nom de mes amis, de mon café favori, de mon libraire peut-être ? De mes auteurs préférés ? Non, l'amnésie me donnerait l'occasion de les redécouvrir…, songe-t-elle. En vérité, les seuls souvenirs qu'elle chérisse sont ceux de ces moments passés ici, auprès de sa grand-mère. Voilà ce qu'elle écrirait dans son carnet. Le sourire de Jeannine sur le quai de la gare. Ses bras chauds, sa joie de vivre. Les parties de petits chevaux, la glace au cassis, les visites au moulin, les après-midi à la plage, les soirées sur la terrasse et les parfums de l'été.

Elle soupire, ramasse sa tasse et sa cuillère et les dépose dans l'évier. Derrière la fenêtre, la montagne se dessine sur un ciel pur. Au fond, se dit-elle, quand on a tout oublié, on a moins de doutes, moins d'angoisses. Elle aimerait bien recommencer avec une page blanche, être prête à tout tenter, à tout risquer. À aimer. De nouveau. Le visage de Thomas lui apparaît. Voilà la première chose qu'elle s'empresserait d'enterrer. Son nom. Ses yeux. Son parfum. Elle effacerait tout d'un coup de gomme pour faire de la place pour les suivants. Il l'a quittée sans un mot. Il ne fumait même pas, alors il a juste dit qu'il partait en week-end. Il n'est jamais revenu. Enfin si, huit mois plus tard, avec une grande brune à son bras et un sourire à manger des clous. Quand ils ont pris un café pour qu'elle lui rende ses affaires, elle n'a pas pu ouvrir la bouche. Elle l'a écouté s'excuser tandis que son cœur s'émiettait dans le bistro. Encore aujourd'hui, quand elle passe devant, elle voit le serveur en balayer les morceaux. Il lui a dit je suis désolé, c'est pas toi, c'est moi, ou peut-être l'inverse, il a dit qu'elle comprenait n'est-ce pas ? La vérité, c'est qu'elle n'a jamais compris. Il a tout repris, ses fringues, ses vinyles, sa guitare. Il a juste laissé une brûlure, là, entre ses poumons, qui rougit dès qu'on l'approche. Il était moche comme un pou, avait dit sa grand-mère. C'était faux, mais ça l'avait fait sourire.

Mon père aime les fêtes, la musique et la danse. Chaque année, il organise un arbre de Noël destiné aux familles du village. Parmi elles, il y a des musiciens et mon père monte un groupe. On est en 1936, en pleine crise économique, mais quand les Happy Boys jouent, c'est un vent d'optimisme qui nous contamine tous, des plus petits aux plus grands. J'aime ces moments de liesse. Je revois ma mère sourire, discrète, sous son chapeau cloche. Parfois, mon père l'invite à danser.

Avant la distribution des cadeaux, les enfants présentent leur spectacle. Nous passons des heures à répéter nos numéros, sous la houlette de mon père. Je me dois d'être la meilleure. Cette année-là, mon père m'apprend « La Négrillonne », une poésie longue et très compliquée. Aujourd'hui encore, je suis capable de la réciter sans l'ombre d'une hésitation ! Moi, dont la mémoire s'effrite, je peux dérouler ces vers sans accroc. Jusqu'à quand ? Je me demande parfois avec quels souvenirs mon esprit s'éteindra. Passerai-je mes dernières heures à réciter des poèmes, dans l'écho de ma cervelle vide ?

Dans les coulisses, les enfants sont en rang. La raie sur le côté, les chaussettes blanches remontées jusqu'aux genoux, ils lèvent vers mon père un regard inquiet. Joseph leur rappelle leur ordre de passage. Il ne s'agit pas de se tromper ! On dirait qu'il joue sa vie. Je m'éclipse pour aller faire un tour.

Je traverse la salle d'un pas de reine avec mes cheveux bouclés au fer, mes chaussures vernies et ma robe en velours marron. Du haut de mes sept ans, je ne me rappelle pas en avoir vu d'aussi jolie de toute ma vie.

Je contourne un groupe d'hommes un peu éméchés. L'un d'eux tient par les hanches une femme assise sur ses genoux. Elle porte à ses lèvres un porte-cigarette en regardant au loin. Sa robe est décolletée, ses yeux cernés et sa bouche rouge. Quelques villageois trinquent en blaguant.

Une enfant de trois ans à peine s'approche alors de la femme et tire sur sa robe. Elle est petite et maigre. Devant sa mère qui l'ignore, la fillette insiste. L'un des hommes la chasse alors et la raille : « Va donc jouer ailleurs ! Encore, si tu étais jolie ! » Le groupe éclate d'un rire cruel. Son voisin interpelle la femme : « Ne t'avise pas de nous en mettre un autre sur les bras, hein les gars ? », et tous les villageois s'esclaffent.

Puis un homme écrase sa cigarette et prend la femme par le bras. Elle jette un dernier regard à la gamine avant de s'éloigner avec lui. Ses compagnons le sifflent tandis que l'homme fait des gestes obscènes en riant. La petite fille reste seule. Elle pleure doucement, le menton sur sa poitrine. Je m'approche d'elle et prends sa main dans la mienne. Nous fendons la foule ensemble. Dans les coulisses, l'agitation règne. Mon père me gronde en me voyant, où étais-je donc passée, on me cherche partout !

La salle fait silence tandis qu'il monte sur scène et présente mon numéro. J'essuie mes mains moites sur ma robe. Mes jambes tremblent un peu. Je n'ose plus bouger de peur de faire des plis dans le velours sombre. Je frémis à l'idée de décevoir mon père.

Je m'avance sur scène, accueillie par les applaudissements. Au premier rang, ma mère se tord les mains, inquiète. Je jette un regard dans les coulisses. Mon père, agacé, m'invite à démarrer. Mais qu'est-ce que j'attends à la fin ! J'avise à ses côtés la toute petite fille. Ses cheveux en bataille lui tombent sur le visage. Sa bouche est sale et sa blouse trouée. Sur sa joue meurt une larme oubliée. Je lui fais un petit signe de la main et l'invite à me rejoindre. Elle court vers moi et attrape mon doigt avant de se cacher dans ma robe.

J'entame d'une voix claire :

– « La Négrillonne », par Jean Rameau.

Je déglutis. Mon père, horrifié par cette gamine qui m'a rejointe, me fait de grands gestes que j'ignore sans ciller. Je poursuis de ma voix haut perchée d'enfant, le regard déterminé :

– Pas plus haute que ça, tenez, cinq ou six ans,
Une négrillonnette à robe bigarrée,
Un bout de femme noire, avec des tons luisants,
Deux bottes bien cirées.

Mes mains accompagnent mes mots d'un geste sûr. L'intonation est juste, le public silencieux. Mon cœur bat à tout rompre. Derrière moi, la petite fille tremble.

– Et deux yeux donc ! Des yeux qu'on allait voir en rond,
Des yeux dont les passants riaient à perdre haleine.
Des yeux très gros, très blancs, qui semblaient dans son front
Deux ronds de porcelaine.
Ah ! Si vous aviez vu remuer ces deux yeux !
Ah ! Si vous aviez vu reluire ses quenottes,
Quand elle vous disait : « Un petit sou, messieurs ? »
En tendant ses menottes.

Lentement, je me tourne vers la fillette aux mains sales. Elle s'agrippe à mon doigt d'enfant.

– Autrement, elle était très heureuse. Elle avait
Pour chambre un grand hangar plein de planches coupées.
Elle en chargeait ses bras pour dormir, et rêvait

Que c'était des poupées.
Mais un jour, devant elle une noce arriva.
L'épouse était en blanc, splendide et langoureuse.
Oh ! La négrillonnette aussitôt se trouva
Très, très, très malheureuse.
Oh ! Avoir robe blanche ! Oh ! Rêve ! Quel effet
On produit là-dessous ! On est belle, on est fière,
On fait cligner les yeux des pauvres gens, on fait
Presque de la lumière !
Oh ! Avoir robe blanche ! Oh ! Pouvoir rayonner !
Elle entra dans le grand magasin un dimanche
Et dit : « Bonjour monsieur, voulez-vous me donner
Deux sous de robe blanche ? »
Mais on n'en faisait pas pour deux sous. Non, vraiment !
Et le commis se prit à rire à gorge pleine.
Ah ! Si vous aviez vu les yeux, en ce moment,
Les yeux de porcelaine !

Elle m'écoute avec des yeux immenses. Trois ans à peine, et le rythme des vers a trouvé le chemin jusqu'à son cœur. Le mien se serre. Mon regard tombe sur le public, suspendu à mes lèvres. Soudain, je ne sais plus ce que je fais ici. Je panique, la sueur perle sur mon front. Je crains pour mes boucles. Dans le public, ma mère retient son souffle. La gamine serre mon doigt un peu plus fort. Je ne peux quitter des yeux ses souliers troués. Depuis les cou-

lisses, mon père me fait un signe. Nos yeux se croisent ; il me souffle le prochain vers.

– Elle était malheureuse à mourir, n'est-ce pas ?
Songez donc : ne pouvoir contenter son envie
Jamais, jamais, jamais ! Rester, de haut en bas,
Nègre toute sa vie !
Mais une fois chez un portier de ses amis,
Elle vit un défunt qu'on clouait dans sa bière.
Oh, c'était imposant ! Le cadavre était mis
De fort belle manière.
« – Messieurs, dit-elle aux gens, à travers un rideau,
Voulez-vous me clouer moi aussi, sous une planche ?
– Pourquoi donc, mon enfant ? – Mais pour faire dodo
Dans une robe blanche. »
On refusa. Toujours ! Alors triste, à pas lents,
La pauvrette partit, sans tendre les menottes.
Ah ! Vous ne verrez plus reluire ses yeux blancs,
Allez, ni ses quenottes !

Soudain, ma gorge se noue. Mes yeux, éblouis par la lumière de la petite scène, s'emplissent alors de larmes.

– L'enfant, un jour de givre, en plein air s'affaissa.
Il n'eut fallu pourtant qu'un chiffon de cretonne
Pour faire son bonheur : pas plus haute que ça
Tenez, la négrillonne.

Faute de robe blanche, elle est morte, oui messieurs !
Un jour gris, un jour froid, un jour plein de vents aigres.
Mesdames, savez-vous si là-haut dans les cieux
On veut des âmes nègres ?
Moi, je le crois. Car sur son corps négrillonnet
La neige alors tomba, splendide, épaisse et franche.
Mesdames, voyez-vous, c'est Noël qui lui donnait,
Enfin, sa robe blanche.

Le silence se fait. Dans les coulisses, mon père hoche la tête, satisfait. Toute la salle applaudit ! Les hommes se lèvent, les femmes serrent leurs mouchoirs et s'en tamponnent le coin des yeux. Sous leurs bravos, je fais ma plus belle révérence. J'invite la petite fille à faire de même. Elle sourit, intimidée, et salue d'un geste malhabile. Alors, dans son oreille je glisse : « Tu vois, Lucienne, comme tous ces gens t'acclament ? »

10

La place du marché est encore vide. Emmitouflée dans son blouson, Julia s'attable dans un rayon de soleil et commande un café. De la ruelle adjacente lui parviennent les effluves d'une fournée de croissants tout juste sortis du four.

Elle sourit en repensant à l'après-midi partagé la veille avec Jeannine et Félix. On croise de drôles de pensionnaires dans les couloirs de cette maison de retraite, songe-t-elle. Elle fait glisser entre ses doigts le bonnet que Madeleine lui a offert la veille. La laine est douce, les rangs réguliers. Pas besoin d'être experte pour voir que la tricoteuse connaît son affaire. Alors qu'elle le glisse dans son sac, quelque chose attire son attention. Un minuscule bout de papier blanc, quelques centimètres à peine, caché à l'intérieur du tricot. Du bout des doigts, Julia l'en extrait et le déplie. Une écriture fine et penchée apparaît. « *Les folies sont les seules choses qu'on ne regrette jamais.* »

Elle sourit, surprise de cette découverte. La vieille

dame aux allures de petite souris se révèle être une tricoteuse poète et optimiste. Elle ferme les yeux et savoure le soleil tout en méditant sur la petite phrase. Il en faudrait peu pour qu'elle s'endorme. La vibration de son téléphone la tire de sa torpeur. C'est son éditeur qui s'enquiert de l'avancée de son travail et la rappelle à ses obligations.

Julia soupire, se redresse et ouvre son ordinateur. Puis elle pose les doigts sur le clavier et leur commande de se mouvoir. En vain. Elle écrit une phrase et l'efface aussitôt. Les mots sonnent faux. Elle ne parvient pas à tirer un paragraphe de ce foutu bloc-notes. C'est tout son corps qui refuse de participer à l'écriture de ce livre. Elle s'en veut et enrage. Bon sang ! Ce n'est pourtant pas la première fois qu'elle écrit une biographie ! L'an passé, il lui a fallu moins de deux mois pour boucler un livre signé par l'idole des moins de douze ans. La semaine dernière, elle a rendu avec deux jours d'avance un portrait en quatre pages sur la princesse d'Angleterre. Mais voilà : Julia, trente-trois ans, d'ordinaire obsédée par les délais de remise autant que par le chocolat aux noisettes, peine à détacher son esprit du carnet de sa grand-mère. Carnet qui la nargue et qu'elle feint d'ignorer.

Elle se replonge dans la vie du chanteur, son enfance, ses confessions. Il y a pourtant là matière à un livre passionnant. C'est peine perdue, rien ne sort. Son esprit vagabonde, elle l'attrape par le col et l'assoit de force sur la chaise, comme un enfant turbulent. Et si elle n'était plus capable ?

Elle chasse cette idée et s'empare du carnet de feutrine. Il est épais et lourd, quelques photos dépassent des pages. Elle le manipule avec soin. Ce carnet est de toute évidence ce qu'elle possède de plus précieux.

Autour de la place, le village se réveille doucement. Le boucher descend mollement son store en bâillant et salue l'épicier qui opine du chef. La journée s'annonce douce. Julia saisit le carnet et s'autorise à en lire un passage. Juste un, quelques lignes à peine, avant de se remettre au travail. Elle l'ouvre avec impatience. Entre deux pages, ses yeux tombent sur son billet de train. Son retour est prévu pour le lendemain. À l'idée du peu de temps qu'il lui reste auprès de sa grand-mère, elle soupire et referme son ordinateur. Il faut absolument qu'elle trouve un chemin jusqu'aux souvenirs de Jeannine. La lecture de ce carnet la met mal à l'aise. Quitte à lever le voile sur le passé, elle aimerait autant entendre ces confessions de la bouche de sa grand-mère. Aux dires de Félix, il y a pourtant peu d'espoir d'en tirer quelque chose. La chute et le choc du déménagement ont plongé son esprit dans une brume épaisse dont personne ne sait si elle sortira un jour.

Julia prend une grande inspiration et jette quelques pièces sur la table. Il n'y a pas de temps à perdre.

Liste des choses que me répétait mon père

L'école de la vie n'a point de vacances
Arrête donc de pleurer, on dirait un mascaron de fontaine !
Avant de parler, commence par te taire
Fol enfant, père chagrin
Si la barbe donnait la science, les chèvres seraient toutes docteurs
Tiens-toi droite !
Sers-toi de ton peigne tant que tu as des cheveux
Mets donc un disque que nous dansions un peu

11

Le clocher sonne huit coups. Quelques vieilles dames émergent des ruelles pavées et convergent vers l'église pour l'office du matin. Un platane immense tend ses bras nus vers le ciel. À son pied, trois vieillards et leurs cannes échangent les nouvelles du jour, les yeux dissimulés par de larges chapeaux noirs. Julia se dirige vers les étals. Elle compte faire le plein de victuailles avant de rejoindre Jeannine et Félix pour le déjeuner.

Des exposants s'activent. Un homme plaisante avec un aïeul au visage rieur. Julia reconnaît le vieux Flavio et ses trésors. Sa grand-mère l'emmenait souvent au marché quand elle venait pour les vacances. Elle revoit son filet à provisions et le petit porte-monnaie qu'elle lui confiait pour aller acheter du pain. Elle ajoutait toujours : « Prends-toi quelque chose. »

Le vieux Flavio dépose un à un des saucissons sur une nappe à carreaux. Olives, truffe, herbes de Provence, piment… Rien qu'à lire les écriteaux, Julia en a l'eau à la bouche. Face à lui, un jeune couple décharge des cageots multicolores d'agrumes et de poivrons.

Une fourgonnette s'avance alors. Une vieille 2 CV rafistolée au fil des années et des pots de peinture, un capot vert, un toit bleu ciel. Alors qu'elle s'attend à en voir sortir un vieux boulanger ou un paysan à casquette, la portière s'ouvre sur une barbe de trois jours et deux yeux bruns illuminés par une large fossette. L'homme, quarante ans à peine, fait un signe de tête au vieux Flavio. Il chahute avec un vieux chien noir et blanc. L'animal jappe d'excitation alors que son maître ouvre en grand les portes de la fourgonnette. Plongeant la main dans sa veste, il lui lance des friandises. Puis, d'un geste machinal, déplie une table de camping sur laquelle il pose un panier et une balance. Il souffle sur ses mains pour les réchauffer un peu. Ses yeux font le tour de la place et s'arrêtent sur Julia. Elle se fige, soudain mal à l'aise, et se débarrasse maladroitement des miettes de croissant sur son pull.

Le vieux Flavio annonce à la criée le prix de ses produits. De petite taille, il flotte dans un pull épais usé aux coudes. Son visage buriné par le temps est empreint d'une profonde douceur, ses yeux humides lui donnent un air triste que dément un sourire immense. Quand Flavio parle de ses saucissons, c'est toute la Provence qui l'acclame. Julia s'approche de son étal et lui en commande quelques-uns. Alors que ses mains abîmées s'activent à la préparation du paquet, le vieillard lui raconte sa garrigue, ses cochons, ses herbes et ses olives. Sa bouche ridée se fait l'écho d'un savoir-faire occitan qui relie les hommes entre eux depuis la création du monde. Fascinée, Julia l'écoute religieusement avant de repartir avec une demi-douzaine de saucissons. Le vieux Flavio prend soin d'ajouter un petit pot de miel à son cabas.

– Pour la Jeannine…, lâche-t-il avec un clin d'œil.

Julia le remercie d'un sourire.

– Je vous fais goûter ?

Elle sursaute. Les yeux bruns et la fossette se sont matérialisés à ses côtés. Si proches qu'il lui semble sentir la caresse de ces longs cils noirs sur sa joue. Devant son air un peu perdu, les lèvres pleines ajoutent :

– C'est de la mélano, de la truffe d'hiver. Tenez.

Du bout de son canif, il coupe un bout de champignon. Julia remarque alors les ongles noirs. La peau mate. Les mains terreuses. Elle n'a vu que des brouillons de mains avant celles-là. Elle lève les yeux et toute la place fait silence, du primeur jusqu'aux tourterelles. Même les cloches de l'église, le vent dans les arbres, jusqu'à l'eau dans la fontaine. Elle ne sent plus que le parfum de la truffe. Et ce cœur qui frappe dans sa poitrine comme une grosse caisse. C'est assourdissant.

Sans réfléchir, elle glisse sur sa langue la fine tranche noire nervurée de blanc. Un festival de saveurs insoupçonnées explose dans sa bouche. C'est la terre, les arbres, l'humus et le ciel réunis. Le soleil, les feuilles, la roche et la pluie.

Alors qu'elle ouvre la bouche pour dire quelque chose, sans bien savoir quoi encore, deux types en veste de chasse s'approchent. L'un d'eux, la cinquantaine, visage porcin, les apostrophent :

– Qu'est-ce qu'il fout là, ce mariole ? On lui avait pas dit qu'on voulait pas le revoir ici ?

L'autre renchérit :

– Antoine, t'es sourd ou t'es con ? Comment faut te le dire ?

Antoine. Julia se fige. Face à elle, les yeux bruns deviennent si noirs qu'elle s'attend à ce qu'il se mette à pleuvoir dans l'instant. Le visage porcin scrute la table, secoue la tête en soupirant. Pousse le panier. Une dizaine de truffes roulent à terre. Antoine serre les poings et se retourne lentement. L'homme interpelle alors Julia :

– Méfiez-vous, mademoiselle ! Si vous voulez de la truffe, adressez-vous à quelqu'un d'honnête et du pays ! Celui-là ne vous attirera que des ennuis.

– Arrête, Charretier ! lance le vieux Flavio en posant une main sur son bras.

Julia bafouille qu'il faut qu'elle parte, qu'on l'attend. Sa phrase meurt dans un silence bouillant. Le chien grogne, le museau en avant. Mâchoire serrée, Antoine ramasse les truffes tandis que l'autre crie à la cantonade :

– Quand il s'agit de mettre toutes les filles du village dans son lit, là il sait y faire ! Va donc, branquignoleur, fan de puto, on ne veut pas de toi ici !

Puis plus bas, ses yeux plantés dans ceux d'Antoine :

– Et t'approche plus de ma femme, t'as compris ?

Le chien grogne de plus belle. Antoine se penche vers la silhouette trapue.

– C'est toi qui comprends pas. Eva, elle veut plus de toi.

Charretier va pour lui sauter à la gorge mais des villageois s'interposent. Il vomit des insultes, le menace du pire, le visage déformé par la colère. Quelques voix s'élèvent parmi les étals : ce n'est pas bientôt fini ? Y en a qui travaillent ici !

Antoine lève la main et le chien saute dans la fourgonnette. Sans un regard pour Julia, il replie la table et jette le tout dans le coffre. La portière claque et la vieille fourgonnette démarre dans un râle de poussière. Le vieux Flavio secoue la tête tristement.

12

Zerbino, assis sur le siège passager, pose sa tête entre ses pattes. Il garde un œil sur son maître. Les mains crispées sur le volant, Antoine conduit sa vieille fourgonnette pied au plancher en dehors du village. Rien qu'à l'odeur qui se dégage de sa peau, Zerbino peut sentir la colère qui l'habite. C'est un parfum salé, presque aigre, où pointe du chagrin. Le vieux chien se redresse et pousse un petit gémissement furtif. *Je suis avec toi.*

Antoine soupire et caresse sa tête. Zerbino sent une onde de plaisir lui parcourir l'échine. Il suivrait Antoine au bout du monde.

– T'en fais pas mon Zerb', on s'en fout de ces vieux-là, pas vrai ?

Zerbino aboie en guise d'assentiment. Antoine fouille dans sa poche et lui donne une friandise. Zerbino la croque vivement, il pourrait la savourer, mais il ne connaît pas ce mot. Alors qu'il se lèche les babines, il repense à cette fille croisée ce matin. S'accrochait à son pull une odeur de beurre, de café et de fleur d'oranger.

Il a bien senti que le cœur d'Antoine battait un peu plus vite en lui parlant, mais Zerbino n'est pas sûr de ce que cela signifie. Une mouche tape sur la vitre et le sort de ses pensées.

Zerbino aime les croquettes, les caresses entre les oreilles, faire la sieste au soleil, et puis le rire d'Antoine. Zerbino n'aime pas les bourdons qui tournent autour des lavandes, les petits pois, les trains de marchandises, et le parfum de cette femme qui vient souvent sonner chez eux quand il fait nuit.

Ce matin encore, elle était dans le lit d'Antoine, là où Zerbino aime se lover quand son maître le laisse faire. Mais quand la femme est là, Antoine dort sur le canapé. Il voit bien qu'Antoine ne peut la laisser à la porte quand elle débarque comme ça sans prévenir. Elle tremble un peu, elle sent le feu de bois, la vanille et le rhum. Zerbino ne comprend pas ce qu'elle veut, mais il sait que lorsque Antoine la prend dans ses bras, ça lui fait du bien. Parfois, quand il est de bonne humeur, Zerbino s'allonge contre ses jambes et la réchauffe pour qu'elle s'endorme plus vite. Elle a l'air triste cette fille-là.

L'odeur des truffes qui lui parvient depuis le coffre chatouille sa truffe à lui. Zerbino adore les truffes. Et plus encore, marcher dans la campagne avec Antoine. Des heures et des heures, souvent une journée entière. Pendant ces balades, Zerbino court, s'éloigne, parfois une demi-heure, et revient en aboyant, la queue frétillante. Alors il guide Antoine entre les lavandes et les chênes, avant de creuser la terre de ses pattes griffues. Il saisit délicatement la truffe entre ses crocs et la lui tend en remuant la queue. La tentation est parfois forte d'en avaler un morceau, mais il se retient, juste pour voir l'éclat de joie dans les yeux de son maître.

Malheureusement, ces moments sont rares. Malgré tous ses efforts, Zerbino voit bien que la récolte n'est pas à la hauteur de ce qu'attend Antoine. Le soir devant la cheminée, son regard se fait lointain et Zerbino sent dans ses caresses un peu absentes que son maître est inquiet.

13

La vieille Peugeot tourne le dos à l'église, à la fontaine et aux platanes, brinquebalant dans les ruelles pavées. Saint-Amour s'éloigne doucement dans le rétroviseur. Julia a une tendresse particulière pour ce village. Ses ruelles pittoresques et ses maisons aux volets colorés l'émeuvent toujours autant. Elle aime l'ambiance qui y règne en automne. Le vieux lavoir est calme, débarrassé des touristes. Même si les balcons sont un peu moins fleuris, une douceur de vivre échappe au rythme des saisons. Julia tente de se rappeler la dernière fois qu'elle est venue rendre visite à sa grand-mère. Les mois ont filé à une vitesse vertigineuse.

Le trajet en voiture achève de dissiper le souvenir de la scène désagréable dont elle a été témoin un peu plus tôt. L'image de ce Casanova aux mains terreuses s'efface le long des routes sinueuses. Depuis la montagne, la vue est imprenable. À chaque tournant, des camaïeux de vert, d'ocre et de bleu. Quelques nuages s'accrochent au sommet de la montagne. C'est l'été indien. On voudrait plonger dans ce ciel aux allures d'océan.

En arrivant à la maison de retraite, Julia compose le code d'entrée et les portes vitrées s'ouvrent dans un chuintement délicat. Dans la véranda ensoleillée, Madeleine tricote et joue au Scrabble avec une inconnue à la mise en plis violine. Plume, quant à lui, est en pleine sieste. Il occupe la moitié de la table basse et sa queue déborde du plateau. Julia s'approche pour les saluer. La tricoteuse l'accueille avec une joie sincère.

– Votre mamée est avec le médecin, elle ne peut pas recevoir de visites. Prenez place près de nous, vous serez bien pour attendre. Voulez-vous un petit rafraîchissement ? propose-t-elle de sa voix perchée.

Julia la remercie poliment et s'assoit à ses côtés.

– Bon, on joue ou on bavarde ? s'impatiente celle que Julia n'a jamais vue auparavant.

Le front plissé, elle parle vite et sans accent. Assurément, elle n'a pas grandi en Provence.

– Dix lettres : « Allélouyer » ! s'exclame Madeleine.

Son adversaire lève les yeux au ciel.

– Mais bon sang Madeleine, on joue en français, pas en espéranto ! Allélouyer, et puis quoi encore ?

– Gisèle, vous devriez assister plus souvent aux offices du père Marius, persiste Madeleine, de bonne foi. Ça vous profiterait. « Allélouyer », ça vient du latin « *alleluia* ».

Et la voilà qui se met à fredonner un cantique. Julia

sourit et pense à sa grand-mère. Sera-t-elle dans un bon jour ? Elle aimerait lui parler du carnet.

Éliane et ses yeux clairs s'approchent en poussant un fauteuil roulant. L'infirmière salue Julia et la prévient que Jeannine en a pour un moment. Le médecin doit procéder à des tests pour mesurer l'évolution de sa santé neurologique.

– Gisèle…, gronde Éliane gentiment. Laissez donc Madeleine jouer, vous savez que personne ne peut vous battre !

– La neige arrive…, prévient la tricoteuse, éblouie par les rayons du soleil.

– Bon eh bien allez-y, Madeleine, marmonne Gisèle. On ne va pas y passer la journée !

Madeleine dépose une à une les lettres sur le plateau. Éliane se penche vers Julia et lui souffle à l'oreille :

– Je vous présente Gisèle Escariotte. Lettre d'Or au Scrabble et médaille de chocolat en patience.

– « Joconder », annonce Madeleine.

– « Joconder » ? interroge Gisèle, exaspérée.

– Eh oui, ma foi, c'est quand tu souris mais que tu ne souris pas.

À bout de patience, Gisèle se penche vers Julia et chuchote :

– Bienvenue chez Mamie Zinzin ! Prenez garde, vous y passerez aussi !

Cette vieille dame me plaît beaucoup, songe Julia. Mais elle semble avoir toute sa tête. Que fait-elle ici ?

– Ménagez-vous, Gisèle, dit Madeleine. À votre âge, il faut être prudente.

– C'est ça, grommelle Gisèle en levant les yeux au ciel, Madame est infirmière et moi je suis la reine d'Angleterre.

Julia éclate de rire. Sur scène, elles feraient un tabac ! se dit-elle.

– Ils annoncent de la neige, répète Madeleine, les yeux perdus derrière la vitre.

Tandis que les deux femmes poursuivent leur dialogue de sourds, Pierrot et Fernand font leur entrée, coiffés de bonnets rouges. Toujours hilares, les deux vieux sont accompagnés d'un chien qui les suit de mauvaise grâce. Ils sont en plein dressage, un paquet de Figolu à la main, et tentent de lui apprendre à faire le mort. En vain, la bête les fixe de ses yeux ronds.

Impatiente de retrouver sa grand-mère, Julia sort le carnet de son sac. Un cliché en noir et blanc s'échappe d'entre deux pages. On y voit deux fillettes, de cinq et dix ans environ. Toutes deux sont brunes mais leur expression forme un contraste étonnant. Julia reconnaît le sourire de Jeannine sur le visage de l'aînée, coupe courte et regard malicieux. À ses côtés, une toute petite fille maigrichonne porte une robe trop grande pour elle. Elle fixe l'objectif par en dessous, d'un air déterminé. Ses cheveux ficelle lui tombent dans les yeux et elle tient dans ses bras maigres un petit lapin.

En 1938, j'ai neuf ans. Mon père suit de près les informations dans Le Petit Journal. *Il est tendu, il sent venir la guerre. Cette grande guerre qui nous atteindra jusque dans notre Midi natal où nous pensions pourtant être à l'abri du monde, de la faim et de la mort.*

C'est la fin du printemps, il fait chaud. Nous venons de terminer de déjeuner. Le village résonne du bruit des couverts et des assiettes qu'on empile dans l'évier, bientôt suivi des ronflements de la sieste derrière les volets clos.

Maman m'a demandé de lui rapporter quelques feuilles de laurier pour aider à la préparation du dîner. Je monte dans le maquis d'un pas léger. Je porte une culotte à boutons et des sandales en cuir. J'aime le bruit des insectes qui vrombissent, et l'odeur du romarin que je ramasse et que je glisse dans mon tablier. Les oliviers crissent sous le chant des cigales.

Soudain, j'aperçois un lapin, jeune sans doute, pas plus grand que ça. Une petite merveille de laparèu, comme on l'appelle ici ! Une fourrure claire et des oreilles adorables, dressées vers le ciel. Je m'approche à pas lents. Son museau remue. Ses moustaches se dessinent dans un rayon de soleil. Le vent vient d'en face, le lapin ne m'entend pas. Je l'attrape soudain par ses deux oreilles. La petite boule chaude tremble dans mes bras. Ses yeux noirs me fixent, apeurés. Je me hâte jusqu'à la maison et pense alors à mon père : où vais-je bien pouvoir le cacher avant qu'il ne me le prenne ?

En arrivant dans le village, je croise Lucienne. Il est presque l'heure pour moi de retourner en classe. La petite joue avec un bâton près du lavoir. Je lui fais signe de me rejoindre et me dirige vers la boutique de souliers. Mon père m'a donné trois sous pour m'acheter des espadrilles pour le cours de gymnastique de cet après-midi. Mes chaussures de sport sont trop petites. Je m'approche de la vitrine. La porte est fermée.

Lucienne me rejoint, timide et le visage sale. Je remets ses cheveux en arrière de ma main libre et essuie sa bouche de mon mouchoir. Sa barboteuse tachée découvre des genoux écorchés. Sur sa tête trône un béret trop grand, oublié chez sa mère par un marin de passage. La petite est maigre comme un clou et sa mise me fait peine.

Soudain, ses yeux s'illuminent à la vue de la petite boule de poils cachée dans mon giron. Je me penche et lui glisse à l'oreille :

– J'ai croisé la fée du maquis en allant cueillir du thym.

La gamine ouvre des yeux grands comme des sou-

coupes. Elle a cinq ans à peine mais en paraît bien moins. Je me retiens de rire et poursuis, le regard grave :

– Elle m'a confié ce lapin. C'est un lapin magique qui exauce tous les souhaits. Elle m'a dit de le donner à un cœur pur. Ma foi, je ne sais pas à qui !

La petite lève vers moi des yeux implorants. Elle parle peu. Ses jambes sont frêles et pleines d'ecchymoses.

Je jette un coup d'œil à droite et à gauche d'un air conspirateur, puis lâche à voix basse :

– Crois-tu en être digne ?

Elle hoche la tête, émue. Je tâche de la faire parler un peu. Je suis la seule au village à connaître le son de sa voix.

– Comment le nourriras-tu ?

Elle déglutit et me fixe de ses grands yeux qui lui mangent tout le visage. Intimidée, elle hausse les épaules. Je secoue la tête, déçue. Les larmes lui montent aux yeux, c'est une tempête intérieure qui fait rage dans cette caboche minuscule. Elle lutte contre elle-même, elle y met tout son cœur, quand soudain elle articule à voix basse :

– Une petite carotte.

Heureuse de l'entendre enfin, je décide de la faire parler encore un peu.

– Et quel vœu voudrais-tu qu'il exauce ?

Elle hoche la tête en regardant ses souliers. Puis elle murmure quelques mots inaudibles. Je l'invite à répéter et me penche à sa hauteur. Un vent chaud répand dans les ruelles des effluves de lavande. La petite serre les poings et, sans quitter les yeux du sol, elle souffle :

– Je fais le vœu que jamais tu ne m'abandonnes.

Je me relève en souriant. Je chéris cette petite comme la sœur que je n'aurai jamais.

– Tiens ! Je te l'offre.

Elle reçoit la petite bête sans y croire. Ma chérie, si tu avais seulement pu voir l'expression de son visage à cet instant ! Lucienne serre le lapin contre elle en fermant les yeux. Cette fillette l'aime déjà plus qu'on ne l'a jamais aimée elle-même.

Soudain, l'église sonne l'heure. Je suis en retard à l'école. Je fais de grands signes à l'homme qui paresse derrière la vitrine. Il me faut ces espadrilles, au risque de me faire punir par mon professeur ! Mais depuis son fauteuil, malgré mes prières et mes sourires, le propriétaire me fait signe de déguerpir.

La main dans la poche, je serre entre mes doigts les trois sous donnés par mon père. Une colère m'envahit brusquement. Ni une, ni deux, je crache sur sa vitrine ! Lucienne, si petite, si frêle, son lapin dans les bras presque aussi gros qu'elle, s'approche et m'imite à son tour ! Un long filet de salive atterrit sur ses souliers troués avant qu'elle ne prenne la fuite à mes trousses. Ah ! Que de souvenirs ma vieille tête est farcie... Il me semble que les rues du village résonnent encore de nos rires.

14

Julia repose le carnet. Comment n'y a-t-elle pas songé plus tôt ? Elle enfile son blouson. Une personne en sait forcément plus qu'elle sur sa grand-mère.

Sa voiture s'engage de nouveau sur la route menant au village. Les ruelles sont désertes. Le ciel est lourd et une goutte s'écrase sur le pare-brise. Julia se gare devant un hôtel. Quelques mauvaises herbes s'échappent des marches. Une vieille pancarte en bois annonce : « Chambres – Demi-Pension – Pension complète ». Sur le fronton, on peut lire 1874 sculpté dans la pierre.

Julia pousse la porte encadrée de lierre fané. Une odeur de cire lui saute au nez. Les lieux, à la décoration monacale, sont impeccablement tenus. Les murs sont nus. Seule une petite table recouverte d'un napperon et une pendule à balancier meublent un peu la pièce sombre. Un grand panneau marqué du numéro des chambres est surmonté de cinq grosses clefs à pompons. Visiblement, ce n'est pas la haute saison.

Le dos légèrement voûté, une silhouette s'affaire derrière le comptoir. Lucienne. Malgré son âge, elle travaille quelques heures par jour à l'hôtel. De la cuisine s'échappe un fumet de rôti aux herbes.

Lucienne pourra sans doute lui en dire davantage sur sa grand-mère. Leur rencontre la veille n'a été que trop brève. Lucienne dit avoir trouvé Jeannine dans le jardin. Est-elle au courant de l'existence du carnet ? Que sait-elle des secrets dont il est fait mention dans la lettre ? Julia repense à toutes les photos qui décorent le manteau de la cheminée de sa grand-mère. Pourquoi n'y en a-t-il aucune de ses grands-parents le jour de leur mariage ? Lucienne était-elle présente ce jour-là ? Les questions se bousculent dans son esprit. Elle se prend à espérer que la vieille fille la guide et la conseille sur ce qu'il convient de faire de ce carnet.

Sentant un regard posé sur elle, Lucienne s'interrompt, sourcils froncés.

– Tiens, t'es là toi ?

Toujours aussi aimable, songe Julia. L'amie de sa grand-mère l'a toujours mise mal à l'aise, sans qu'elle sache vraiment pourquoi. Une vague intuition de jalousie ou de rivalité, mais cette idée lui paraît saugrenue. Lucienne passait souvent leur rendre visite. Discrète et taciturne, elle cuisinait des tartes auxquelles Julia n'osait pas toucher tant la vieille femme lui faisait l'effet d'un dragon.

– Bonjour Lucienne, comment ça va ?

– Ça va, maugrée Lucienne en rangeant quelques papiers.

Son regard est dur, ses lèvres serrées en une ligne fine. Elle se dirige vers un placard d'où elle extrait un seau, un balai et une serpillière. Sentant qu'elle s'apprête à repartir dans les étages, Julia met la main sur son bras.

– Lucienne, je ne suis pas là pour longtemps, mais j'aimerais parler un peu avec toi.

La vieille femme hésite.

– Je ne suis pas payée pour bavarder. De quoi tu…

– Est-ce qu'on peut s'asseoir ?

Lucienne la fixe un instant, puis l'invite à la suivre dans la cuisine. Sans un mot, elle pose deux tasses sur la table et met le café à réchauffer. Puis elle sort du frigo quelques olives qu'elle fait glisser dans une coupelle. Julia observe ses yeux verts, presque jaunes.

– Elle nous a fait peur en tombant…, lâche Lucienne.

Sa voix est faible, mais son accent ensoleillé. Ses phrases meurent dans sa bouche, presque avant même d'avoir été prononcées. Julia la sent soudain très émue. Lucienne se lève, verse le café avant de se rasseoir au bord de la chaise. Julia comprend que le temps est compté.

– J'ai trouvé un carnet dans la chambre de Mamie.

Lucienne se fige.

– J'aimerais que tu me parles un peu d'elle, et de mon grand-père. Est-ce qu'il y a des choses qu'elle pourrait avoir envie de… de nous confier avant que…

– Ce carnet, tu l'as lu ?

Lucienne crache sa question comme un venin et la transperce de ses yeux jaunes. La tension est palpable.

– Non, non, bafouille Julia. Je n'en ai lu que quelques pages. Il est très épais et… Enfin je ne sais pas ce qu'il contient. Mais la lettre que Mamie a laissée à mon intention me laissait penser que…

Soudain, elle se tait. Qu'est-elle venue chercher ? La bénédiction d'une vieille femme qui n'a aucune idée de quoi il retourne ? Et si Jeannine ne s'était jamais confiée à personne ?

Julia s'excuse poliment et se lève pour partir quand Lucienne la saisit par la manche.

– Certaines choses ne méritent pas d'être rapportées. Elles sont là, quelque part, et puis elles ne seront plus. Et c'est sans doute mieux comme ça.

Julia remarque qu'elle tremble un peu. Elle se dégage doucement de son emprise tandis que Lucienne la fixe toujours avec intensité. Alors que Julia s'apprête à prendre congé, la porte s'ouvre sur une veste détrempée. Elle reconnaît Antoine et son chien qui s'ébroue à présent sur le carrelage. Son cœur manque un battement.

– Pétard ! s'emporte Lucienne. Vous ne pouvez pas vous secouer dehors ?

Un panier sous le bras, Antoine fixe Julia et sourit.

– Faut bien avouer que dans ce village on sait recevoir, non ?

Mais qu'est-ce qu'il fait là ?

– Antoine. Je suis cultivateur, un peu plus haut dans la montagne. Tu arrives de Paris ?

– Oui. Enfin, ça fait quelques jours que je suis là. Je m'appelle Julia.

Lucienne émerge de la cuisine avec un plat recouvert d'aluminium qu'elle tend à Antoine sans un mot. Le chien, alléché par l'odeur, se met à japper. Julia se penche pour le caresser et il remue la queue avec enthousiasme. Antoine tend à la vieille dame un panier.

– Tiens, Lucienne, je t'ai mis quelques truffes et un peu de safran.

Puis il se tourne vers Julia :

– Tu es la petite-fille de Jeannine, c'est ça ? Lucienne m'a parlé de toi.

Julia lève les yeux, étonnée. Derrière lui, la vieille femme regarde ailleurs. Pas étonnant qu'il mette toutes les filles dans son lit avec un sourire pareil, se dit-elle. Ce Casanova de pacotille l'énerve. Pourquoi ? Elle préfère ne pas le savoir.

– Je dois y aller. Merci pour le café.

Dehors, il pleut à verse. Elle court jusqu'à sa voiture en se protégeant de son blouson. Tandis qu'elle déverrouille tant bien que mal la portière, une main la saisit par le coude.

– Tiens ! Tu m'en diras des nouvelles.

Le temps qu'elle comprenne ce qu'il a mis dans ses bras, il a déjà disparu.

Liste des choses que j'espère oublier

Les petits airs des réclames à la télévision
Le nom du coupable dans Le Mystère de la chambre jaune
À quoi ressemble un acarien
L'odeur des rutabagas
Compter en anciens francs
Les hymnes au Maréchal qu'on chantait à l'école
Les numéros de téléphone des gens décédés
Mon âge

15

Antoine est sorti cinq minutes à peine mais Zerbino lui fait la fête comme s'il revenait d'une année sabbatique. Le vieux chien tourne un peu sur lui-même avant de se lover sur le tapis près du chauffage. Antoine se débarrasse de ses bottes, Zerbino le suit du regard en levant mollement le museau tandis qu'il prend place à la table de la cuisine.

Les visites chez Lucienne sont toujours un supplice autant qu'un émerveillement des sens. Les effluves qui émanent de la cuisine sollicitent son odorat et le font saliver. Faut-il qu'il aime son maître pour ne pas l'avoir déjà abandonné pour cette gamelle !

– Mèfi à cette fille, grogne Lucienne.

Muni d'un tournevis, Antoine s'attelle à la réparation d'un petit réveil.

– Mais qu'est-ce que tu ronchonnes encore, elle t'a rien fait cette fille-là…

Zerbino ferme les paupières. Soudain, le bruit d'un papier que l'on froisse le sort de ses rêveries. Sa truffe l'alerte de la possibilité d'un en-cas. Il saute sur ses pattes et vient poser sa gueule sur le genou de Lucienne. Sa robe sent la poussière et l'eau de Javel.

– Cette petite qui débarque, là, c'est de mauvais augure, c'est moi qui te le dis.

– Arrête ! Qu'est-ce qui te prend ? La petite de Jeannine…

Lucienne grommelle dans son coin, lui sert un pastis tandis qu'Antoine attrape un biscuit apéritif et le lance à Zerbino. Enfin ! pense ce dernier en l'avalant tout rond. Puis il aboie pour en obtenir un second. L'odeur des olives et des herbes de Provence l'obsède tout à fait.

– Garde-la à l'œil, c'est tout. Tu sais comme moi que le silence n'a pas de prix, conclut Lucienne en passant un coup d'éponge sur la table.

Antoine hausse les épaules. Le raclement de sa chaise sur le sol déchire les oreilles de Zerbino qui se redresse en même temps que son maître. Il n'aime pas la pluie et resterait bien là, à attendre le dîner. Antoine enfile son pardessus, et un parfum d'humus et de laurier rappelle Zerbino à ses devoirs. Pourtant, quand Lucienne passe sa main sur son dos en guise d'au revoir, Zerbino sent bien que quelque chose la tracasse.

Ma libellule,

Je ne t'ai pas écrit hier et je suis bien incapable de me souvenir de ce que j'ai fait à la place. Il n'y a rien de noté dans mon calendrier. Alors ce matin, j'ai collé des post-it sur le miroir de la salle de bains. Dessus, j'ai mis : « Penser à écrire dans le carnet. »

Tu sais, les soirées ici sont parfois longues. Hier, de ça je me rappelle, se jouait à la télévision un concours de danse. Ils appellent ça Danse avec les stars, *sans doute que cela te dit quelque chose ? C'est un programme épatant ! Ma foi, les stars, moi je ne les connais pas, peut-être que je suis trop vieille. Mais ma chérie, si tu voyais comme ces gens dansent ! Certains sont moins dégourdis que d'autres, comme ce jeune homme qu'ils montraient hier. Il est beau, on dirait un dieu grec, brun et grand, un bel homme vraiment. Mais quand il se met à danser... Malheur ! Il ne sait pas quoi faire de ses jambes ! Ah ! Je ris rien que d'y repenser ! Ce maladroit me rappelle ton grand-père. Je l'aimais beaucoup, mais certainement pas pour ses talents de valseur ! Je peux à peine te dire s'il tenait debout, tant il aimait passer ses après-midi à lire assis dans la cuisine, sa pipe à la bouche. Il appréciait la poésie et m'en écrivait parfois.*

Hier, dans l'émission, il y avait cette candidate, une jeune blonde qui m'a fait penser à toi. Un beau brin de fille avec des jambes longues, si longues que quand elle dansait, on aurait dit qu'elle allait toucher le ciel.

Voilà que je ne me souviens plus pourquoi je te parle de ça. Ah, tête folle ! Pardon, ma Lili, si je m'égare : je me perds dans mes notes et je ne sais plus si je t'ai raconté la fois où j'ai dû réciter Le Chat, la Belette et le Petit Lapin. *Tu connais cette fable, je te l'ai enseignée, enfant. « Dame Belette un beau matin… » Ah, nous parlions de danse, voilà que ça me revient.*

Mon père était terriblement sévère mais capable parfois d'une patience étonnante. C'est lui qui m'a appris à danser. Là encore, il fallait que je sois la meilleure. Il était un cavalier extraordinaire, gracieux et précis. Sa bonne humeur était communicative, et il aimait rassembler les familles du village pour des bals. J'avais huit ans quand il m'a enseigné la valse. Un deux trois, un deux trois ! Ah ma chérie, si tu avais pu voir la fierté dans ses yeux le jour où j'ai ouvert le bal avec lui !

16

Quand Julia revient à la maison de retraite, Félix et Jeannine s'apprêtent à sortir.

Félix passe un gilet sur les épaules fragiles de la vieille dame et dépose sur ses joues un peu de poudre rose. Jeannine se laisse faire comme une enfant. Elle semble un peu perdue. Le cœur de Julia se serre.

– Ah, tu tombes bien ! s'exclame Félix en l'apercevant. Nous partons en voyage. Jeannine, croyez-vous que nous pourrons atteindre Séville avant la nuit ?

Jeannine sourit, elle est un peu ailleurs. Julia remarque qu'elle a maigri. Où sont passées ses rondeurs réconfortantes ?

– Prends ton passeport, Julia ! J'espère que tu aimes l'Andalousie.

– L'Andalousie ?

– Suis-nous !

Il enfonce un Borsalino sur sa tête et relève le frein du fauteuil roulant. Dans l'ascenseur, un calendrier multicolore rappelle que les pensionnaires ont des journées bien remplies. Après-midi orchestre, dégustation de miel et même rencontre avec des animaux… La Bastide du Figuier prend parfois des allures de cirque ambulant.

Alors que les portes s'ouvrent, Jeannine aperçoit un groupe de pensionnaires devant un téléviseur et s'exclame :

– Oh pétard, il y a du monde à la réception aujourd'hui !

Puis, voyant le directeur qui parle à une aide-soignante, elle attire Julia à elle et lui souffle à l'oreille :

– Tu le vois lui là-bas dans son costume, qui jacasse ? C'est le directeur de l'hôtel. Permets-moi de te dire que c'est un cornecul !

Julia éclate de rire. Voilà bien longtemps qu'elle n'a pas entendu cette expression. Comment mieux décrire un fainéant qui prend tellement de repos que la corne lui vient sur son postérieur ? Le directeur, inconscient des trésors de langage qu'il fait renaître, sourit à la jeune femme sur son passage, positivement surpris par cette apparition. Félix fait un clin d'œil à Julia alors qu'il tape le code pour ouvrir la porte de sortie.

Tous trois s'acheminent vers le jardin tandis que Félix ajoute une couverture sur les genoux de Jeannine. Le beau temps est revenu, mais le fond de l'air est frais. L'herbe humide brille sous le soleil d'automne. Ses gestes sont d'une douceur inouïe. Julia est reconnaissante que quelqu'un, là-haut, ait mis cet ange sur leur route.

Dans le patio, deux petites poules rousses se promènent en roulant des mécaniques. Quelques iris prennent le soleil, à l'abri du vent.

– Ton père est passé hier couper les rosiers, lance Jeannine. J'ai fait des crêpes, comme il les aime.

Puis soudain, son visage s'assombrit. Inquiète, elle prend le bras de sa petite-fille.

– Mais qu'allons-nous manger ce soir ? Il faut faire les courses ! Mon Dieu, quelle heure est-il ?

Félix s'approche d'elle.

– Nous irons faire les courses juste après, ne vous inquiétez pas, il est encore tôt.

Le cœur de Julia se serre. Sa grand-mère ne fera plus jamais la cuisine pour personne. Julia tente de se remémorer la dernière fois qu'elle a fait sauter la poêle, empilant les crêpes comme autant de tranches de bonne humeur. Il y avait des rires, de la confiture d'abricots et des mentons pleins de sucre. Si elle avait su que ces crêpes étaient les dernières que sa grand-mère faisait pour elle, les aurait-elle savourées davantage ? Les larmes lui montent aux yeux de la voir si fragile. À quoi bon l'avoir tout près d'elle si son esprit est ailleurs ?

Jeannine n'est pas dans un bon jour, Julia a du mal à la reconnaître. La vieille dame semble perdue dans une autre dimension. Comme s'il devinait son tourment, Félix entame alors un pas de deux avec le fauteuil roulant. S'agrippant aux poignées, il saute et claque des talons, comme Fred Astaire en son temps. Puis, tel un torero, le menton haut, le poing serré et le bras tendu, il se met à danser. Ses jambes se croisent avec élégance. Il manie sa cape imaginaire avec brio. Le voilà à présent qui saisit une branche au sol et s'en sert comme micro. Il chante à pleine voix sous l'œil ravi de Jeannine. C'est Georgette Plana qui est là devant eux. *E viva España…*

Jeannine bat des mains tandis qu'il enchaîne, faisant voler tantôt ses talonnettes, tantôt un éventail imaginaire. Julia ne peut s'empêcher de rire devant ce spectacle digne des plus grands cabarets. Soudain, la vieille dame l'accompagne de sa petite voix frêle :

Sur ton rivage sans pareil
E viva España
Donne-moi un coin de soleil
España por favor

Julia ne connaît pas ces paroles. Elle s'étonne de l'entendre les chanter avec autant de précision. Jeannine tient le rythme sans faillir et danse depuis son fauteuil en marquant la mesure. Aucun vers ne lui échappe. Julia roule des yeux étonnés à Félix qui lui fait un clin d'œil. Arrivée au bout de la chanson, Jeannine applaudit de plus belle. Félix et Julia l'acclament, admiratifs de sa mémoire intacte.

Félix entreprend alors de lui faire faire le tour de la fontaine. Il les invite à un voyage imaginaire et, d'une voix douce, décrit les palais andalous, les mosaïques fines, les patios frais et les fleurs d'oranger. Jeannine semble apprécier l'instant. Tandis qu'ils marchent lentement sous les pins, Julia l'interroge discrètement :

– Comment est-il possible qu'elle divague autant mais qu'elle se souvienne des paroles d'une chanson oubliée ?

– Les mystères de l'esprit…, murmure Félix. J'ai remarqué que quand elle s'égare et prend peur comme cela lui arrive parfois, il faut entrer dans son jeu. Ça ne sert à rien de vouloir la raisonner. Quant aux paroles des chansons… Peut-être que les mélodies sont enfermées dans un recoin secret de son esprit contre lequel la maladie ne peut rien… En tout cas, elle va faire un tabac à la soirée karaoké !

Julia ne résiste pas à l'envie d'entendre sa grand-mère chanter à nouveau.

– On va faire un tour ?

17

La vieille dame est ravie de retrouver sa voiture. Julia craint qu'elle ne leur demande de la raccompagner chez elle, mais Félix prend les devants :

– Jeannine, que diriez-vous d'une glace ? Ces températures caniculaires m'ont mis à plat. Avec un peu de chance, nous mettrons la main sur du touron.

Jeannine acquiesce, sans trop comprendre.

Les yeux rivés sur la route, Julia voit défiler le paysage de son enfance. Les maisons aux tuiles rondes. Les fontaines moussues et le linge qui sèche. Les chênes, les lauriers-roses, les oliviers. Serrés tous les trois dans cette petite voiture, il lui semble alors que le temps ne peut rien contre eux. Un bonheur simple qu'elle décide d'attraper au vol et de savourer pleinement. Elle songe à ce carnet, à ces souvenirs. À ceux qu'ils sont en train d'écrire.

Julia allume la radio. *Les gens qui s'aiment / Ils ont du ciel au fond des yeux...* Et Jeannine, les yeux pétillants sous son bonnet, se met à chantonner joyeusement.

Ils marchent à côté de la vie
Mais parfois le temps les oublie
Les gens qui s'aiment…

Le cœur de Julia se tord. Avec sa silhouette fragile et sa mémoire capricieuse, Jeannine est entièrement dans l'instant. Sa main bat la mesure tandis qu'elle parle de tendresse sur un refrain désuet qui prend son temps.

Un jingle se fait entendre et le miracle se produit. L'animateur annonce une chanson de Fréhel. Julia ouvre de grands yeux, abasourdie. Félix, qui l'observe dans le rétroviseur, devine que quelque chose se trame. La jeune femme tente de lui traduire l'avalanche de souvenirs qui l'assaille sitôt que la chanteuse entame son refrain mélancolique :

Si tu n'étais pas là
Comment pourrais-je vivre ?

Liste des jurons que j'affectionne

Âne bâté !
Bernique !
Corne-bouc !
Gros plein de soupe !
Grand bredin !
Ahuri !
Vieux dragon !
Pisse-froid !
Résidu de basse-fosse !
Grippeminaud !
Nez d'bœuf !
Jarnibleu !
Coureuse de remparts !
Fesse-mathieu !
Gougnafier !
Sapajou !

18

Julia se retrouve projetée plus de vingt-cinq ans en arrière.

Seule dans le petit salon de sa grand-mère, elle a cinq ou six ans à peine. Julia s'approche du phonographe et l'ouvre. Elle n'a pas le droit d'y toucher. Impatiente et soucieuse, elle s'empresse de glisser sur la platine son disque préféré. Celui que Jeannine fait tourner chaque soir avant de s'endormir. L'été, elle emporte même la petite valise sur la terrasse, et elles écoutent Fréhel, serrées l'une contre l'autre, sous les étoiles. Sans qu'elle sache pourquoi, cette chanson rend sa grand-mère mélancolique. La petite Julia, elle, l'adore. Il lui semble que les paroles ont été écrites pour elles.

Elle imite sa grand-mère et dépose l'aiguille sur le bord du cercle sombre, de ses doigts maladroits. Fréhel se met à chanter. Surprise et ravie de cette indépendance fraîchement acquise, Julia ne lâche pas des yeux, hébétée, l'aiguille qui fait naître en tournant la voix nasillarde.

Si tu n'étais pas là
Comment pourrais-je vivre ?
Je ne connaîtrais pas
Ce bonheur qui m'enivre

Fréhel chante longuement, portée par la mélodie du piano, jusqu'à ce que le grésillement meure dans le gramophone. L'enfant fixe le disque noir, aux anges. Elle s'enhardit à remettre l'aiguille sur le bord pour un nouveau voyage. Fréhel reprend sa complainte. Julia observe tourner ce disque qui l'hypnotise.

La petite fille rejoue la chanson encore trois ou quatre fois. Au cinquième tour, la chanteuse montre quelques signes de faiblesse. Sa voix s'éraille, s'arrête, reprend à contretemps. La fillette s'inquiète. Le disque serait-il fatigué ? Elle s'approche du phonographe et l'encourage. Promis, à la fin de ce tour, elle le laissera tranquille.

Au même moment, sa grand-mère entre. Il ne lui faut qu'un instant pour comprendre le drame qui s'est joué en son absence. Dans son inexpérience, la petite fille a oublié de changer l'aiguille. Jeannine se précipite sur le disque, labouré par la pointe. Elle observe la galette griffée, et les larmes lui montent aux yeux. Elle ne dit pas un mot. Quand Julia y repense aujourd'hui, c'est cette douleur muette qui lui fait le plus mal. La vieille dame range le disque dans sa pochette et la serre sur son cœur. Le disque est fichu. Fréhel ne chantera plus.

19

Les mains toujours sur le volant, Julia jette un coup d'œil sur sa grand-mère.

Dès les premières notes, Jeannine se redresse, ses yeux s'ouvrent en grand. Julia peut jurer qu'à cet instant les battements du cœur de la vieille dame s'accélèrent. La main serrée sur la poignée, ses jointures rendues blanches par l'effort, elle fixe la route, sans un mot.

Julia croise le regard de Félix dans le rétroviseur. Le jeune homme est loin d'imaginer ce qui se joue à cet instant. Doucement, Jeannine se met à chantonner. Elle n'y met pas l'entrain joyeux des derniers morceaux, non, c'est un murmure, une plainte douce qui vient de loin. Son esprit est ailleurs. Et tandis que Fréhel chante de sa voix rocailleuse, une profonde émotion emplit la voiture.

Quand je suis dans tes bras
Mon cœur joyeux se livre
Comment pourrais-je vivre
Si tu n'étais pas là ?

Le temps s'arrête. La voiture ne roule plus, elle flotte entre deux cumulus, bercée par le rythme langoureux et le mouvement du violon. Jeannine fredonne, comme pour elle-même.

Au dernier refrain, la gorge de Julia se serre. Elle voudrait revenir aux soirées d'été sous les étoiles, que sa grand-mère remette le disque, encore et encore, perdue dans ses souvenirs. Julia voudrait changer l'aiguille et réécrire l'histoire. Elle voudrait ne jamais l'avoir privée de cette émotion-là.

La chanson se termine. Julia a les yeux qui brillent. Une larme roule sur la joue fripée de la vieille dame. Celle-ci se retourne et prend la main de sa petite-fille. Ses yeux plongés dans les siens. Julia retrouve son regard d'autrefois, celui d'avant la maladie, quand elle lui dit :

– Cette chanson, ma chérie, c'est l'amour de ma vie qui m'en a fait cadeau.

Surprise, Julia tente d'attraper ces souvenirs au vol :

– De qui parles-tu Mamie, de Papy ?

Julia sait que Jeannine ne parle pas de son grand-père. Elle le sait et l'a toujours su, sans qu'elle puisse l'expliquer. Mais l'esprit de Jeannine s'est évadé. Son regard se fait lointain à nouveau. Elle secoue la tête et conclut, le regard triste :

– Tant de chagrin, ma chérie…

À bientôt quatre-vingt-dix ans, s'il y a bien une chose dont je suis certaine, c'est que dans cette vie rien ne relève du hasard.

Crois-moi ma chérie, quelque chose ou quelqu'un sème sur nos routes des rencontres et des épreuves qui, quand on y regarde bien, prennent un tout autre sens. Il suffit de chausser les bonnes lunettes et d'être patient. Malgré tout ce que ma vie a compté de douleurs et de chagrins, je suis une optimiste indécrottable. En toute chose, malheur est bon.

Penses-y ma chérie quand tu liras ce carnet. Guette les signes qui l'accompagnent.

Le jour de mes huit ans, ma mère est hospitalisée au Val-de-Grâce à Paris. Elle souffre de graves problèmes rénaux. Pendant quelques semaines, je reste seule avec mon père. J'ai peur pour ma mère que j'aime profondément, mais les médecins sont optimistes.

Le tête-à-tête avec mon père n'est guère réjouissant. Ma mère a laissé aux voisines le soin de nous nourrir. Comme tous les jours, la vieille Jocelyne et son arthrose sonnent à notre porte. Comme tous les jours, mon père fume la pipe dans le salon en lisant le journal. Jocelyne lui tend un plat fumant, charmée par ce voisin qui sait toujours se rendre agréable.

Une fois la porte refermée, mon père s'approche de la table de la cuisine où je fais mes devoirs. Mon crayon gris dans la bouche, je peine à faire les multiplications que la maîtresse nous a données. Ah, les mathématiques ! Ma hantise ! Je peux déclamer toutes les fables de La Fontaine, mais la table de sept… Mon Dieu, rien que d'y penser, les chiffres dansent dans ma tête, aussi sûrement que deux et deux font trois !

Ma mère me manque. D'habitude, c'est elle qui m'aide à faire mes devoirs. Nous rions ensemble, car elle n'est pas plus douée que moi. Nous y mettons du temps, mais nous obtenons toujours de bons résultats.

Ce jour-là, je sens le vent tourner. Jocelyne a fait des endives en gratin. Mon père déteste les endives.

– Qu'est-ce que tu fais là ? Tiens-toi droite et montre-moi ça, lâche-t-il d'une voix sourde.

Je fais glisser vers lui le cahier à grands carreaux et renverse mon encrier. Il serre les dents, tandis que j'essuie la table de mon mouchoir. Puis jette un coup d'œil à mes multiplications raturées.

– Combien font six fois quatre ?

Je déglutis et lui réponds.

– Et sept fois huit ?

Dans ma tête, c'est le trou noir. Je pense à ma mère qui me fait toujours de grands signes dans son dos pour m'indiquer les réponses. Je sens un souffle froid dans ma nuque. Ça bourdonne dans mes oreilles. Je lâche d'une toute petite voix :

– Cinquante-deux ?

Mon père abat son poing sur la table. Je sursaute.

– Cinquante-six ! Sept fois huit : cinquante-six !

Il se lève en grognant et me jette mon cahier. Je m'empresse d'y inscrire proprement la réponse, le nez sur ma feuille.

Derrière moi, mon père s'affaire à présent dans un placard. Ma mère lui a laissé un mot avec des indications. Il doit me donner une fois par semaine un comprimé contre la constipation. Mon ventre fait des nœuds que seules les mains douces de ma mère parviennent à défaire, et en son absence, le médecin a prescrit des cachets.

Mon père remplit un verre d'eau et pose sur la table une petite pilule. Blanche et ronde. À la seule idée de devoir l'avaler, ma gorge se serre.

– Prends ça, qu'on puisse dîner.

Je saisis le verre à moutarde et dépose le cachet sur ma langue. C'est la première fois qu'on m'en donne un et je ne sais pas m'y prendre. Un peu gauche, j'avale une grande gorgée d'eau. Puis une seconde. Rien à faire, le cachet se glisse dans ma joue. Mon père s'impatiente : me faudra-t-il toute la nuit ? Je déglutis encore. Rien ne se passe. Je le fixe avec crainte et je ne vois pas arriver la claque qui m'assomme. Mes yeux se remplissent de larmes. J'appelle ma mère à l'aide. Ces gémissements le font définitivement sortir de ses gonds. Il m'attrape par les joues avant de glisser ses doigts dans ma bouche. J'étouffe, je tousse, ses yeux sont d'une noirceur inquiétante. Il me semble que la cuisine rétrécit et que les murs se rapprochent. Je pleure de plus belle en essayant tant bien que mal d'avaler la pilule. Rien n'y fait. Soudain, une bouffée de colère m'envahit. De colère et d'injustice. Une rage sourde.

Au même moment, on sonne à nouveau à la porte. Jocelyne a oublié de nous porter le riz. Mon père m'intime une dernière fois d'avaler ce cachet, la main levée, avant de quitter la cuisine pour ouvrir la porte. Je saute alors de ma chaise et me précipite à la fenêtre. Et là, sans faillir, je crache le comprimé dans la cour. Mon cœur bat à tout rompre.

À cet instant, seule dans la cuisine où flotte une odeur de gratin, je découvre que je suis invincible. Les menaces de mon père ne pourront plus rien.

20

Lucienne tire d'un coup sec le rideau en velours rouge. Le profil du père Marius apparaît derrière la grille. Un large crucifix se dresse entre eux. Chaque jeudi, Lucienne vient s'asseoir sur le banc inconfortable qu'elle a ciré le matin même, davantage par habitude que par nécessité.

– Bénissez-moi, mon père, car j'ai péché.

– Bénie sois-tu, Lucienne. Je t'écoute, parle en toute confiance car Dieu est à nos côtés.

La vieille femme est traversée par quelques pensées, mais aucune ne franchit ses lèvres. Lucienne n'a confiance en personne. Alors, chaque jeudi, elle brode un peu.

– Je confesse avoir constaté un outrage à notre Sainte Église... Mme Lazzi a de nouveau allumé deux cierges ce dimanche sans faire don au Seigneur.

En sacristine assidue, Lucienne relève le tronc plus souvent que nécessaire, tenant un compte précis de la générosité des paroissiens. Quand vient l'heure de la quête, elle s'attarde avec un regard lourd de sous-entendus devant les plus radins.

– Lucienne, j'entends ta parole, répond le prêtre, coutumier de ses errances spirituelles. Mais nous sommes ici pour ton examen de conscience, pas celui de ton prochain.

Lucienne serre les dents. Chaque jeudi, son imagination est mise à rude épreuve pour trouver quoi raconter au père Marius, un peu sourd au demeurant.

– Pendant que j'y pense, mon père, n'est-il pas temps pour nous de trouver une nouvelle organiste ? Mme Fourneyron est sans doute fidèle, mais peuchère son oreille l'est un peu moins…

– Lucienne…, gronde le curé d'une voix sourde. Laisse parler ton cœur.

Un raclement de gorge se fait entendre de l'autre côté du rideau. Sans doute Mireille qui s'impatiente, et dont les oreilles sifflent.

– J'ai sans doute péché par gourmandise, lâche finalement Lucienne.

Un court dialogue s'ensuit où il est question de bugnes et d'égarement des sens. Le prêtre invite sa paroissienne à regretter ses péchés en faisant acte de contrition. Lucienne réprime un bâillement et songe aux tâches qui l'attendent à l'hôtel, tandis que le prêtre l'absout. Elle se signe en marmonnant. Rien ne pourrait différencier cette confession de toutes celles que Lucienne a pu faire jusqu'alors. Rien, si ce n'est un léger tressaillement. Au moment où ses lèvres soufflent un *Amen*, le visage de Jeannine lui apparaît brutalement.

21

À leur retour, le hall est désert. Félix s'éclipse dans la chambre pour prodiguer à Jeannine les soins du soir. Tous trois ont dîné dans une auberge sur la route. La vieille dame est épuisée, il est temps pour elle d'aller se coucher.

Les résidents sont remontés dans leurs chambres et le rez-de-chaussée est sombre. Pourtant, une lumière près d'un fauteuil attire l'attention de Julia. Elle s'approche à pas silencieux et découvre Gisèle dissimulée derrière une large bergère, le nez sur un ordinateur. Julia l'observe, étonnée. Cette vieille dame n'a décidément pas fini de la surprendre. Elle détaille ses cheveux soigneusement coiffés, son rouge à lèvres assorti à son gilet, ses ongles vernis. Sentant son regard sur elle, Gisèle sursaute et referme précipitamment l'écran en poussant un cri.

– Seigneur Dieu ! Vous m'avez fait une de ces frousses !

– Pardonnez-moi…

Gisèle passe une main sur son front, encore sous le coup de l'émotion. Elle se lève et invite Julia à la suivre, son ordinateur sous le bras. Comme si de rien n'était, elle passe derrière le comptoir, s'introduit dans le bureau du directeur et ressort aussitôt avec une boîte de laxatifs. Il ne manquait plus qu'une cleptomane, se dit Julia. A-t-elle vraiment toute sa tête ? Quelques instants plus tard, elles prennent place dans le patio. Le petit poulailler est calme – ses habitantes dorment depuis longtemps.

– Bon sang, il commence à faire froid ! On sent que l'hiver approche. Madeleine n'a peut-être pas tort finalement, il pourrait bien neiger.

Elle serre son gilet en laine contre sa poitrine et abaisse son bonnet sur ses oreilles, une petite merveille de couleur parme. Puis, d'une pichenette, elle tire un cigarillo dissimulé dans la boîte médicinale et la tend à Julia.

– Vous en voulez ? C'est ceux du directeur. Le père-la-morale ne peut rien dire, personne n'est censé fumer ici.

Pas folle la guêpe, constate Julia avec une pointe de soulagement. Sa bouche ridée tire avec plaisir sur le petit cylindre sombre. Une odeur réconfortante s'épanouit dans l'air du soir qui tombe. Assises côte à côte, les deux silhouettes font face au ciel clair qui tire sa révérence.

– « Bleulet », lâche Gisèle en hochant la tête d'un air amusé.

Julia la regarde sans comprendre.

– Madeleine dit que le ciel devient « bleulet » à cette heure-ci. Une sorte de bleu qui tire sur le violet et qui engloutit le monde.

Julia sourit en pensant à la tricoteuse qui distille sa poésie comme une abeille butineuse. Un silence apaisant s'installe entre les deux femmes. Gisèle savoure un instant la scène, persuadée que la petite jeune la prend pour une sinoque.

– Vous savez, je ne suis pas venue ici de bon cœur, finit-elle par dire entre deux ronds de fumée.

Le bout de son cigarillo illumine l'espace à intervalles réguliers.

– C'est Célestin. Célestin, c'était mon compagnon. Sa tête a foutu le camp d'un coup, j'ai rien vu venir. En même pas douze mois, il était cuit. Au début, j'ai cru qu'il plaisantait quand il me demandait mon prénom. C'était un jeu entre nous, il faisait semblant de pas se rappeler comment je m'appelais et puis il m'inventait des noms fantaisistes comme si j'étais une autre, enfin vous voyez, quoi… Célestin, il aimait bien les femmes, vous savez…

Elle sourit tristement.

– J'ai fini par comprendre qu'il ne plaisantait pas du tout.

Julia lui jette un coup d'œil à la dérobée. Le nez volontaire de Gisèle se dessine sur le ciel sombre.

– Une nuit, je l'ai retrouvé en calcif dans le jardin, il cherchait ses clefs de bagnole. C'était presque drôle, jusqu'à ce qu'il dise : « Mais Gisèle, que m'arrive-t-il, bon sang ? » Cette terreur dans ses yeux, vous savez, je ne peux pas m'en défaire.

Un ange passe. Julia songe à tous ces efforts que l'on déploie pour vivre plus longtemps. Comment finirons-nous ? Rangerons-nous nos souvenirs dans des nuages comme nous le faisons déjà pour nos photos ?

– Nous nous étions rencontrés trois ans plus tôt. Un coup de foudre dans une soirée poker ! J'avais tiré le jackpot, Célestin était encore beau pour son âge et puis tout le reste suivait encore, si vous voyez ce que je veux dire. Croyez-moi, c'est pas le cas de tout le monde !

Puis se tournant vers Julia :

– Ça ne vous gêne pas que je vous parle de ça au moins, dites ? Vous savez ce qu'on dit, l'amour n'a pas d'âge et le bonheur n'a pas de rides, enfin c'est ce que je pensais avant d'arriver ici. Je crois bien que j'arrive au bout du chemin…

– Mais pourquoi êtes-vous restée ici ?

– Les filles de Célestin voulaient l'envoyer dans un hospice, des radines comme on n'en fait plus ! Célestin, il était généreux, mais il avait pas le sou. Et puis je ne voulais pas le laisser seul. Moi, le Seigneur a jamais voulu me donner d'enfants, des chats ça oui, mais des enfants jamais. J'étais pas assez dégourdie ou peut-être que je faisais trop la noce, je ne saurai jamais. C'est comme ça, ça sert à rien de réécrire l'histoire, j'ai pas d'enfants, je suis libre comme l'air. On a trouvé cette maison en Provence, ça faisait comme si on partait en vacances. Je me suis dit qu'ici on m'aiderait à prendre soin de lui. J'ai mis toutes mes économies dans une chambre, et toute notre vie dans une valise. Mais voilà, trois semaines après notre arrivée, le Célestin, il m'a claqué entre les doigts en m'abandonnant là, comme une gourde. C'est pas sa faute, entendez-moi bien, moi je dis que ces gens-là, ils oublient tellement tout, qu'un jour ils en viennent même à oublier de respirer.

Julia lui prend la main.

– J'étais mal quand il est parti, alors Éliane a insisté pour que je reste un peu, le temps de retomber sur mes pattes. Elle a dit qu'on pouvait s'arranger vu que Célestin et moi on partageait la chambre. Une belle âme, cette Éliane ! Une vie à s'occuper des vieux, c'est pas une vie… Mais je ne me plains pas, je peux jouer au Scrabble et puis on mange pas trop mal. Moi le Scrabble, c'est mon dada. Et si je me mets à dérailler, je serai déjà à bon port…

Soudain elle se lève, et lance :

– On se pèle les miches ici.

Julia la suit dans le hall sombre. Elles traversent la salle et contournent le petit salon. Gisèle fait un signe du menton en direction du plateau de Scrabble en souriant. Julia lit « s'empagnoler » et lève un sourcil interrogateur.

– « Tomber amoureux de la Provence » ou quelque chose du genre, chuchote Gisèle en levant les yeux au ciel. Ç'a à voir avec Pagnol… Moi, je suis de Limoges, mais je crois bien que je « m'empagnole » aussi finalement.

Elles rient sous cape en montant dans l'ascenseur. Les portes s'ouvrent au premier étage.

– Vous descendez là, moi je suis chez les félins… Un étage pour les amoureux des chiens, un autre pour les chats. C'est que ça en dit long sur quelqu'un, vous savez.

Julia lui souhaite bonne nuit, et avant que les portes ne se referment lui demande :

– Vous permettez que je regarde votre bonnet ?

Gisèle se décoiffe et lui tend le tricot parme. Julia le retourne et en tire un petit bout de papier blanc similaire à celui qu'elle avait découvert dans le sien. À l'intérieur, elle lit : « *La vieillesse bien comprise est l'âge de l'espérance.* »

22

Julia s'assoit dans le salon, face à la baie vitrée. La nuit est tombée à présent et l'heure bleue a ravivé ses angoisses. Elle jette un œil à son téléphone. Son éditeur a cherché à la joindre. Son ventre se noue. Elle a soudain envie de partir très loin.

Depuis la chambre lui parvient la voix chantante de Félix. Julia sourit en repensant à leur après-midi joyeux. À la mémoire musicale intacte de sa grand-mère, et aux facéties de son cavalier, prêt à tout pour quelques éclats de rire. Félix fait partie de ces gens nés pour rendre les autres heureux – quitte à s'oublier en route.

Julia attrape son sac à main et en tire le carnet. Avant de l'ouvrir, elle repense aux mots prononcés par sa grand-mère. *L'amour de sa vie.* De qui parlait-elle ? Julia a-t-elle déjà rencontré cet homme ? Jeannine l'a-t-elle connu avant son grand-père ? Pourquoi ne l'a-t-elle pas épousé ?

Julia ouvre le carnet, noirci de l'écriture fine. Impatiente, elle s'assure toutefois de lire les pages dans l'ordre, sans se précipiter. Sa grand-mère a choisi de raconter son enfance. Elle aurait pu tout aussi bien se contenter d'une lettre relatant ce qu'elle n'a jamais osé dire. Ce récit et ces souvenirs ont donc une raison d'être. Jeannine invite Julia à refaire le voyage qui a scellé son destin. Une rencontre aurait-elle changé sa vie ?

– Alors, il s'appelle comment ?

Julia sursaute et referme le carnet. Elle ne l'a pas entendu approcher.

– Celui qui t'a donné ça, il s'appelle comment ? demande-t-il en brandissant le panier qu'Antoine a remis à Julia le matin même.

La corbeille est recouverte d'un torchon à carreaux qu'elle n'a pas pris le temps de soulever. Julia se précipite pour la saisir, Félix s'échappe en riant.

– Madame a ses secrets…

– Rends-moi ça !

Julia lui court après, en vain. Le jeune homme éclate de rire et jette un œil à l'intérieur. Son regard admiratif couplé à l'odeur qui envahit le salon en dit long. Félix sort du panier une belle truffe noire qu'il examine sous toutes ses coutures.

– Eh ben dis donc, il t'a à la bonne !

Julia lui arrache le panier des mains. À l'intérieur, entre un petit pot de tapenade fait maison et une bouteille de rosé, Antoine a glissé un numéro de téléphone. Elle froisse le papier et le lance vers la poubelle. Félix le récupère d'un air malicieux.

– Ce qui est perdu pour toi ne le sera pas pour tout le monde ! Il est beau au moins ?

– Oui, si on aime les ongles sales et qu'on n'est pas jaloux. Prends donc les miettes, va, je te les laisse. Je préfère être seule que mal…

– Ça, c'est toi qui le dis, ma chérie ! la coupe-t-il. Moi, je ne dis jamais non à un peu de compagnie. Ça réchauffe et ça permet d'oublier la nuit…

Le visage de Félix s'assombrit.

– Allez, montre-moi cette truffe ! Et je ne parle pas de toi ! plaisante Julia.

Elle découpe quelques tranches de pain qu'elle recouvre de lamelles de mélano. Félix, bien avisé, ajoute quelques grains de sel de Guérande et un filet d'huile d'olive. Tandis qu'il débouche la bouteille, Julia s'installe sur la terrasse avec leur butin, emportant avec elle deux larges couvertures. Tous deux croquent avec gourmandise dans leurs tartines. Félix pousse un gémissement de plaisir.

– Tu vas regretter d'avoir jeté ce numéro de téléphone ! lâche-t-il, la bouche pleine.

– Oh, ça va ! dit-elle en lui lançant un coussin qu'il évite en pouffant.

Ils savourent le moment en silence. Le vent bruisse doucement dans les arbres. Julia repense à sa grand-mère et à la relation douloureuse qu'elle entretenait avec son père. Elle se souvient de sa rancune, de l'absence de tendresse qu'elle évoquait, toujours du bout des lèvres.

Pourtant, Julia entendait entre ses mots des regrets, des non-dits, comme une affection encombrante et maladroite entre elle et Joseph.

– Est-ce que Mamie te parle de son père parfois ? demande-t-elle en regardant Félix se servir une nouvelle tranche de pain.

– Non, pourquoi ?

Julia hésite.

– J'ai trouvé un carnet dans la chambre de ma grand-mère. Le mot qui l'accompagnait laisse à penser qu'elle comptait sur une lecture posthume, mais… enfin, disons que j'en ai lu quelques passages.

Félix la laisse poursuivre.

– Je ne sais pas si c'est une bonne idée, mais tu dis toi-même que Mamie n'est pas très en forme et…

Sa phrase se finit dans un murmure.

– C'est à toi qu'elle l'a confié, non ? Et en ce qui concerne son état de santé, rien n'est définitif. Les médecins ne peuvent pas tout prévoir. Qui sait, lire ce carnet t'aidera sans doute à la ramener parmi nous ?

Julia n'avait pas pensé à ça. Les mots de Félix suscitent en elle un élan d'optimisme inattendu.

– En revanche…, ajoute-t-il en penchant la tête.

– Oui ?

– Prépare-toi à lire des choses qui ne seront pas forcément celles que tu imaginais. Toutes les vérités ne sont pas agréables à entendre…

Julia opine du chef en silence. La vérité demande du

courage à celui qui l'exprime tout autant qu'à celui qui la reçoit. Ces secrets changeront-ils son regard sur sa grand-mère ? Ses pensées dérivent vers Lucienne. Elle en sait forcément davantage qu'elle n'a souhaité le dire. Est-ce pour protéger Jeannine ?

Son téléphone sonne. Elle le sort de sa poche et esquisse une grimace. Inquiète à l'idée de décrocher par erreur, elle n'ose appuyer sur aucun bouton. Félix éclate de rire.

– Attention, il va prendre feu ! Ce n'est pas ton fournisseur de truffes au moins ?

– Non, c'est pire…

– Vas-y, raconte.

La sonnerie cesse et Julia respire à nouveau.

– C'est mon éditeur. Je lui dois un manuscrit depuis deux mois, mais rien à faire, je n'arrive pas à écrire un seul mot.

Une bouffée de honte l'envahit.

– Et pourquoi tu ne le lui dis pas ? Il pourrait comprendre, non ?

Julia se mord les lèvres.

– T'es du genre à jamais demander de l'aide, c'est ça ?

– Non, ce n'est pas ça, se défend-elle. C'est juste une mauvaise passe. J'ai pas envie de perdre mon job pour un passage à vide. Ça fait dix ans que j'écris pour les autres, c'est juste un bouquin de plus… Il n'y a pas de raison que je n'y arrive pas.

Ses mots sonnent faux. Pourvu que Félix ne relève pas. Il leur ressert du vin et lève son verre vers le ciel :

– À la liberté d'être soi-même !

Julia acquiesce mollement. Le rosé lui tourne la tête.

– Pourquoi tu n'écris pas pour toi ?

– J'ai un manuscrit dans un tiroir, je m'y remets de temps à autre… Une fresque historique qui se passe au Moyen Âge…

– Laisse-moi deviner, avec une blonde enfermée dans une tour qui refuse de parler aux damoiseaux du village ?

Le rire de Félix est communicatif. Julia se détend. Son quotidien parisien l'étouffe plus qu'elle ne l'imaginait. À trente-trois ans, elle mène une vie de vieille fille. Et si elle avait fait les mauvais choix ? Mais a-t-elle vraiment fait des choix ? Cette idée lui donne le tournis. Elle s'empresse d'ajouter :

– Malgré ce que tu penses, le métier d'écrivain fantôme est passionnant. Il y a du bon à laisser les autres prendre la lumière.

– Moi, j'adore la lumière. Surtout celle de la scène. Mon rêve, ce serait d'être danseur à Broadway. De sauter dans des flaques imaginaires, ébloui par les projecteurs, en chantant *Singing in the Rain.* Aaame si guigue in ze renne, djeuste si guigue in ze renne ! Ouade euh glori ousse filine ame aaa pi euh gaine !

Julia éclate de rire. Félix est lancé.

– Mon préféré : *Le Roi Lion*, dit-il en se levant.

Face au balcon, il brandit un coussin comme s'il s'agissait d'un lionceau.

– Maaaaa, se oué gna, mamami tibaba, sé ti ouh…

– Mais tu maîtrises toutes les langues, c'est épatant ! s'exclame Julia, hilare.

Félix se rassoit. Son regard se porte vers l'horizon.

– Tu sais, Julia, la lumière ça rend vivant.

La phrase de Félix flotte dans l'air et s'attarde un peu près de Julia. *Vivant.*

– Qu'est-ce qui t'en empêche ? hasarde-t-elle.

Le visage de Félix se ferme.

– Je n'aime pas la compétition. Pendant les castings, je perds tous mes moyens. Comme si une voix en moi me soufflait que je suis bon à rien. Crois-moi, il y en a d'autres qui font ça bien mieux. Et puis, que dirait ma mère, hein ? Je crois que tu n'imagines pas ce que c'est, lâche-t-il d'une voix sourde.

Julia voudrait pouvoir l'encourager mais ne trouve pas les mots. Le vent se lève, Félix frissonne et enfile son bonnet. Julia le lui prend des mains.

– Je vais te montrer quelque chose…

Elle retourne le petit couvre-chef et en tire un bout de papier.

– Oh ! C'est comme dans les biscuits au resto chinois ! s'étonne Félix.

– Tu ne crois pas si bien dire.

Avec un sourire en coin, elle lui tend la phrase qui lui est destinée : *« Soyez vous-même, tous les autres sont déjà pris. »*

– À méditer…, lâche-t-elle dans un sourire sibyllin.

Émerveillé par cette découverte, Félix ne répond pas. Il s'apprête à ajouter quelque chose quand le téléphone de Julia émet un *bip* indiquant l'arrivée d'un message. Elle s'empresse de se débarrasser de son téléphone en voyant le nom de son éditeur s'afficher. Félix s'en saisit et, malgré les protestations de la jeune femme, lit à voix haute :

– « Julia, s'il y a un problème, parlons-en. Tu me mets dans une position délicate. J'espère que ta grand-mère va mieux. Je t'embrasse. »

Il tire sur sa cigarette en ajoutant :

– Plutôt sympa, dis donc. Si tu continues, c'est lui qui va finir par se faire virer.

Julia soupire bruyamment en se pinçant les ailes du nez. Elle se figure une immense montgolfière qui l'emporterait très loin. Soudain, le bruit familier d'un message envoyé résonne dans la pénombre. Elle se redresse, comme traversée par un courant électrique.

– Félix ? Ne me dis pas que tu viens de lui répondre !

– Techniquement, c'est toi qui viens de lui écrire.

Elle bondit sur lui et lui arrache le téléphone des mains. Julia s'évanouit intérieurement à la lecture du message qu'il a écrit en son nom :

Merci pour ce panier gourmand, une mise en bouche qui donne envie d'en savoir davantage. J'écris un livre sur la Provence, je serais ravie de t'interviewer à l'occasion. Je t'embrasse, Julia.

Liste des petits bonheurs de l'existence

Faire une couronne de marguerites
Écouter la Pastorale de Noël
Voir une coccinelle se poser sur ma blouse (marche aussi pour un papillon)
Trouver la fève dans la couronne des Rois
Danser la farandole
Tomber sur un vieux ticket de cinéma dans un livre (marche aussi pour un billet de vingt francs dans une poche)
Écouter chanter Hervé Vilard
Manger avec les doigts une part de cade chaude, tout juste sortie du four
Me glisser dans des draps frais
Écouter le chant des grillons les soirs d'été
Faire sauter les crêpes dans la poêle
Partager un fou rire avec Lucienne
Mettre la main sur un moustique qui m'asticotait l'oreille

23

Il est tard quand Julia retrouve son lit. Elle a trop bu et beaucoup ri. Ce clown de Félix est de bonne compagnie. Jamais elle n'aurait cru dire ça, mais elle se sent bien dans cette maison de retraite. Cette sensation d'avoir les pieds au bon endroit l'apaise autant qu'elle la surprend. Julia a toujours l'impression d'être un peu à côté, de quoi elle ne le sait pas, sans doute un peu d'elle-même, comme si elle posait un mouchoir sur son cœur et observait une autre vivre sa vie.

Passé la gêne, elle est heureuse que Félix ait envoyé ce message. Seule dans ses draps, un peu pompette, elle se prend à imaginer qu'Antoine l'y rejoigne. Elle pouffe de rire et chasse cette idée en soupirant. Un bouquin sur la Provence ! Rien que ça !

Profitant de sa légèreté retrouvée, elle attrape son ordinateur et décide de rédiger les trois chapitres de la biographie qu'elle doit à son éditeur. Les écrire d'un seul jet. Elle met son minuteur sur son téléphone. Les contraintes sont mères de créativité.

Ses doigts, engourdis par l'alcool, hésitent sur le clavier. Elle ferme les yeux et repense au chanteur qu'elle a interviewé quelques semaines plus tôt. Les touches résonnent dans la petite chambre. La voilà lancée. Quelques phrases se transforment en paragraphes. Les voix dans sa tête se sont tues, elle est prise d'une inspiration fulgurante. Les caractères noirs s'empilent sur la page à une vitesse inouïe. Quand le minuteur sonne, elle a gratté une demi-douzaine de feuillets qu'elle envoie à son éditeur avec un mot d'excuses un peu trop enthousiaste.

Le temps qu'elle se lave les dents et qu'elle enfile un pyjama, il a déjà répondu. À la lecture de son message, Julia dégrise d'un coup. Il la remercie pour l'envoi, mais l'informe que le sujet a été donné à un autre. Son cœur s'affole. Quand elle se décide à prendre son téléphone, il décroche aussitôt.

– Tiens, Julia, tu t'es souvenue de mon numéro ?

Son ironie est dénuée de chaleur. Elle bafouille un prétexte auquel il coupe court.

– J'ai cherché à te joindre pour te le dire, mais voilà, le patron a transmis ton projet à quelqu'un d'autre. On a déjà perdu trop de temps, je suis désolé.

Julia songe à son loyer qui attend d'être payé et a soudain envie de se gifler. Puis elle repense à Félix et à toutes ses idées sur la liberté d'être soi-même, et elle lâche :

– J'ai un autre sujet à te proposer.

L'éditeur veut en savoir plus. Elle improvise. Il semble que le rosé coule encore dans ses veines.

– Je prépare un nouveau livre. Un livre sur la Provence.

– Sur… la Provence ? répète-t-il, pas très enthousiaste.

– Oui, un livre sur les métiers du terroir. Avec des photos. Je rencontre demain un trufficulteur.

Elle brode sur le décor, les enjeux, le retour à l'authenticité, à la nature. Il l'écoute ; cette idée soudain l'intéresse. Prudent, il demande sous quel délai elle peut lui fournir quelques feuillets.

– Je t'envoie un premier jet dans cinq jours.

Quand Julia raccroche, la panique la gagne. Elle est incapable d'expliquer ce qui vient de se jouer au téléphone. Pourtant, à sa plus grande joie, elle se sent terriblement soulagée. Dans un même élan, Julia déchire son billet de train pour le lendemain. *Quand une porte se ferme, une fenêtre s'ouvre.*

Cinq jours. Il va falloir qu'Antoine lui livre ses secrets, et rapidement.

24

Julia tourne dans son lit, incapable de trouver le sommeil.

Ce nouveau projet a fait monter en elle une forte dose d'adrénaline. Les yeux grands ouverts, elle cherche des idées pour son livre. Il faudra interviewer une dentellière, peut-être un lavandier… Expliquer comment on vivait alors, et comment on vit aujourd'hui dans certains coins de Provence. Illustrer le tout pour montrer les couleurs de cette région où chaque point de vue prend des allures de carte postale.

Les idées fusent. Elle rallume la lumière et saisit la boîte à chaussures où Jeannine range ses photos. Elle espère y trouver des indices quant au mode de vie traditionnel, détailler les vêtements, les décors, les outils. L'arrière-plan des photos anciennes en dit souvent autant que le sujet lui-même.

Un rayon de lune caresse son édredon. Elle parcourt les clichés en noir et blanc, émerveillée. Une vieille voiture à cheval devant un champ de tournesols, une rue en terre où posent deux enfants en culotte tirant un canard en bois. Julia reconnaît la petite place de Saint-Amour et ses platanes.

Tout au fond de la boîte, un cliché. On y voit Jeannine main dans la main avec un homme. Il porte un pantalon à taille haute et une cravate à rayures, ses cheveux bruns sont gominés. Il rit en couvant Jeannine du regard. À ses côtés, la jeune femme marche en souriant. Le photographe, sans doute un artiste de rue, les a saisis sur le vif. Elle porte une jupe à carreaux qui lui arrive aux genoux, des espadrilles compensées et une veste cintrée sur un chemisier boutonné jusqu'au cou. Quel âge a-t-elle sur cette photo ? Et qui est cet homme dont Julia découvre le visage ? Une chose est sûre, il ne s'agit pas de son grand-père.

Son pouls s'accélère. Elle frémit d'excitation en retournant la photo.

8 août 1944

Sa grand-mère avait quinze ans. Au-dessous, quelque chose l'intrigue. Ce qu'elle prenait pour des traces d'encre lui apparaît tout à coup sous un nouveau jour. Semblables à des hiéroglyphes étranges, six petits symboles sont encadrés de points. Qu'est-ce que cela signifie ?

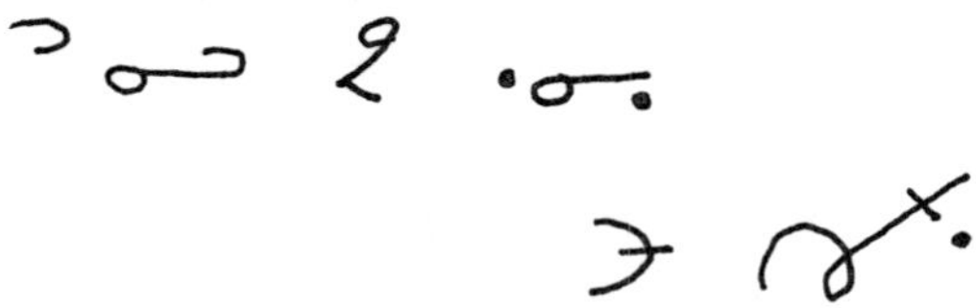

Ce n'est pas un mot qui aurait été effacé par le temps. Non, on dirait des notes prises en sténo.

Cette découverte la laisse perplexe. Julia repense à sa grand-mère lui parlant de ces films de détective qu'elle adorait. Elle enrage qu'il soit si tard et se demande qui pourrait déchiffrer pour elle ce mystérieux message. La sténo n'est plus enseignée aujourd'hui. Elle sourit. Elle commence à connaître pas mal d'octogénaires…

Le cœur battant, elle détaille pour la centième fois le visage de l'homme et se résout à contrecœur à éteindre la lumière.

J'ai dix ans quand la Pologne est envahie. Tout cela ne signifie rien pour moi. La Pologne n'est qu'un mot qu'on inscrit dans la colonne « Pays » quand on joue au petit bac. Paul, putois, parapluie, Pétain, Paris, Pologne.

Il y a dans le jardin des voisins un immense figuier. Il abrite une petite construction qui nous sert de refuge lorsque les sirènes annoncent une attaque. Mon père y a installé trois chaises longues, un matelas, des couvertures, de la nourriture et quelques vêtements. Pendant la guerre, cet abri est notre deuxième maison. Je ne compte pas le nombre d'heures que nous y passons, guettant les bruits, les alertes et la mort. Les Allemands et les Italiens visent une base aérienne proche de Saint-Amour et les bombardements sont fréquents. Quand les cloches de l'église se mettent à sonner, il faut rejoindre l'abri, toutes affaires cessantes.

Ce jour-là, je confectionne pour ma mère des petits ballotins de lavande. Mon père est absent quand l'alarme est donnée. Mon cœur s'accélère sitôt que les sirènes résonnent. Je me revois abandonner mes sachets qui se renversent sur le sol. Je cherche ma mère des yeux, mais ne la trouve pas. Les habitants se réfugient les uns chez les autres en courant. Au loin, des cris.

Je traverse le jardin aussi vite en courant. Ma mère est introuvable. Elle est rentrée un peu plus tôt de l'église et je prie pour qu'elle m'attende déjà chez les voisins. Le souffle court, je prends mes jambes à mon cou et je pénètre dans l'abri en dévalant les escaliers. À l'intérieur, dans la pénombre, une femme serre son fils contre elle. Une autre se signe, l'oreille tendue vers le plafond. Lucienne est là aussi. Sa bouche découvre un grand trou au niveau des incisives quand elle me sourit. Mais nulle part je ne vois ma mère.

Notre voisin s'apprête à fermer la porte, il me presse, je le retiens. Où est Henriette, je lui demande, terrorisée, où est ma mère ? Je revois sa moustache et son air inquiet quand il me bloque la voie. C'était un brave que ce Marcel. Pourtant, sans hésiter je le mords à l'avant-bras. Il pousse un cri, et je m'échappe dans le jardin. Marcel tente de me rattraper, en vain. Le ciel est bleu mais le bruit des avions qui approchent annihile tout ce que l'été charrie comme joie de vivre.

Alors que je me rue vers la maison, ma mère apparaît, le visage déformé par la peur. Elle a perdu une chaussure et sa robe est déchirée. Plus tard, elle me dira qu'elle est tombée en voulant rejoindre l'abri. Je me précipite vers elle et lui prends la main. Nous courons sans reprendre notre souffle. M. Marcel pousse ma mère à l'intérieur. « Dieu soit loué », dit-il. Au même moment, j'aperçois Jeannot, au milieu d'un massif de fleurs. Je cours vers lui et le saisis à bout de bras tandis que derrière moi, une explosion retentit. Mon cœur manque de s'arracher de ma poitrine ! À cet instant, je me vois déjà morte ! Heureusement, Dieu me prête vie jusqu'à l'abri. Je dévale l'escalier en courant, le lapin sous le bras. Ma mère m'agrippe et me serre de toutes ses forces. Derrière elle, Lucienne noie ses larmes dans la fourrure de Jeannot.

25

Il est presque midi quand les portes de la Bastide s'ouvrent devant Julia.

Vêtue d'un jean et d'un pull mauve ayant appartenu à sa grand-mère, elle tient à la main la photo au message mystérieux, impatiente d'en connaître la signification.

Les pensionnaires sont en train de déjeuner. Des éclats de rire lui parviennent depuis la salle de restaurant. Julia cherche Gisèle du regard et tombe sur Éliane. L'infirmière pousse un chariot où tiennent en équilibre quelques assiettes de ce qui semble être du porc à la moutarde. Pierrot et Fernand sont assis aux côtés de Madeleine et de Gisèle et tous quatre arborent, comme attendu, leur bonnet de laine. Les deux comparses ont l'air de beaucoup s'amuser et font un vacarme de tous les diables.

– Que se passe-t-il ? demande Julia.

Éliane désigne du menton l'assiette de Madeleine que la vieille dame scrute avec intérêt. Julia la fixe sans comprendre. Elle détaille la nappe blanche, le menu, le petit pot de fleurs en plastique, et un écriteau avec les noms des pensionnaires près desquels sont collées des gommettes de couleur. Rose pour ceux à qui l'on sert du vin, bleu pour ceux qui doivent s'en tenir à l'eau. Pierrot et Fernand ont été mis au régime sec. Julia ne comprend toujours pas ce qui peut les faire autant rire, quand soudain l'assiette de Madeleine se met à se soulever à moitié, comme par elle-même. La vieille dame ouvre de grands yeux étonnés.

– Oh fan, vous l'avez vu cette fois, dites ? demande-t-elle de son accent chantant.

Pierrot et Fernand font mine de regarder ailleurs. Gisèle, elle, se retient de rire.

– Mais enfin Madeleine, de quoi tu parles ?! feint de s'agacer Pierrot.

– Mais que l'assiette elle me fait des signes, ou bien c'est le porc qui est encore vivant !

– Qu'est-ce qu'elle dit ? crie Fernand en mettant sa main en cornet.

– Elle dit que le cochon, il fait des saltos dans son assiette ! peine à articuler Pierrot en gloussant.

Fernand pouffe dans sa serviette, ses épaules tressautent en rythme. Rien qu'à les voir, Julia a envie de rire. Nouveaux soubresauts de l'assiette de Madeleine. La vieille dame minuscule lève les bras en l'air, effrayée.

– Là ! Là ! Regardez ! Mais vous êtes bigleux ! Ça

remue de partout ! Moi, je m'en vais, il y a le diable là-dessous.

Alors qu'elle se signe en reculant sa chaise, Pierrot, Fernand et Gisèle sont pris d'un fou rire.

– Arrêtez de vous gondoler comme des baleines ! C'est pas drôle ! s'insurge Madeleine.

Elle soulève son assiette sous laquelle elle ne trouve rien que la nappe immaculée. Éliane se mord les lèvres pour ne pas rire en déposant une corbeille de pain sur la table.

– Pauvre Madeleine, lâche-t-elle à voix basse à l'oreille de Julia. Ils la font tourner en bourrique ! Pierrot et Fernand se sont mis en tête qu'on était le 1er avril. Depuis ce matin, ça n'arrête pas ! Ça a commencé par une guirlande de slips tendue au-dessus de l'accueil, et puis des pétards dans la cage aux poules. Le directeur a mis le holà, mais ces deux-là ne reculent devant rien.

– Mais l'assiette ? demande Julia, perplexe.

– Un gag vieux comme nos deux compères. C'est une petite pompe que Pierrot a glissée sous la nappe et qu'il active depuis son siège, une ventouse qui en soufflant de l'air soulève l'assiette. On ne vous a jamais fait ce genre de blagues quand vous étiez pitchoune ?

Julia secoue la tête.

– Eh bien, profitez-en ! Nous avons un spécimen d'exception. Pierrot tenait un magasin de farces et attrapes autrefois. On n'est pas au bout de nos peines, c'est moi qui vous le dis !

À présent, les trois amis pleurent de rire et n'arrivent plus à parler. Ils sont partis pour la nuit, se dit Julia, qui n'en peut plus d'impatience mais rechigne à jouer les trouble-fêtes.

– Pardon de vous déranger, mais j'aimerais vous montrer quelque chose.

Elle tend la photo de Jeannine et du bel inconnu, puis la retourne.

– Vous connaissez la sténo ?

Madeleine chausse ses lunettes et observe la photo en silence. Gisèle et Éliane, quant à elles, secouent la tête à l'unisson avec les deux camarades.

– Ma foi, dit la tricoteuse, je ne saurais vous dire, je m'en excuse. C'est que je n'ai pas eu la chance de faire des études, avoue-t-elle, un peu gênée.

Gisèle emprunte alors le stylo qui dépasse de la poche d'Éliane et recopie les signes sur un bout de papier. Soudain, Lucienne apparaît dans le hall. Le manteau sur le bras, elle revient de la chambre de Jeannine. Leurs regards se croisent. La vieille femme hésite, le visage fermé, puis les rejoint. Sans savoir pourquoi, Julia dissimule aussitôt la photo dans son dos.

– Tenez ! dit Gisèle. Lucienne pourra peut-être nous aider…

Julia tente de changer de sujet. En vain.

– Vous aider à quoi ? demande Lucienne d'une voix mal aimable.

– À déchiffrer le message. Montrez-lui donc ! ordonne Gisèle que ce mystère passionne.

À contrecœur, Julia lui tend la photo. Lucienne la retourne et blêmit.

– Alors ? demande Gisèle, impatiente. Vous connaissez ou vous ne connaissez pas ?

Lucienne lève la tête et fixe Julia.

– Peut-être bien que oui, lâche-t-elle avant de ramasser son manteau et de disparaître dans le hall.

26

Julia rejoint Lucienne dans le jardin.

Elle serre contre elle son sac à main et esquisse un sourire contrit à son approche. Julia est confuse. Elle ne se souvient pas de l'avoir vue sourire auparavant.

– Ça m'a fait quelque chose de revoir cette photo.

– Tu connais cet homme ?

– Un peu que je le connais !

Julia s'assoit à côté d'elle sur le banc. Lucienne ferme les yeux et laisse le silence s'installer.

– Ma foi, je ne sais pas si Jeannine t'en a déjà parlé…, finit-elle par dire. Mais sans doute que le temps est venu.

Julia retient son souffle. Son cœur bat plus vite. Sans savoir pourquoi, elle a un peu peur. Lucienne rouvre les yeux et la fixe.

– Tu en es où dans la lecture du carnet ? Fais-moi voir.

– Je l'ai laissé dans mon sac, bafouille Julia. Mais voilà la photo, tiens.

Lucienne saisit le cliché de ses mains noueuses et le retourne. Du bout du doigt, elle caresse les symboles et déchiffre d'une voix sourde :

– « Avec Paul, à Saint-Mandrier. » C'était après la guerre. Qu'ils étaient beaux ces jeunes, Seigneur.

Et elle se signe.

– Paul ? C'est qui, Paul ?

Lucienne soupire, émue.

– C'était le cousin de Jeannine. Elle le considérait comme son frère. Tu vois comme ils se ressemblent ?

Julia scrute la photo. La forme de la bouche, peut-être.

– Ils étaient inséparables. Un jour, Paul s'est fait faucher par une voiture. Jeannine ne s'en est jamais remise.

Julia fixe la photo, surprise.

– Mais est-il possible qu'entre eux… Je veux dire…

Lucienne se redresse en ouvrant de grands yeux effarés.

– Jamais de la vie ! Il était son cousin germain, peuchère ! Ta grand-mère était une femme très droite, et ton grand-père a été l'amour de sa vie. Le seul et l'unique.

Julia acquiesce en souriant.

– Jeannine et moi on a toujours été comme les doigts de la main, poursuit Lucienne. Et je sais qu'il y a certaines choses dont elle n'a jamais voulu reparler. Paul en fait partie. Tu sais, ce carnet, elle a commencé à l'écrire au printemps. Je me suis dit, vé, la Jeannine se prend pour un écrivain, je la taquinais un peu, pour rire. Et puis, c'est à ce moment-là que son esprit s'est mis à partir en farigoule. Si c'est pas triste ça ! Un jour, je l'ai retrouvée en robe de chambre dans la cuisine, le lait débordait sur la gazinière, et elle restait là, sans savoir quoi faire. J'ai dit : « Jeannine ma nine, qu'est-ce que tu fabriques là ? » Elle ne m'a pas répondu, mais moi j'ai compris que là-haut ça ne tournait plus très rond. J'ai fait mine de rien, et je me suis bien gardée d'en parler au docteur Pelagio. On est toujours mieux chez soi que dans ces maisons de fous, c'est moi qui te le dis. Sitôt qu'on quitte son jardin, on n'est plus rien. Les dernières semaines, elle déraillait sévère, Jeannine. Té, moi, il me vient que ce carnet, il doit être farci de bêtises et que la mémoire de Jeannine, elle est partie bien loin…

Submergée par l'émotion, Julia saisit sa main.

– Parle-moi d'elle, quand elle était plus jeune, s'il te plaît. Félix dit qu'entendre le récit de ses souvenirs pourrait l'aider à recouvrer ses esprits.

– Oui, on peut parler, bien sûr. C'est qu'on en a eu des bons moments ! Je viens la voir tous les jours moi, la Jeannine. C'était une femme courageuse. Ma foi, j'en aurais de bien bonnes à te raconter !

Elle s'essuie les yeux, et jetant un œil au soleil de midi, ajoute :

– On m'attend à l'hôtel. On parlera de ça une autre fois. Je peux la garder ?

Sans laisser à Julia le temps de répondre, la vieille dame glisse la photo dans son tablier et s'éloigne en lui faisant un petit geste de la main.

Ma Lili,

J'ai retrouvé dans mes affaires des tickets de rationnement. Ils ressemblent à des timbres quand on les voit aujourd'hui. Je me souviens du jour où les confiseries ont été interdites, et puis du maréchal Pétain annonçant que tous les nouveau-nés se verraient offrir deux kilos de dragées. Si tu m'avais vue réclamer une petite sœur à Maman !

J'ai treize ans alors et c'est moi qui suis en charge des courses. Tout vient à manquer et le peu que nous avons nous est souvent confisqué. Comme ce jour où les Allemands mettent la main sur mon cerceau pour s'en faire des cintres ! Et moi qui ne peux rien dire ! Nous avons bien trop peur et nous contentons de raser les murs à leur passage. Et puis, j'ai faim en permanence. Dès qu'il pleut, tout le village part à la recherche des escargots et il nous arrive parfois d'en consommer trois jours de suite !

Chaque matin, je pars tôt prendre ma place dans la file

au village. Je retrouve sur la place des amies, nous bavardons, les vieilles dames tricotent, et parfois nous gagnons quatre ou cinq francs en acceptant de faire la queue pour quelqu'un d'autre. Ma mère déploie des trésors d'imagination pour varier nos repas. Ici une mayonnaise sans œuf, là du café sans café… Les fermes environnantes nous envoient parfois quelques colis contenant de la viande, des œufs, des légumes ou de la farine. On prétend qu'il s'agit de cousins bienveillants, mais les Allemands veillent !

C'est l'hiver, les mimosas sont en fleur. Mon estomac gronde tandis que je vais à la mairie récupérer nos cartes d'alimentation. Il s'agit de tenir une comptabilité soignée de ces vignettes, et surtout de ne pas les égarer. Ma mère a un gros portefeuille dans lequel je glisse toutes sortes de tickets de couleur : des cartes de vêtements, de tabac, de jardinage, de vin, des cartes pour les fournitures d'école, il y a même une carte pour s'acheter un maillot de bain ! Ces tickets sont la prunelle de mes yeux, comme tu peux te l'imaginer, ma doucette.

Ce jour-là, je croise Lucienne en rentrant à la maison. La pauvre a neuf ans, mais tu lui en donnes à peine sept. Elle subsiste grâce à la générosité des voisins. Sa mère est malade et la gamine fait ce qu'elle peut pour trouver de quoi se nourrir.

Comme d'habitude, Lucienne se promène avec Jeannot sous le bras. Elle lui a confectionné un collier avec un ruban bleu trouvé je ne sais où. La petite bête est adorable et Lucienne ne s'en sépare jamais, même pour aller à l'école, de peur qu'on ne la lui prenne. Chaque matin, elle la dépose au fond de son cartable avec un peu d'herbe. Je suis la seule à le savoir.

Assises côte à côte dans cette ruelle, nous parlons de la guerre, des garçons qui lui tirent les cheveux, et nous jouons aux dés. Ce jour-là, je la laisse utiliser ma patinette. Je l'entends rouler sur les pavés tandis que je ferme les yeux, la petite bête sur ma poitrine. Quand soudain, le bruit sourd de mon portefeuille tombant de mon tablier me réveille. Jeannot saute de mes genoux, le museau remuant. Des confettis colorés jonchent le sol. Encore un peu endormie, je ne réalise pas tout de suite l'ampleur du drame qui vient de se jouer : Jeannot, profitant de ma sieste, a grignoté la moitié des tickets. Tout juste nous reste-t-il de quoi acheter du pain et un peu de lait. Je sanglote mais le mal est fait.

Le soir, je me présente devant mon père, les yeux baissés. Sans oser affronter son regard, je cherche une excuse quand il me demande : « Quelle est cette bête ? » Mais les marques de dents sur les tickets restants parlent d'elles-mêmes. Je bafouille, il s'agace et m'intime de parler plus fort.

– C'est la faute de Lucienne. C'est son lapin qui a tout rongé.

Mon père m'écoute sans rien dire. Il pose sa pipe sur la

table et disparaît du salon. J'entends un cri dans la ruelle, je reconnais la petite voix de Lucienne qui sanglote. Quand il revient, un bruit sourd résonne dans la cuisine. Depuis ce jour, je n'ai jamais pu avaler un seul civet de lapin.

27

Julia, Félix et Jeannine remontent l'allée principale du petit cimetière de Saint-Amour.

Le ciel est gris, mais il fait doux. La Toussaint a laissé dans son sillage quelques bouquets fanés. La promenade est agréable, et la vue sur la vallée imprenable. Julia et Félix lisent les épitaphes et s'émerveillent de leurs trouvailles.

– « Pense à moi et souris. » Joli, non ? commente Julia.

– Et celle-ci, glousse Félix. « À mon mari, mort après un an de mariage. Sa femme reconnaissante. »

– Écoute celle-là : « Ce qui compte, ce n'est pas les années qu'il y a eu dans une vie. C'est la vie qu'il y a eu dans les années. » J'adore !

– Voilà une phrase qui plairait à Madeleine, dit Félix en lui faisant un clin d'œil.

Julia se fige, traversée par une idée.

– Sais-tu ce qu'elle fait de tous les bonnets qu'elle tricote ?

– Madeleine ? Elle les offre. Aux résidents, au personnel, à leur famille, à leurs voisins, aux familles des voisins… Elle tricote plus souvent qu'il ne neige en fait…

– Elle pourrait les vendre ! Imagine ! s'enthousiasme Julia. Un club de grands-mères qui tricote des bonnets à messages ! Madeleine pourrait faire parler d'elle !

Tout à coup, Jeannine désigne une tombe. Julia s'arrête et prend la main de sa grand-mère. Félix s'éloigne discrètement. Côte à côte, elles écoutent un merle chanter au sommet d'un pin. Le cimetière est calme. La petite-fille observe sa grand-mère. Que Jeannine paraît fragile, se dit Julia. Elle a du mal à reconnaître la jeune femme des photos. À quoi peut-elle bien songer ? À son mari ? Au temps qui passe ? Dans quels méandres se perd son esprit chancelant ? Julia repense aux confidences de Lucienne. La tombe de Paul est-elle dans ce cimetière ? Pourquoi sa grand-mère ne lui a-t-elle jamais parlé de ce cousin qu'elle chérissait comme un frère ?

Quand Félix revient, Julia l'interroge à voix basse :

– Mamie t'a-t-elle déjà parlé d'un certain Paul ? Un cousin ?

– Non, pas que je sache. Pourquoi ?

– J'ai trouvé une photo dans ses affaires, avec un message en sténo. Lucienne l'a déchiffré pour moi et…

– Et quoi ?

– Non, rien. Je ne sais pas. Je crois que les souvenirs de ma grand-mère interfèrent avec le présent. Je ne sais plus quoi penser de mon arrière-grand-père ni de Lucienne finalement. Jeannine en parle avec tellement de tendresse, j'ai du mal à concilier toutes les informations…

Julia fixe sa grand-mère, toujours silencieuse. Elle regrette de ne plus avoir la photographie. Elle aurait pu la lui montrer.

– Mamie ? Parle-moi de Paul.

Jeannine la dévisage, étonnée.

– Qui est Paul ? J'espère que tu ne me parles pas du directeur. Ils ont planté des géraniums dans le jardin. J'ai dû mettre les enfants à la porte, ils allaient salir toute la maison.

Julia lève les yeux vers Félix qui secoue la tête tristement. Tous trois reprennent doucement leur promenade. Dans son fauteuil, Jeannine poursuit son monologue.

– Mireille est passée hier. Je lui ai dit de garder son chat, je ne veux pas de ces bêtes-là chez moi ! Ah, si tu avais vu sa tête ! Quel bon rire ! s'exclame-t-elle en gloussant.

Julia et Félix sourient malgré eux.

– Je vais te dire, elle n'a pas inventé l'eau tiède ! C'est Henri qui doit réparer sa voiture, la pauvre, elle n'y connaît rien. Faut dire qu'elle n'a pas fait d'études, non pas que ça soit sa faute, mais moi j'aime encore mieux qu'on fasse des lasagnes. Tu aimes bien les lasagnes, Julia ? Au fait, quelle heure est-il ? Je ne voudrais pas rater l'émission de Nagui ! Tu le regardes toi, Nagui ? Ça, vraiment, c'est un bel homme !

Félix acquiesce, Julia se fige. Ses divagations font écho à quelque chose. Elle se concentre sans parvenir à mettre le doigt dessus. Soudain, sa conversation de la veille avec Madeleine et Gisèle lui revient à l'esprit. Elle revoit les quatre amis se moquer de la vieille dame aux allures de souris, les farces et attrapes, la photo et… Madeleine a dit… Elle a dit : « Je n'ai pas eu la chance de faire des études. » Quelque chose dans cette phrase dérange Julia, mais quoi ?

Liste des petits bonheurs de l'existence (suite)

Rendre service à un inconnu
Toucher les cornes d'un escargot
Tremper une mouillette dans un œuf à la coque
Voir sortir les premiers iris
Faire siffler un brin d'herbe entre ses doigts et ses lèvres
Partager son casse-croûte avec quelqu'un qui a faim
Flâner à la mercerie
Glisser une pièce dans une tirelire
Faire de la balançoire
Croquer des radis
Voir passer les chèvres qui descendent de la montagne
Raconter une histoire drôle et se souvenir de la fin
Marcher dans la garrigue et faire jaillir les sauterelles
Être embrassée pour la première fois

28

Julia s'engage sur un chemin de terre. La vieille Peugeot rebondit sur un nid-de-poule. Au loin, on devine une vieille bâtisse, un enclos de fortune où paressent deux ânes gris, et la fourgonnette rapiécée, qu'elle a aperçue quelques jours plus tôt au marché. Un champ de lavande et de chênes verts s'étire au pied du bâtiment. Julia longe un hangar. À l'intérieur, des outils, des cageots en bois, et des plants minuscules. Elle avance avec précaution, soucieuse de ne pas tacher de boue ses baskets blanches.

Alors qu'elle s'approche de l'entrée, la porte s'ouvre. Une brune d'une quarantaine d'années la dévisage avec dédain. Mince, presque maigre, elle a un bleu sur la pommette qui donne à son visage un air singulier. Elle est très belle, songe Julia en se présentant :

– Julia.

– Eva.

Un silence. La fille ne la lâche pas des yeux. Antoine apparaît derrière elle.

– Merci, dit-elle à son intention en posant une main sur sa joue.

Julia croit le voir rougir un peu.

– Ça va aller ? demande-t-il à mi-voix.

La femme hoche furtivement la tête. On dirait qu'elle a pleuré.

– Appelle-moi s'il y a quoi que ce soit, conclut-il.

Est-ce que je les dérange ? s'agace Julia. Quelques instants plus tard, la voiture d'Eva disparaît dans un nuage de poussière. Antoine lui propose d'entrer.

– Un café ?

Elle acquiesce. Envisage un instant de l'interroger sur cette fille et renonce. Tu veux qu'il te fasse un dessin ? lui souffle une voix intérieure. Et qu'est-ce que ça peut te faire, après tout ?

La maison sent le feu de bois et les oignons cuits. La cheminée crépite dans un coin du salon. Les murs sont noircis par la suie, et sur la cheminée sont posés quelques santons. Un buffet abrite toutes sortes de figurines en porcelaine et d'assiettes en étain décorées de scènes religieuses. Près de la porte, quelques fusils de chasse prennent la poussière. À son entrée, le vieux chien noir et blanc se précipite vers Julia en frétillant.

– Zerbino, au pied ! intime Antoine.

– Zerbino ? Comme dans *Sans famille* ? sourit Julia en s'accroupissant pour le caresser.

– Exactement. Sucre ? Lait ?

Ils prennent place autour de la table en chêne. Une

vieille pendule sonne neuf coups. Julia cherche comment briser le silence tandis qu'Antoine, le nez dans sa tasse, ne semble pas disposé à lui faire la conversation. Elle se trouve soudain un peu bête avec sa robe à fleurs. Qu'est-ce qui m'a pris de venir ? se dit-elle. C'est pourtant lui qui m'a proposé de me faire faire le tour du domaine... Son air sombre la décontenance. Est-ce que je dois revenir plus tard ? Elle cherche une excuse pour s'échapper quand soudain Antoine plonge ses yeux dans les siens. Un frisson parcourt la nuque de la jeune femme.

– Alors comme ça, tu t'intéresses à la truffe ? dit-il en désignant du menton le carnet de notes et le stylo que Julia a sagement déposés sur la nappe.

Une fossette se creuse au coin de ses lèvres et un sourire amusé se dessine sur son visage. Julia déglutit.

– Oui, je... enfin j'écris un livre, sur la Provence et...

– Mets ton manteau.

Il enfile une veste de chasse aux poches immenses. Zerbino est déjà près de la porte, sa queue battant la mesure. Julia les suit dehors, son appareil photo dans la main. Antoine se retourne et la déshabille du regard.

– C'est ta tenue d'aventurière ? s'amuse-t-il en jetant un coup d'œil à ses baskets immaculées. Tiens, enfile ça, dit-il en lui tendant une paire de bottes.

Julia s'exécute, avec la désagréable impression de se faire mener à la baguette. Cette histoire de livre est-elle vraiment une bonne idée ? Des nuages sombres s'amoncellent à l'horizon. Les signaux ne sont pas au vert, et Julia a une pensée pour Félix. Au moins aura-t-elle quelque chose à lui raconter ce soir.

Elle rejoint Antoine devant deux larges cages où s'agitent des chiens. Ils aboient à leur approche. Julia a lu quelques articles sur la truffe avant de venir et sait qu'un maître truffier n'est rien sans son limier.

– Voilà Capi et elle, c'est Dolce, dit-il en les caressant. Ils sont encore en apprentissage.

Sa voix se fait plus douce :

– Sans ces bêtes, rien n'est possible. Zerb' est celui qui a l'odorat le plus développé.

Julia griffonne dans son carnet pour se donner une contenance et prend quelques clichés. Le visage d'Antoine se transforme quand il s'adresse aux chiens. Il surprend son regard et se relève, un peu gêné.

Tous trois se mettent en route en silence. Des rangées de chênes à perte de vue. Julia se souvient d'avoir lu que ce champignon, que l'on surnomme l'or noir, pousse au pied des chênes dont il dépend pour vivre, et se ramasse en fin d'année.

– On a eu une année très sèche, la récolte n'est pas terrible, lâche Antoine, les yeux rivés sur l'horizon.

Il marche à grandes foulées et Julia a du mal à le suivre.

– Les anciens racontent qu'autrefois la truffe poussait même au pied des poteaux électriques. On en mangeait quand on n'avait plus de pommes de terre, c'était le plat des pauvres. La terre donnait tellement alors… Et puis, sans qu'on sache pourquoi, les truffes se sont faites plus rares.

Il s'arrête. Zerbino, le museau en alerte, guette quelque chose. Mais le vieux chien repart, déçu. Ils le suivent et s'enfoncent peu à peu dans la forêt, en silence. Leur marche est rythmée par les allers-retours enjoués de Zerbino qui vient s'assurer régulièrement de leur présence. Julia sent bien que ce silence est important. Antoine est un taiseux, le ramassage de la truffe s'apparente à un voyage intérieur. Elle repense à l'article qu'elle a lu le matin même ; la truffe y était présentée comme l'un des derniers mystères naturels.

– Comment en es-tu venu à cultiver la truffe ? finit-elle par demander.

– Tiens, regarde, la coupe Antoine. Il a trouvé quelque chose.

Le chien creuse la terre en toute hâte et, en quelques secondes à peine, ramasse dans sa gueule un petit champignon noir qu'il tend fièrement à son maître.

– C'est bien, mon Zerb' !

Il lui offre un biscuit et le caresse avec ardeur. Leur complicité est évidente, et Julia se sent presque de trop. Puis Antoine tire de sa poche un petit bouquet de verdure qu'il dépose dans le trou. Julia l'interroge.

– C'est de l'olivier trempé dans de l'eau de pluie. C'est la vie qu'il faut remettre dans le trou, sinon le chêne ne donnera plus.

Julia prend des notes. Mais déjà Antoine s'est remis en route.

– Personne n'a jamais percé le mystère de la truffe. On sait qu'il lui faut des hivers froids avec de la grêle, et un sol calcaire. Mais ce n'est pas que le changement des saisons. À traitement égal, certains chênes donnent, d'autres pas. Va savoir pourquoi… Alors chaque trufficulteur y va de ses superstitions. Certains disent qu'il faut rendre de la truffe à la terre, fouetter les branches de l'arbre, écouter les sourciers, planter au nord, observer la lune…

Il s'arrête, gratte un peu le sol de son bâton.

– Mais la vérité, c'est que les trufficulteurs ne partagent pas leurs secrets. Moi, tout ce que je sais, c'est le vieux Flavio qui me l'a appris…

Antoine s'approche d'elle et la fixe.

– Pour faire ce métier, il faut écouter la nature. Il n'y a que ça qui compte. La Nature n'est pas une transaction. C'est une femme, et elle craint les hommes. Elle ne se livre qu'à ceux qui s'offrent à elle.

Le stylo de Julia court sur le papier. Elle tâche de tout saisir, de tout noter, quand Antoine pose une main sur son carnet.

– Tu penses trop. Arrête.

Sans prévenir, il s'allonge sur le tapis de feuilles et ferme les yeux. Julia, son carnet à la main, se sent gauche. Doit-elle l'imiter ? Elle hésite, maladroite, range précautionneusement ses affaires dans son sac et tire sur sa robe avant de se coucher à son tour. Antoine ne dit pas un mot, le visage tourné vers le ciel qui se devine derrière la cime des arbres.

Crispée, elle songe aux insectes et à l'humidité qui glace déjà son dos. Elle frissonne et son esprit saute d'une idée à l'autre, l'heure qui tourne, le carnet de sa grand-mère, l'attitude d'Antoine. Que pense-t-il d'elle ? Elle s'en veut aussitôt de lui donner tant d'importance et prend une profonde inspiration pour tenter de se détendre. L'air de la forêt crépite autour d'elle, ça bourdonne dans ses oreilles. Le vent dans les branches siffle une mélodie délicate, portée par le pépiement irrégulier d'un oiseau. Julia cherche une place plus confortable, dégage une brindille qui lui griffe la jambe. Peu à peu, les battements de son cœur ralentissent.

– Écoute. Les arbres se parlent, murmure Antoine.

Julia ferme les yeux. Dans le silence épais, il lui semble que la forêt l'enlace. Ses racines s'entremêlent comme des doigts. Elle entend le craquement des arbres, leur respiration. Le parfum d'humus l'apaise, son corps se fait plus léger. Quand elle rouvre les yeux, les branches au-dessus d'elle lui donnent le tournis. Mais le souffle calme d'Antoine la berce. Elle se cale sur ses inspirations, sa poitrine se relâche. Elle flotte quelque part entre terre et ciel, au cœur de cette nature bienveillante qui la caresse comme une mère. Julia pourrait rester là plusieurs siècles encore.

Un bruit. Zerbino aboie et se précipite à leur rencontre. Julia se lève, frotte sa veste et réajuste sa robe. Antoine s'approche d'elle et tend une main vers son visage. Son cœur se fige. La forêt les observe, ses pieds à elle s'enfoncent à leur tour profondément dans le sol. Elle tressaille, les doigts d'Antoine la brûlent quand il effleure sa joue. Le trufficulteur enlève délicatement une feuille emprisonnée dans ses cheveux et la fixe de ses grands yeux sombres.

– Allez, on rentre, lâche-t-il finalement avant de siffler Zerbino.

Liste des odeurs qui me rendent heureuse

Les draps séchés par le mistral
Les abricots cuits dans la bassine à confitures
L'immortelle sous le soleil de juillet
La pierre après une pluie d'été
Le savon de Marseille que ma mère utilisait au lavoir
Le talc sur les fesses de mon petit
Les olives broyées par la meule du moulin à huile
Les pages de mon vieux livre de cuisine
L'encaustique sur mon buffet fraîchement ciré
La terre qui s'attache aux courgettes du jardin
Le chèvrefeuille à la nuit tombée
Le camphre sur mes genoux usés
Le parfum de Jean

29

Lucienne dépasse l'épicerie et contourne la fontaine aux herbes d'un pas décidé.

Elle a mis sur ses cheveux gris un petit pochon de plastique pour les protéger de la pluie qui s'annonce. Au bout de son bras pend un large panier d'osier qu'elle porte chez Camille. La jeune femme aux joues roses et au nez piqué de taches de rousseur vient d'accoucher d'un petit garçon. En Provence, selon la tradition, on accueille l'enfant avec un panier de naissance. À l'intérieur, les cinq offrandes. Tout en battant les pavés à la force de ses mollets maigres, Lucienne dresse la liste des douceurs emballées. Cinq bienfaits, comme cinq vœux que l'on souffle au-dessus du berceau. Le sel pour que le petit grandisse sainement. Un œuf pour qu'il soit comblé de biens matériels et spirituels, du miel pour qu'il soit doux comme un ange, une allumette, symbole de droiture, et une miche croustillante que la vieille femme remettra à Camille en disant « *Que siègue bon coume dou pan»* : que ton enfant soit bon comme du pain.

Lucienne gratte la croûte de son ongle et porte une miette à sa bouche. Elle aurait bien aimé qu'on lui en porte à elle, du miel et des allumettes, à l'époque ! Mais le Ciel a ses favoris. Les yeux perdus dans le lointain, elle arrache un quignon. De toute façon, elle en mettrait sa main à couper, le bambin que l'on cajole à coups de traditions provençales finira dans quinze ans en mobylette à réveiller les villageois de Saint-Amour avec son pot d'échappement pétaradant. Une bien drôle d'époque, si on lui demande…

Elle s'assoit sur la pierre polie du lavoir. Sa hanche la tourmente et le ruissellement de l'eau l'apaise un peu. Ces derniers temps, ses nuits sont peuplées de spectres sombres, et ces insomnies ont raison de son énergie habituelle. Elle n'est pourtant pas de celles qui se prennent le pouls en permanence. Pas comme la Mireille ! songe-t-elle en se massant de ses doigts noueux. Le travail, c'est la santé, aime-t-elle à se répéter.

Mais ce qui l'inquiète sans qu'elle ose l'avouer, c'est ce point sous sa poitrine plate, juste au creux de son sternum. Comme un noyau d'olive qui aurait élu domicile entre ses côtes et ne cesserait d'enfler, encore et encore. Ses oreilles bourdonnent ; son cœur s'accélère. Elle plonge ses mains dans l'eau fraîche et les pose sur ses joues en inspirant profondément. C'est la deuxième fois aujourd'hui que ses sens lui échappent. Ce matin, elle tentait de recouvrer ses esprits, sur un banc de l'église, quand le père Marius est entré.

Il l'a regardée d'un drôle d'air avant de s'enquérir de son état. À cet instant, elle aurait tout donné pour qu'il s'en aille. Elle a le sentiment étrange, depuis quelque temps, qu'il cherche à lui tirer les vers du nez. Se fait-elle des idées ? Ou a-t-il remarqué sa fébrilité récente ? Superstitieuse, Lucienne en vient à se demander si le curé n'a pas un don pour lire dans les pensées.

Elle craint d'aller à confesse, surtout depuis l'incident de la photographie. Et si le père Marius réussissait à la faire parler ? Elle peste contre elle-même. Tu n'es qu'une bécasse ! se répète-t-elle du matin au soir. Quelle idée d'inventer cette histoire de cousin ! Paul, le cousin germain décédé ! Est-il possible d'être plus bête ?

Lucienne extrait la photographie en noir et blanc de sa blouse usée. Elle caresse doucement les deux portraits souriants. Qu'ils étaient jeunes alors ! Et elle, donc... Lucienne détaille le visage de l'enfant qu'elle était. Une écervelée aussi laide qu'une punaise qui ne méritait rien d'autre que ce que la vie lui a laissé ! La vieille femme serre les dents en se maudissant de plus belle. Comment tout cela finira-t-il ?

1944. L'été de mes quinze ans est caniculaire. Les citadins ont rejoint les hauteurs pour y trouver un peu de fraîcheur. Et nous sommes tous là, à tendre l'oreille à la rumeur. Mon père est membre des FFI et tient de source sûre que le débarquement est proche. Car si les Américains ont mis le pied sur le sable normand, les Allemands, eux, tiennent toujours notre Midi. Je vois les jours défiler et j'appréhende l'inconnu tout autant qu'il me met en joie. J'ai quinze ans et le cœur qui tambourine à l'idée de cette folle aventure.

Il faut dire que cette vie a du piquant ! Les alertes sont permanentes, nous ne sortons de l'abri que pour aller à la messe, au cinéma ou faire des courses. Nous comptons les jours, l'oreille sur la radio. De quoi demain sera-t-il fait ?

Un soir, trois fusées rouges sont tirées. Mon père nous ordonne de nous mettre à l'abri. Les Alliés nous préviennent que des avions sont en route ! Les villageois sont en liesse. Pas moi. Je me faisais une joie de danser au bal du 15 août ! J'enrage en silence, la guerre nous aura décidément tout pris !

Mon père nous intime de nous tenir éloignées des fenêtres, tandis que ma mère met un civet à cuire. Mon père l'invective. Veut-elle se faire tuer ainsi ? La viande est trop rare pour la laisser perdre, lui répond-elle. Et entre deux rafales, elle agite sa cuillère en bois dans la poêle.

Au réveil, la campagne est calme, trop calme. Le courant est coupé, et on ne peut écouter les informations. Les rumeurs circulent péniblement de village en village : les trains sont arrêtés et il y a des barrages. Les résistants occupent la mairie et l'on distribue des galettes. Voilà qui me redonne un peu d'espoir, ces heures passées à attendre sont usantes. Maman et moi faisons la queue sur la place quand un bruit se répand comme une traînée de poudre : les Américains sont en route, on voit déjà leurs casques briller depuis la colline !

Des Américains dans notre Provence ? Le doute me prend : et si c'étaient des Allemands qui s'acheminaient vers nous en représailles ? Mon père, traversé par le même pressentiment, veut nous mettre à l'abri. Tout le village est en effervescence quand soudain éclatent dans l'air clair des rafales de mitrailleuses. Un combat dans nos ruelles ! C'est la guerre qui frappe aux portes de notre village. Des soldats sont déjà au lavoir, nous entendons les coups de feu depuis la maison. Les balles ricochent et fusent ! Nous nous précipitons sous l'escalier, ma mère et moi sur les genoux de mon père. Ce dernier a tout juste eu le temps de fermer les portes et les fenêtres malgré l'injonction des Allemands de tout tenir ouvert. Je sanglote en serrant la main de ma mère qui prie dans un murmure, déroulant son chapelet de ses mains tremblantes.

Après ce qui me semble être des heures de combat, le silence se fait enfin. Les cigales reprennent leur chant sous le soleil cuisant. Nous tendons l'oreille, à l'affût d'un indice. Car la vraie question est bien de savoir qui se bat ! Vois-tu, ma Lili, dans quel état de confusion nous étions ?

Des bruits de pas se font entendre devant notre fenêtre. Une bouffée d'angoisse nous saisit, et nos cœurs se fracassent dans nos poitrines. Qu'arrivera-t-il si les Boches entrent chez nous ? Mon père, par réflexe, met sa main en bâillon sur ma bouche et tire un couteau de sa poche.

À quelques mètres à peine, deux soldats s'interpellent. « Où est Rachid ? » « Il est parti vers la mairie », lui répond un autre. Nous écoutons, hagards. Pour sûr, ce n'est pas de l'allemand, ni même de l'anglais ! Mon père, ébahi, s'écrie : « Mais ce sont des Français ! » Nous montons à pas silencieux jusqu'à la fenêtre pour voir de quoi il retourne.

À la vue de leurs habits et de leurs casques, mon père exulte. Nous avons été délivrés par des soldats algériens ! Dans les ruelles, des voix s'élèvent. « Des Français ! Des Français ! » et puis des vivats : « Vive la France ! Bravo, soldats ! »

Nous nous ruons dehors, ravis, et mon père me prend

la main. Deux grosses larmes dévalent ses joues creuses tandis qu'il plisse les yeux sous le soleil brûlant. Même nos cigales semblent chanter avec encore plus d'enthousiasme qu'auparavant ! Les villageois encerclent les soldats. On leur tend des fruits et des galettes, et puis du vin qu'ils refusent en réclamant de l'eau claire. On les touche comme pour s'assurer qu'ils sont réels. J'ai envie de tous les embrasser !

Comme il est doux de voir les Algériens ! C'est bien plus que du bonheur que cette délivrance qui nous vient des Français eux-mêmes ! Et nous qui attendions les Américains ! Quel bon rire !

Tard dans la nuit, le petit village est massé sur la place. On applaudit, on chante, on embrasse les soldats et on arbore nos rubans tricolores. Il me semble que je rêve ! Cette guerre, qui a bercé toute mon adolescence, pourrait-elle donc finir ?

30

Dans le hangar, Antoine dépose la truffe trouvée un peu plus tôt dans un panier puis ouvre un large frigo. Un parfum puissant s'en échappe. Julia lâche un soupir émerveillé.

– Sens-moi ça, dit-il en lui tendant une boîte remplie de truffes de taille généreuse.

Julia ferme les yeux, presque émue de ce trésor qui s'offre à elle. Dans l'air se bousculent des arômes de musc, d'humus et de noisette. Tout à coup, une camionnette fait crisser les graviers dans la cour. Deux petits coups de klaxon joyeux se font entendre.

– Voilà le patriarche, lâche Antoine.

Quelques instants plus tard, Julia, débarrassée de ses bottes humides, s'installe avec le vieux Flavio au salon. Le vieil homme a gardé sa casquette. Antoine met une bûche dans l'âtre et le café à chauffer.

– Je reviens, je vais chercher du bois, dit-il en saisissant un large panier.

La porte claque et un ange passe, porté par le crépitement des flammes.

– C'est un bon gars, dit le vieil homme au bout d'un moment. Faut pas écouter ce qu'ils disent au village… Les trufficulteurs d'ici gardent jalousement leurs secrets. Ce sont des roublards aux méthodes pas toujours très honnêtes qui se prennent pour Dieu le Père. Antoine, lui, c'est un taiseux ; mais il n'a rien d'une dormiache, c'est moi qui te le dis ! Ça pour travailler, il travaille ! D'autant que ces dernières années, le métier est devenu difficile… Déjà qu'on a les sangliers, maintenant en plus, il y a les vols…

– Les vols ?

– Oui, ils viennent piller les truffières la nuit, quand ils ne partent pas avec les chiens ! Antoine a du mérite, pardine !

Julia saisit son carnet.

– Quel est votre secret ? Pour les truffes, j'entends. Antoine m'a dit que vous lui aviez tout appris.

– Ma foi, ça fait bien longtemps que j'ai abandonné. À l'âge que j'ai, tu penses… C'est en arrivant ici – je devais avoir vingt ans – que ça m'est rentré là-dedans, dit-il en désignant sa tête. Je me suis dit que j'allais faire de la truffe. Les hommes parlaient peu, les truffes, c'est l'omerta ! Mais je travaillais pour un vieux du coin. Il m'a tout transmis. La truffe, il lui faut de la vie. Des herbes de Provence, des insectes, des petites fourmis, des vers de terre… Mais la truffe n'est rien sans les arbres. Les arbres, ils ont une énergie, une aura. Le sais-tu ? Té, y a même un sourcier au village qui cherche la truffe avec sa baguette ! Il parle d'ondes telluriques – si je sais moi ce qu'il baragouine ! Moi, l'aura des racines, ma foi, je n'y ai jamais rien compris.

Le vieux Flavio rit et découvre quelques dents manquantes. À travers la fenêtre, on aperçoit Antoine qui joue avec les chiens.

– Avant, il y a longtemps de cela hein, la truffe elle poussait de partout. Même sur la place de Saint-Amour, tiens ! Le curé, il n'avait qu'à se baisser pour les ramasser ! Oh con ! Les maisons embaumaient jusqu'à l'écœurement. Maintenant, tu en as dix kilos dans la voiture que tu te demandes si tu ne les as pas oubliées !

Julia s'amuse de l'éclat que leur échange fait naître dans les yeux du vieil homme. Deux yeux blanchâtres, minéralisés, comme de grosses perles grisées.

– Avant, c'était pas cher la truffe ! Oh con, on parle de choses qu'on a vues et qu'on ne verra plus ! Mais le secret dont tu parles, je ne l'ai pas trouvé, sinon je ne serais pas là ! La seule chose que je peux te dire, et ça, tu peux me croire sur parole, c'est que pour qu'il y ait de la truffe, faut qu'il y ait de l'amour…

Comme sa grand-mère qui distillait de la tendresse dans sa soupe au pistou, songe-t-elle.

– Tu le connais le Roger ? Le Roger, il avait la plus belle truffière de la région, là-bas, juste derrière la colline. Des chênes bleus et des chênes verts qui donnaient sans discontinuer. Et puis un jour, Roger il est tombé malade et il est mort. Quand son fils a repris, le terrain ne donnait plus rien. Tu le crois ça, Julia ? Roger, il est parti avec ses truffières !

Julia, bercée par la chaleur de l'âtre, prend des notes. Elle n'a aucun doute que le vieux Flavio dise vrai. Cette énergie émanant de la terre, elle l'a sentie elle-même quelques heures plus tôt. Les mots de Félix lui reviennent alors à l'esprit : *vivante*. Dans le sous-bois, Julia s'est sentie présente à elle-même comme jamais auparavant.

– Comment va la Jeannine ? demande Flavio tout à coup avec un sourire bienveillant.

– Ça dépend des jours… Elle perd un peu la tête depuis qu'elle est tombée derrière la maison…

Flavio acquiesce avec compassion.

– Vous la connaissez depuis longtemps ? interroge Julia.

– Je l'ai rencontrée après la guerre, quand je me suis installé dans la région. Dans les années cinquante, comme ça… Elle venait d'épouser Baptiste et ils rentraient du Maroc. Je leur ai donné un coup de main pour construire la maison dans les hauteurs. C'était un brave homme lui aussi…

– Je ne l'ai pas beaucoup connu, dit Julia. Il est mort quand j'avais trois ans. Mamie n'est plus trop en état de me parler de lui malheureusement…

– Lucienne l'a bien connu ! Tu devrais lui demander.

Antoine rentre. Quelques feuilles mortes s'accrochent à son pull bouloché. Tandis qu'il s'accroupit pour ranger le petit bois, Julia poursuit :

– Oui, Lucienne m'aide à réanimer la mémoire de Mamie. Elle me parle d'elle, on regarde de vieilles photos…

Et puis, à l'intention d'Antoine qui époussette son pantalon, elle ajoute :

– Tu travailles pour Lucienne ? Tu ne m'as pas dit ce qui t'a amené ici…

Antoine ravive les cendres à l'aide d'un soufflet. Il se retourne, visage fermé.

– Rien qui puisse intéresser tes lecteurs. Allez, c'est pas tout ça, mais j'ai à faire. Flavio, je te laisse la raccompagner ?

La question sonne comme un ordre. Qu'est-ce qui lui prend ? se demande Julia. A-t-elle dit ou fait quelque chose qui l'aurait blessé ? Déstabilisée, elle ramasse son stylo et son carnet. Le vieux Flavio esquisse un sourire gêné et Antoine la salue d'un air sombre. Sans un mot, elle grimpe dans sa voiture. La vieille Peugeot cale deux fois avant d'atteindre le portail. Le charme de la forêt est rompu quand elle prend la route de la Bastide.

Ma libellule jolie,

En tournant chaque matin la page de mon almanach, je réalise que les mois filent à une vitesse inouïe.

Cela m'étonne toujours quand la présentatrice de la météo annonce la date du lendemain. Elle dit toujours : « Demain, nous serons la Saint quelque chose. » Et quand l'année s'affiche sur l'écran, je ne peux en croire mes yeux. 2018, te rends-tu compte ? M'aurait-on dit que je vivrais jusque-là que je ne l'aurais pas cru !

Pourtant dans ma tête, j'ai encore vingt ans. Je ne perçois pas de différence avec celle que j'étais avant. Le plus dur dans le fait de vieillir, ma chérie, c'est le corps qui t'abandonne. On a beau lutter, s'insurger, se débattre, il n'y a rien à faire. Mes genoux sont plus fragiles, je vois un peu moins bien, et puis voilà que ma mémoire part en voyage.

Ah ! J'espère que tu ne perds pas patience à la lecture de ce carnet. Aujourd'hui les choses vont vite, même les génériques des films à la télévision, tiens ! Avant l'on prenait le temps de rentrer dans le film en douceur, comme dans ces dessins animés de Walt Disney que tu regardais enfant. Il y avait un écran noir, et puis une musique tendre, on se laissait glisser lentement dans l'histoire. Maintenant tout démarre au quart de tour ! Les films commencent par la fin, reviennent en arrière, on n'y comprend rien, et voilà qu'ils rallument les lumières à la seconde où l'acteur dit sa dernière réplique. Vraiment tout cela me donne le tournis !

Je n'oublie pas ce pour quoi nous sommes là. Moi ici, à écrire de ma main qui tremble un peu et courant après le passé. Et toi, derrière ton carnet. Je te connais ma chérie, tu as toujours été un peu impatiente, joliment bien sûr, tu sais que je te trouve en tout point parfaite, mais j'espère que tu prendras le temps. Il m'en faut à moi pour laisser venir ces souvenirs, et puis pour accepter toutes les émotions qui les accompagnent.

Trois rencontres ont marqué ma vie. Le temps est venu de te parler de la première qui, de toutes, fut sans doute la plus belle.

31

Dans le hall, Gisèle se précipite vers elle.

– J'ai trouvé ! s'exclame-t-elle, les yeux brillants.

– Bonjour Gisèle, répond Julia un peu sèchement.

Elle s'en veut. Mais le comportement incompréhensible d'Antoine l'agace terriblement. Pour qui se prend-il ? Impatiente, la vieille dame élégante se dirige vers le salon. Dans un coin, Pierrot et Fernand disputent une crapette. Assise dans une immense bergère, Madeleine la tricoteuse salue Julia d'un signe de tête, tandis que Plume ronfle, allongé à ses pieds sur un lit de pelotes.

– Un petit rafraîchissement ? lui propose poliment la vieille dame.

Julia décline son offre avec un sourire. Elle n'a qu'une envie, retrouver Félix pour partager sa mauvaise humeur. Après tout, c'est lui qui a insisté pour qu'elle revoie Antoine ! Le pauvre garçon ne le sait pas encore, mais il s'apprête à passer un mauvais quart d'heure. Voyant que la jeune femme se dirige vers l'ascenseur,

Gisèle la saisit par le bras. De sa main libre, elle désigne l'écran de son ordinateur.

– Tenez, que je vous montre. J'ai pris les symboles en photo, et puis je les ai partagés sur un forum de spécialistes.

Gisèle navigue joyeusement d'une fenêtre à l'autre. Julia a du mal à suivre. Où a-t-elle bien pu apprendre à se servir d'un ordinateur ?

– La photo de votre grand-mère ! Avec cet homme qui la couvait avec les yeux de l'amour ! Vous vous en souvenez tout de même ?! Ne me dites pas que vous yoyotez vous aussi, je vais vraiment commencer à me sentir seule !

– Évidemment que je m'en souviens !

– J'ai déchiffré les symboles mystérieux !

– C'est gentil, Gisèle, mais Lucienne l'a fait avant vous. C'est le cousin de ma grand-mère. Le message dit : « Avec Paul, à Saint-Mandrier », ou quelque chose du genre.

Gisèle referme brutalement l'écran de son ordinateur. Plume sursaute et détale aussi prestement que le permet son embonpoint.

– Vous voyez, Madeleine, je vous avais bien dit que cette femme cachait quelque chose !

L'artiste, concentrée sur la création d'un pompon, acquiesce en chantonnant. Julia n'est pas sûre de comprendre.

– Lucienne a menti, lâche Gisèle.

Julia se fige. Son regard va de Gisèle à Madeleine. « Je n'ai pas eu la chance de faire des études », avait dit la tricoteuse. Soudain, son esprit s'éclaire. Lucienne non plus. Évidemment qu'elle ne sait pas lire la sténo ! Un frisson remonte le long de sa colonne vertébrale. Comment Lucienne a-t-elle pu mentir avec autant d'aplomb ? Gisèle lui tend un bout de papier. Juste en dessous des symboles, elle peut lire :

« À ma bien-aimée, Jean Coloretti »

Quand les Américains débarquent, c'est l'effervescence ! Ils sont beaux comme des dieux dans leurs costumes couleur sable, leurs cartouchières en toile. Le bruit de leurs brodequins contraste merveilleusement avec celui des bottes cloutées allemandes. Cette armée fabuleuse est comme tombée du ciel. Les hommes rient et distribuent caramels, chocolats, chewing-gums, cigarettes… L'un d'entre eux a même sorti de son sac un petit flacon rempli d'un liquide noir qu'il a tendu à Lucienne. La petite était déçue, mais quel bon rire quand elle goûte ! Le liquide pétille dans la bouche et caresse les dents. Lucienne vient de découvrir le Coca-Cola !

Quant à moi, un soldat me fait cadeau d'une galette lourde et fragile, un 78 tours des Andrews Sisters. Quelle merveille ! Sur la pochette, trois femmes sourient, et je m'imagine en l'écoutant que je suis l'une d'entre elles. Comme cette brunette, je peins ma bouche en rouge, je dessine mes sourcils en accents circonflexes, et je me coiffe en entortillant une mèche de mes cheveux au-dessus de mon visage. Ces disques que les Américains portent avec eux, je l'apprendrai plus tard, sont les V disques, avec un V comme Victory. Voilà bien le seul mot d'anglais que je connaisse : Victory ! Avec eux, nous découvrons le swing et puis le jazz. Ah, ma chérie ! Cette chanson Boogie Woogie Bugle Boy *restera à jamais pour moi la bande sonore de l'espoir retrouvé. Du visage du soldat, je n'ai aucun souvenir, mais de ce cadeau ! Mes vieilles guiboles se trémoussent encore dès que résonnent les premières notes de trompette dans le phonographe !*

Lucienne et moi ne comprenons rien aux paroles, mais nous twistons nos fesses maigres en écrasant notre talon au sol, les mains à plat sur nos hanches, en chantant : « A-toot, a-toot, a-toot-diddleyada-toot » *! Quel bon rire !*

Quand je ne danse pas, je chante La Marseillaise *pour les soldats et je déclame des vers de La Fontaine. Ils n'y comprennent rien non plus, mais ils sont bon public et me remercient avec toutes sortes de confiseries, tant et si bien que j'accumule une belle collection de caramels que je revends aux enfants du village. J'amasse ainsi suffisamment d'argent pour m'offrir en secret mes premiers bas de soie et des chaussures rouges en cuir à talons compensés.*

Un soir, un bal est donné dans une commune voisine. Il faut marcher cinq bons kilomètres pour s'y rendre, mais aurait-il fallu courir jusqu'à Paris que j'y serais allée quand même, chaussée de rouge et chaperonnée par mes parents !

Sur la place, des guirlandes de fanions se mêlent aux

drapeaux français et américain. Des petites loupiotes éclairent la place comme un ciel étoilé. Les villageois ont ressorti leurs instruments, je reconnais quelques membres des Happy Boys qui jouaient déjà avant la guerre, et la femme du maire reprend des airs de Piaf, de Trenet. Avec mes amies, nous chantons à tue-tête, tournons, valsons, et puis nous crions « Vive la France » en réponse aux vivats que les villageois poussent en trinquant. Même les enfants dansent jusque tard dans la nuit, leurs chaussettes blanches remontées jusqu'aux genoux.

Ma mère me surveille du coin de l'œil, attablée avec son tricot et les autres mères du village, tandis que mon père devise en riant à la buvette. Comme d'autres, il porte fièrement son béret et le brassard bleu-blanc-rouge des Forces françaises de l'intérieur. Sa manière à lui de participer à la guerre, dont je suis admirative et qui le met dans de meilleures dispositions.

Un forain a installé un manège merveilleux. Un champignon duquel pendent des chaises colorées. Peu d'entre nous ont déjà vu un tel engin. Je suis fascinée mais mes amies refusent d'y monter. Tant pis ! Je prends ma place à la suite de mon père. J'agrippe de mes mains tremblantes les chaînes qui soutiennent la chaise. Mon cœur bat à cent à l'heure mais je ne peux plus faire machine arrière. De sa voix nasillarde le forain crie : « Les chaises de la Liberté ! Quatre francs le billet ! », et les hommes prennent place et saluent avec force bravades les femmes qui les observent depuis la place. À Lucienne qui me guette avec inquiétude, je fais un petit signe de la main.

Mes jambes pendent au-dessus du sol poussiéreux, quand je réalise que mon soulier est défait. « Attention au départ ! » J'ai peur, mon cœur s'emballe. Je tremble, la panique me gagne, je m'agite en tous sens pour redescendre de cette chaise maudite, quand une voix grave résonne derrière moi. Quelques mots, comme une caresse. « Pour l'amour de Dieu, restez assise ! » La voix est pressée et pourtant elle me rassure. Cet homme à l'accent corse a donc encore plus peur que moi ! Mes mouvements sur la chaise déstabilisent la sienne tant le champignon semble fragile et soumis à tous les vents. Je n'ai pas le temps de répondre, et encore moins le courage de me retourner quand le manège, doucement, se met en branle.

Un air d'accordéon accompagne le ballet des chaises qui progressivement se mettent à pencher et entraînent nos jambes vers l'extérieur. Les hommes ne parlent plus, l'angoisse est palpable, la femme du maire claironne les premiers vers d'un air bien connu de Maurice Chevalier :

Ce vieux clocher dans le soleil couchant
Ça sent si bon la France !
Ces grands blés mûrs emplis de fleurs des champs,
Ça sent si bon la France !

Le manège accélère, le vent fouette mon visage, mais ma coiffure tient bon, je cale prestement ma robe entre mes jambes, ce manège est très inconvenant. Soudain, la voix mystérieuse derrière moi crie : « Quelle horrible invention ! Mais quelle horrible invention ! » J'éclate d'un rire nerveux, mes mains serrées plus que jamais sur les chaînes. Mettant ma tête de profil pour que le vent emporte ma réponse, je crie : « Chantez donc ! Cela vous donnera du courage ! »

Je ne sais toujours pas de quelles lèvres s'échappent ces paroles, mais voilà qu'en réponse elles accompagnent d'une voix mal assurée cet air si cher aux résistants :

Le long des rues ces refrains de chez nous,
Ça sent si bon la France !

L'accordéon est de plus en plus enjoué, et les chaises tournent de plus en plus vite. Je vole, libre ! Un souffle de bonheur me traverse, je voudrais hurler ma joie ! Mais ma chaussure se détache, mes orteils se crispent pour la retenir. Un coup de vent me déchausse et le soulier disparaît, englouti par la foule. Je pousse un cri en secouant les jambes et la voix derrière moi chante encore plus fort :

Mais les rêves bleus, les projets immenses,
Pour quelques jours on les laisse filer.
Cette brunette aux yeux de paradis,
Oh ça sent si bon la France !

Je ris malgré moi tandis que nous volons dans le ciel sombre. Je savoure ces deux derniers vers, je m'imagine qu'ils me sont destinés et dessine sur la lune le visage de ce mystérieux inconnu.

Doucement, les chaises redescendent. Les joues roses, le cheveu en bataille et le cœur à cent à l'heure, je me retourne sitôt la machine infernale mise à l'arrêt. Mais derrière moi, il n'y a personne.

Je m'égare dans la foule, le pied nu, invoquant saint Antoine pour retrouver ma chaussure perdue, quand tout à coup, je le vois. Grand et mince, les cheveux sombres et l'œil rieur, il me sourit d'un air timide, le soulier à la main.

Liste des choses que j'espère ne jamais oublier

Le visage de ma mère
Comment danser le tango
Les règles de la crapette
L'ingrédient secret de ma tarte aux abricots
Le rire de mes petits
Le nom de ceux que j'aime
Les fables de La Fontaine
Les règles d'orthographe
Où j'ai rangé ce carnet

32

Julia repose le carnet.

Émue, elle lève les yeux sur Félix, rivé à ses lèvres. Jeannine dort dans la chambre à côté depuis plusieurs heures. Julia partage ses découvertes et ses incompréhensions avec lui. De la balade dans la truffière jusqu'à la découverte de Gisèle en passant par les révélations de sa grand-mère, Julia a tout posé là, comme ça et, pour bien qu'il comprenne, lui a fait la lecture du carnet. Le récit de Jeannine entrecoupé de ses listes farfelues a mis le jeune homme au bord des larmes, de chagrin, de joie.

– Quel sacré caractère elle avait ! lâche-t-il.

– Elle l'a toujours ! rétorque Julia. Attends qu'elle retrouve des forces et tu verras !

– Tu crois que c'est lui, l'homme de la photo dont Lucienne a voulu cacher l'identité ?

– Aucune idée, mais les dates semblent correspondre. C'est fou, ma grand-mère ne m'a jamais parlé de lui. Comment a-t-elle pu me raconter jusqu'à dix fois certaines anecdotes et faire l'impasse sur la plus importante ?

– Lis la suite !

– Attends, j'ai besoin d'une pause. On mange un morceau avant ?

L'estomac de Félix acquiesce en gargouillant. Le jeune homme glisse deux larges parts de pissaladière dans le four et débouche avec grâce une bouteille de rosé.

– Au romantisme et au temps passé, où l'on aimait plus fort et où l'on rêvait plus grand ! scande-t-il en levant son verre.

Julia trinque et grimace en repensant à sa rencontre du matin avec Antoine.

– L'amour, c'est une légende urbaine. Et ça va pas s'arranger.

– C'est ça ! Et tu en as d'autres, des clichés pareils ?

Elle grommelle dans son coin.

– Appelle-le.

– Et puis quoi encore ? s'étrangle Julia. Tu ne veux pas non plus que je le demande en mariage ?

– Il y a un truc bizarre dans cette affaire.

– Oui, une nana qui passe la nuit chez lui, et une qui se fait mettre à la porte. Tu veux savoir qui a l'air le plus ridicule ?

– Ah, nous y voilà. Le ridicule.

– Quoi ?

– C'est ça qui te ronge. Cette petite voix intérieure qui te crie de te méfier, de ne pas prendre de risque.

Julia se verse un second verre de vin.

– Le secret, c'est d'aller chercher le soulier. Même si tu n'as pas vu le visage, ajoute Félix.

– Tu dis n'importe quoi.

– Accepte d'être vulnérable. C'est le secret du bonheur. Accepter de marcher nu dans une assemblée de gens vêtus. Se montrer tel que l'on est, tendre le flanc aux jugements. Il n'y a que comme cela que l'on est vivant !

– À chaque fois qu'on trinque, tu me ressors la même prose ! En ce qui me concerne, je préfère de loin être celle qui regarde les autres se jeter à l'eau ! Avec mon pull, mon écharpe et mon bonnet !

Sans prêter la moindre attention à ces sarcasmes, Félix pousse un cri et se met à battre l'air de ses mains. Il sourit et dévoile ses dents du bonheur.

– Je viens d'avoir une idée ! Quelle heure est-il ?

– Presque vingt-trois heures, pourquoi ?

– Parfait ! Je vais demander à Éliane de prendre le relais. Suis-moi !

– Où ça ? demande Julia d'une voix peu enthousiaste. Franchement, si c'est pour aller se rendre « vulnérable » au Macumba du coin, je passe mon tour…

– Tu m'as bien regardé ? sourit-il en enfilant son blouson de cuir.

– Je suis crevée, je vais rentrer, j'interviewe un meunier à neuf heures et…

Félix plante ses yeux verts dans les siens et pose sa main sur son cœur.

– Il est temps que tu te réveilles de l'intérieur.

Il s'appelait Jean Coloretti.

Ma Lili, j'ai le cœur qui bat bien vite en écrivant son nom. Voilà plus de soixante-dix ans que ces syllabes n'ont plus roulé sur ma langue. C'est pourtant un joli patronyme, qu'en dis-tu ? On dirait le chant d'une fauvette.

Il a six ans de plus que moi et vient d'être nommé instituteur dans le village voisin. Il se tient là, au milieu des couples qui valsent en toupie, un doux sourire sur les lèvres, mon soulier à la main. Comme s'il m'attendait depuis toujours sur cette placette. Il me dit : « Pardonne-moi, j'ai le vertige, mais j'adore Maurice Chevalier. Merci, qu'il me dit encore, merci vraiment de m'avoir encouragé, j'ai bien cru que j'allais défaillir. Quel engin de malheur ! Mais si tu veux refaire un tour, j'y retournerai bien sûr, cela va de soi, ou de moi, je ne sais plus, pardon, j'ai chaud tout à coup. » Il me dit ça à toute allure, droit comme un i sous les guirlandes lumineuses qui projettent sur son visage de drôles de couleurs. Dans l'air flottent peut-être l'odeur de la viande grillée, de vin, et le parfum des genévriers. On entend sans doute l'accordéon, les refrains de Charles Trenet, le rire des soldats, mais moi je ne perçois rien. Rien d'autre que ces yeux, clairs comme l'eau des calanques, qui me fixent et me caressent, pressés de se raconter, comme si j'allais m'envoler.

Je détaille ses mains fines, ses poignets, sa chemise roulée sur ses avant-bras sombres, ses bretelles, son pantalon à taille haute. Je m'applique à fouiller ma mémoire en quête d'un indice, d'un souvenir : cet homme-là, il me semble le connaître depuis cent ans déjà. Cette âme-là, je l'ai croisée ailleurs, dans un au-delà qui nous échappe.

Un pied nu, la hanche de travers, je le regarde. Il tient toujours ma chaussure, c'est drôle, je pense à Cendrillon, je voudrais le lui dire, mais j'ai peur de passer pour une enfant. Pourtant, de moi, je voudrais qu'il sache tout. Mieux, qu'il devine ! Celle que j'ai été, celle que je suis, et celle que je serai. Nous avons tant à faire, tant à nous raconter. Une vie suffira-t-elle ?

J'ai tout juste le temps de lui donner mon nom (il sourit ! et ce sourire, ma chérie !) que Lucienne m'interrompt en saisissant mon bras. Ma mère me fait chercher partout. Je plonge une dernière fois dans les yeux de cet ange brun, rencontré en plein ciel, et la foule qui danse sur la place nous sépare à nouveau.

33

Félix joue avec le bouton de la radio et s'arrête sur *Nostalgie*. France Gall s'époumone dans le micro et le jeune homme l'imite aussitôt à l'aide d'un micro imaginaire.

– *Il jouait du piano debout...*

– On ne va pas au karaoké au moins ? demande Julia, au volant.

– Prends à droite. *Ça veut dire qu'il était libre, heureux d'être là malgré tout !*

Il se déhanche sur son siège et Julia se retient de rire.

– Quand vas-tu voir Lucienne ? demande-t-il.

– Je pensais y aller demain...

Elle pousse un soupir, avant de poursuivre :

– J'appréhende. Je me dis que si elle ment comme ça, c'est qu'il y a une raison et...

– Et justement ! Tu es allée trop loin pour faire demi-tour maintenant ! assène Félix. Mon conseil : tu l'attrapes, tu la mets face à son mensonge, et tu la fais parler ! S'il le faut, je ramène des plumes pour lui chatouiller les pieds, elle sera prête à tout si on la menace de sourire. Oh ! J'adore, écoute : c'est ma chanson !

On s'fait du cinéma,
On aime un souvenir
Une ombre, n'importe quoi

– Dalida ? raille Julia.

– Quoi « Dalida » ? La reine, la déesse, l'ultime ! Personne ne lui arrive à la cheville. Enfin si, peut-être Madonna, mais ça n'a pas encore été démontré.

– En parlant de reine, Gisèle mérite son titre côté informatique…

– T'as remarqué ?

– Elle clique plus vite que son ombre ! Mark Zuckerberg a du souci à se faire !

– Je me sens vieux à côté d'elle. C'est Billy qui lui a tout appris.

– Billy ?

– Son vrai nom, c'est Séraphin mais on l'appelle Billy. Rapport à Bill Gates.

Julia éclate de rire.

– C'est un pensionnaire ?

– Pas encore, il a toute sa tête ! Tu l'as déjà croisé, je pense. Oreilles décollées, rougit dès qu'on lui parle… ?

Julia secoue la tête.

– Un mec en or, tu vas l'adorer. Il est retraité et donne

des cours d'informatique à la Bastide. Tiens, tourne à gauche, on arrive !

Les phares glissent dans un virage et la vieille Peugeot s'engage dans une ruelle sombre.

– T'es sûr de ton coup ? interroge-t-elle en baissant le volume de la radio.

Mais Félix a déjà claqué la portière et se dirige vers une porte étroite surmontée de lettres lumineuses.

– « BARET » ? demande Julia en le rejoignant au pas de course.

Pour toute réponse, Félix lui décoche un sourire mystérieux.

Lucienne me rejoint en cachant quelque chose dans son dos. Sa robe à carreaux lui va aux genoux. Assise sur un banc à l'ombre des platanes, je l'observe un instant avant de lui demander ce qu'elle dissimule.

– Tu promets de jouer à la corde si je te le dis ?

Je tente de l'attraper, elle m'échappe, j'enrage puis je feins de ne pas m'intéresser à elle. Et me concentre sur le numéro de Marie Claire *que je me suis procuré au marché noir. Je raffole des nouvelles sentimentales que l'on y imprime. Déçue, la gamine s'assoit à mes côtés et pose sa tête sur mon épaule. À onze ans, elle lit difficilement et se contente d'observer les images. Je me tourne vers elle.*

– Allez, montre-moi !

Avec un sourire malicieux, elle me tend un paquet emballé dans un papier coloré. Dessus est calligraphié un J en pleins et en déliés. Je l'interroge du regard tandis qu'elle extrait de sa blouse un petit sac de dragées aux amandes.

– Qui t'a donné ça ?

– C'est lui.

– De qui parles-tu ?

– Eh bien de Jean ! Celui que tu espères depuis dimanche, pardine !

Je saute sur mes jambes et la saisis au col.

– Quand l'as-tu vu ? Parle !

– Ce matin, quand tu faisais des courses avec ta mère. Il t'a cherchée sur la place, mais vous étiez au moulin.

Mon cœur fait un bond. Je déchire le papier, impatiente et émue, et découvre un disque de Danielle Darrieux. Premier Rendez-Vous. *À l'intérieur de la pochette, Jean a glissé une feuille de papier où il a retranscrit les paroles de son écriture fine.*

Quand monsieur le Temps
Un beau jour de printemps
Fait d'une simple enfant
Presque une femme,
Dans le songe bleu
D'un avenir joyeux
Fermant les yeux
Elle soupire au fond de l'âme

Ah ! qu'il doit être doux et troublant
L'instant du premier rendez-vous
Où le cœur las de battre solitaire
S'envole en frissonnant vers le mystère.
Vous l'inconnu d'un rêve un peu fou,

Faites qu'il apporte pour nous
Le bonheur d'aimer la vie entière,
L'instant du premier rendez-vous.

Un amour naissant
C'est un premier roman
Dont on joue tendrement.
Le personnage
On ne sait jamais
S'il sera triste ou gai,
Mais on voudrait
Vite en ouvrir toutes les pages.

Ce premier rendez-vous, me l'accorderas-tu ?
Jean C.

34

Le videur salue Félix d'un signe de tête. Apparemment, c'est un habitué des lieux. Julia se faufile derrière lui à travers les pans d'un large rideau rouge. Une immense silhouette s'approche. Paupières bleues, faux cils piqués de strass et rivière de diamants sous une barbe fournie. L'homme à la perruque rousse les gratifie d'un sourire chaleureux.

– Bienvenue chez Madame Arthur !

Julia reste sans voix. Elle s'attendait à tout sauf à ça. Elle entend à peine Félix faire les présentations. Sonnée, elle a du mal à croire que ce coin perdu puisse abriter un cabaret. Elle le suit dans une salle étroite et obscure. Une assemblée ravie se masse autour de petites tables rondes, faiblement éclairées par des lampes à franges. L'air, rendu brumeux par les machines à fumée, étincelle de paillettes que réverbère une boule à facettes. Sur scène, un homme en manteau de fourrure et bottes à strass interpelle le public.

– Notre prochain numéro devrait plaire à ceux qui

sont au premier rang ! Une artiste qui fait des *wip*, des *clip*, *crap*, des *bang*, des *vlop* et des *zip* ! Je vous demande d'accueillir la sublime, la féminine, l'anadyomène Kiki Guinguette !

Le public bat des mains à tout rompre tandis que deux larges éventails bleus s'avancent sur scène. Une silhouette de pin-up, dont on n'aperçoit que les gants, apparaît en contre-jour. Les éventails se croisent, se superposent, jusqu'à ce qu'en émerge une jeune femme gracieuse, moulée dans une robe latex aux reflets aquatiques. Elle croise les mains sur sa cuisse et sourit. Un air des années trente accompagne son numéro. Julia est fascinée par ses poses et son jeu de scène, ponctué d'œillades, de clins d'œil malicieux et de battements de cils pudiques. La pin-up délace lentement sa guêpière sous les encouragements du public et dévoile deux fesses rondes et nues.

Félix glisse une coupe de champagne dans la main de Julia et entrechoque leurs verres.

– À ceux qui savent se rendre vulnérables !

Julia ne peut détacher ses yeux de l'effeuilleuse qui ondule, caressée par sa chevelure de sirène. Ce corps est gracile mais réel : on est loin des silhouettes retouchées des magazines. Kiki Guinguette a des formes généreuses qu'elle assume si bien qu'on en vient à lui envier son ventre vallonné et ses cuisses enrobées.

– Tu as déjà assisté à un spectacle burlesque avant ?

lui demande Félix en tentant de couvrir le bruit de la musique.

Julia secoue la tête.

– C'est incroyable ce qu'elle est belle ! On dirait une actrice du cinéma muet.

Sa sensualité l'émerveille tout autant qu'elle l'interpelle. Dans ses escarpins argentés, Kiki Guinguette est la plus belle illustration du « aime-toi toi-même ».

Elle est à présent entièrement nue, hormis quelques lanières en strass qui soulignent ses fesses et deux pompons brillants qui frémissent au bout de ses seins. La jeune femme saisit délicatement un coquillage puis, avec un clin d'œil aguicheur, en verse le contenu sur son corps, le recouvrant d'une pluie de paillettes.

Le public l'acclame. Félix bat des mains en poussant des cris. Monsieur Loyal réapparaît vêtu d'une longue robe noire particulièrement décolletée du fessier. Félix fait un petit signe de la main à l'homme tout en plumes qui s'avance dans la lumière.

Les numéros s'enchaînent. Une effeuilleuse des Années folles laisse place à un couple de danseurs androgynes, puis à un homme musclé et ceinturé d'un régime de bananes qui, sous un bonnet doré et un immense sautoir de perles, fait revivre en un clin d'œil la légende de Joséphine Baker. Éblouie, Julia crie son admiration à coups de bravos enthousiastes.

– C'est magique ! Tu viens souvent ? demande-t-elle en se tournant vers Félix.

Il a disparu. Elle balaie la salle du regard, cherche au bar, quand soudain les applaudissements repartent.

– Mesdames, messieurs, il affole les cœurs de sa peau dorée et de ses yeux plus verts que le vert des collines. Il danse aussi bien qu'il chante, je vous demande d'accueillir le merveilleux, l'inénarrable, l'inattendu, The Fabulous Gatsby !

La salle est déchaînée. La scène, plongée dans le noir, est éclairée par un rond au sol. Une musique familière fait entendre ses premières notes. Un escarpin doré plonge dans le cercle de lumière, suivi par un mollet musclé que dévoile une robe fendue. Au moment où l'artiste apparaît avec ses longs cheveux blonds, Julia pousse un cri d'admiration. Félix. Ses faux cils et sa bouche vermillon contrastent avec son torse pileux, mais il est sublime, majestueux.

Avec une infinie douceur, Gatsby saisit le micro à pied et les premiers vers de la chanson résonnent dans la pénombre.

Pour ne pas vivre seul
On vit avec un chien
On vit avec des roses
Ou avec une croix…

Julia n'en revient pas. Félix. Son Félix danse et chante devant tout le monde. Doucement, il disparaît dans l'incandescence de Gatsby. Les r qui roulent, le bras levé vers le ciel, le regard ému : Dalida reprend vie sur scène, androgyne et bouleversante.

Pour ne pas vivre seul
Des filles aiment des filles
Et l'on voit des garçons
Épouser des garçons
Pour ne pas vivre seul
D'autres font des enfants
Des enfants qui sont seuls
Comme tous les enfants
Pour ne pas vivre seul
On fait des cathédrales
Où tous ceux qui sont seuls
S'accrochent à une étoile

Une larme roule sur la joue de Julia tandis que le public ovationne Félix. Il lance les derniers vers de sa voix claire :

Pour ne pas vivre seul
Je t'aime et je t'attends
Pour avoir l'illusion
De ne pas vivre seul

Julia est parcourue d'un frisson. Félix se dévoile. Elle voudrait l'embrasser, le serrer dans ses bras, comme pour le consoler de ce chagrin qu'il vient de poser là, aux pieds du public transi.

Elle se précipite vers les coulisses, grimpe quelques marches et se faufile derrière le rideau. Félix est acclamé par ses compagnons de scène qui s'essuient le coin de l'œil. Dès qu'il aperçoit Julia, il court l'étreindre. Il est immense tout à coup, perché sur ses talons, mais le contact de ses bras lui procure une chaleur particulière.

– Merci de m'avoir amenée ici…, murmure-t-elle.

Il sourit, dévoilant ses dents du bonheur.

– Viens, que je te présente tout le monde.

Il l'entraîne dans une petite pièce illuminée de deux miroirs à ampoules. Autour, on dirait qu'une valise a explosé en plein vol. Boas, strass, talons et fourrures, une joyeuse pagaille. Assise sur un fauteuil en velours, l'immense Joséphine Baker est en pleine mue et tartine son corps de bronze.

– Excusez le désordre ! dit-elle. Ici on mange de la paillette et on pète de la poussière d'étoile !

Julia éclate de rire.

– Je vous présente Julia. Je l'ai amenée pour lui montrer ce que ça fait de mettre un pied dans la lumière. La destination sera-t-elle à la hauteur de nos espérances ? Aucune idée…

– … Alors autant profiter du voyage ! scande la troupe en chœur.

– *Amen !* s'écrie Joséphine Baker.

– Bien parlé ! renchérit une effeuilleuse coiffée de plumes immenses.

Félix les interrompt et plonge son regard dans celui de son amie.

– Cinquante euros que tu n'es pas capable de monter sur scène.

Julia éclate de rire à nouveau avant de comprendre que Félix est sérieux. Les cinq artistes la déshabillent du regard. Joséphine Baker fait claquer sa langue et lève un sourcil. Julia se sent minuscule. Elle panique. Son jean informe, son pull large, ses ballerines plates. Aucune allure, aucune élégance. Que des complexes. Elle n'aime pas qu'on la regarde et ne se rappelle pas la dernière fois qu'un homme l'a vue nue en pleine lumière. Mais ce soir, Julia choisit de ne plus être cette fille-là. Elle plante ses yeux dans ceux de Félix et lâche :

– Quelqu'un me prête un boa ?

Notre histoire commence sur un air de musette et trois notes d'accordéon. Jean Coloretti m'offre un disque à chacune de nos rencontres. Timide, il s'en remet aux poètes de notre temps pour m'ouvrir son cœur. Les titres des chansons racontent notre histoire, comme un cadavre exquis.

Dans ma chambre après nos rendez-vous, je les écoute encore et encore. Du matin au soir et du soir au matin. Je connais encore chacune de ces chansons par cœur. Jusqu'à quand, ma chérie ? J'ai envie de croire que les émotions les plus belles ne s'évanouiront jamais.

Jean est poli et doux. Ses ascendances insulaires sont son meilleur atout quand il toque pour la première fois à la porte de chez nous. Je crains plus que tout la réaction de mon père. Qui sait ce qu'il pourra dire ? Mais Jean est calme, respectueux. Son accent marqué et sa culture générale ont raison des réticences de Joseph. Ma mère l'encourage dans l'ombre, après tout, j'aurai bien-

tôt seize ans ! Et à me voir, on m'en donne bien dix-huit !

Je m'étonne à présent de la liberté que m'a octroyée mon père. Lui d'ordinaire si sévère ! Peut-être cachait-il un cœur romantique derrière sa main lourde et son impétuosité dévastatrice… À sa mort, j'ai découvert quelques poèmes d'amour un peu maladroits dans sa tabatière. J'ai encore aujourd'hui du mal à y croire quand je songe à la manière dont il a détruit ma vie.

Cet été 1944 est le plus beau de toute mon existence. Avec ses longues journées en bord de mer et ses glaces au citron. Je tombe sur des clichés pris par un photographe sur la plage de Saint-Mandrier. Jean et moi posons côte à côte sur les galets, en maillot de bain. Vois-tu cette lumière qui pétille dans mes yeux ? Cette magie dans mon regard, ma chérie, c'est vers cela que doit tendre ton existence. C'est cette lumière qui confère à la vie cette couleur si particulière. On aperçoit Lucienne en arrière-plan. Tout en os dans un corps d'enfant, elle ramasse des coquillages, son bonnet sur la tête. Jean prend soin d'elle comme d'une sœur et nous l'emmenons souvent en balade. Je crois qu'elle en pince un peu pour lui, d'un amour innocent. Elle trouve là, sans doute, la tendresse qu'on ne lui a jamais portée.

Ce jour-là, le vent se lève. Il y a de la houle et les vagues nous lèchent les pieds. Les estivants abandonnent la plage, emportant leurs parasols et leurs serviettes, tout un joyeux bric-à-brac. Quant à moi, perdue dans les yeux de mon bel instituteur, je bois ses paroles et me moque de la tempête qui s'annonce. Lucienne, elle, s'amuse dans l'eau. Comme elle ne sait pas nager, elle reste au bord en jetant des galets. À chaque ressac, elle saute en poussant des cris de joie. Parfois, nous l'entendons hurler : « Oh fan des pieds ! Mèfi celle-là qui vient ! », et Jean et moi rions sans nous quitter des yeux.

Chaque seconde nous est précieuse, et je redoute chaque minute qui me rapproche un peu plus de l'heure du retour, adoucie néanmoins par la perspective du disque tendre qu'il me remettra alors. Tout m'émerveille : le vent qui décoiffe ses cheveux fins, l'arrondi de ses ongles, la délicatesse de son rire, le blanc de ses yeux, jusqu'à nos prénoms qui s'épousent (un signe !), tout, tout me ravit ! Ah, comme il est bon d'aimer !

Soudain, Jean lève la tête, alerté par le silence qui s'est fait sur la plage. Les vagues sont hautes et Lucienne n'est nulle part. Il court vers le large en hurlant son nom. Je le suis, affolée. A-t-elle pu partir sans nous avertir ? Je tourne la tête en tous sens, les vagues se brisent dans un fracas terrible. Sans hésiter, Jean plonge dans la mer. Je pousse un cri d'effroi quand il émerge enfin, le corps de Lucienne dans les bras. Quand il la dépose sur le sable, elle revient à elle et recrache la moitié de la Méditerranée. Je me signe, remercie le Ciel de nous l'avoir laissée. Et déjà je la gronde. Elle m'a fait une telle peur ! Quelle mouche l'a donc piquée de partir aussi loin, il était bien évident que le courant l'emporterait ! Lucienne se redresse, toujours soutenue par Jean dont les cheveux ruissellent.

– Ça suffit ! me crache-t-elle dans un sanglot de colère. Tout est de ta faute !

Ses yeux sont d'un noir de jais, je crois ne l'avoir jamais vue aussi furieuse.

– Pourquoi faut-il que tout tourne toujours autour de toi ? hurle-t-elle. Il faut que je meure pour qu'on me remarque enfin ? Et cesse de me gronder comme si j'étais sotte ! J'ai eu mes règles la semaine dernière : je ne suis plus une enfant !

Le défi est lancé. Elle plante ses yeux dans ceux de Jean avant de se nicher dans son cou.

Nous quittons la plage sous les sifflements du vent qui soulève nos robes. Le sable fouette nos jambes nues, je serre les dents et fais pénitence, coupable et chagrine. Le trajet en autocar s'effectue en silence. Ce jour-là, Jean oublie de me remettre un disque.

Oh ma chérie ! De revoir ces photos, la nostalgie me gagne. Je voudrais qu'il me soit donné de vivre encore cet été-là. D'aucuns diront que c'était une amourette adolescente. Crois-moi, c'était bien plus que cela. La vieille dame que je suis aujourd'hui peut le jurer, à la lumière de la sagesse que lui aura donnée la vie : j'ai aimé Jean comme il ne m'a plus jamais été donné d'aimer quiconque. Cette histoire fut la plus belle. Passionnée. Inoubliable.

J'espère que ma mémoire s'éteindra sur un souvenir de lui.

35

Le nez dans une énième coupe de champagne, Julia commence à douter.

Dans quoi je me suis embarquée ? Et tout ça pour quoi ? Pour ne pas perdre la face devant Félix ! Faut dire qu'avec lui, je me sens différente. Comme s'il me voyait telle que je suis vraiment, songe-t-elle. Dans ses yeux, il y a une femme capable de bien plus que cette vie rangée, étriquée, dans laquelle elle s'est installée. Elle n'a pas envie de le décevoir.

Et puis la danse, c'est son truc ! se rassure-t-elle. Elle est allée à bonne école avec Jeannine. Sa grand-mère lui a transmis le sens du rythme. Allez ! s'encourage-t-elle. Il s'agit juste de faire quelques pas sur scène. Rien d'insurmontable. Elle n'a qu'à imaginer qu'elle est en boîte de nuit, et qu'elle se déhanche, debout sur une enceinte. Julia tente de se rappeler la dernière fois qu'elle est allée en discothèque, mais rien ne vient.

Elle se redresse sur son fauteuil et jette un œil au miroir. Cernes, cheveux plats et joues trop rondes. Le retour à la réalité est brutal. Ses épaules s'affaissent, elle se mord les lèvres. Autour d'elle, Félix et sa troupe débattent vivement de sa tenue. Trop de paillettes, trop sage, pas assez colorée… Julia en a le tournis. Elle s'apprête à faire marche arrière quand Félix pose sur elle un ensemble en dentelle et s'écrie :

– On tient quelque chose !

Joséphine et la sirène tapent des mains. Déconcertée par cet étrange montage de volants, Julia bredouille quelques mots. Il y a méprise, sans doute qu'il vaudrait mieux en rester là et… Félix lève un sourcil.

– Attendez, attendez. Je crois que sœur Marie-Julia a quelque chose à nous dire, lâche-t-il, sardonique.

Elle le fixe avant de lui prendre la dentelle des mains et de disparaître derrière un paravent. Maladroite, elle hésite sur la meilleure manière de s'attaquer à la tenue. Sous les encouragements impatients de la troupe, elle enfile la nuisette et glisse ses pieds dans des escarpins. Quand elle sort, les cris du petit groupe se font entendre jusque dans la salle.

– Ma chérie, on a du souci à se faire avec toi ! s'exclame l'effeuilleuse à plumes avant de lui poudrer le nez.

Nouveau coup d'œil au miroir. Une bouche carmin, des cils qui caressent le ciel et une mouche soigneusement dessinée sur sa pommette lui donnent l'impression de s'être glissée dans la peau d'une inconnue. La sirène travaille au fer quelques boucles dans ses cheveux tandis que Félix lui glisse un boa autour du cou.

– Tu es sublime…

Il lui décoche un sourire émerveillé. Monsieur Loyal, moulé dans une combinaison jaune, fait irruption dans la loge.

– Les amis, il est temps d'y aller !

– On est prêts ! répond Félix.

– Et pour la musique ?

Un frisson traverse Julia, elle ne sait plus s'il faut rire ou pleurer. Dans sa tête, c'est le trou noir. La fine équipe débat à nouveau, les propositions fusent et soudain, Monsieur Loyal prend la parole depuis la scène. Félix ouvre de grands yeux inquiets, ce qui n'est pas pour la rassurer.

– File, ça va être à toi ! On s'occupe de la musique, on va trouver quelque chose…

– Mais… mais en fait, je fais quoi ?

Félix la prend par les épaules et plante son regard dans le sien.

– Tu leur en mets plein la vue.

Sur la scène, le maître du spectacle chauffe la salle :

– Ce soir, c'est une jeune danseuse qui prend le risque de se produire ici ! Vous le savez, on adore donner leur chance aux débutants. Parfois on pleure, parfois on rit, mais on ne regrette jamais de les avoir fait venir ! Je vous demande un tonnerre d'applaudissements pour la superbe, l'imprévisible…

Il tourne la tête vers les coulisses.

– Un nom ! Il me faut un nom !

– L'infatigable, la pétillante, l'incandescente…, poursuit-il en roulant de gros yeux vers eux.

Traversé par un éclair de génie, Félix s'illumine. Julia, complètement dépassée, flotte dans une ouate un peu floue qui rend le réel très incertain.

– … la sublime, l'épatante…

– Lulu Béguin !

Julia ouvre des yeux horrifiés. Lulu Béguin ?! Pouvait-on lui trouver un nom plus ridicule ? La lumière s'éteint et Félix pousse Julia sur la scène.

– Merde, Lulu ! Tu vas les faire baver !

Julia se retrouve dans le noir. Immobile sur ses talons immenses, elle tend l'oreille tandis que les applaudissements s'éteignent doucement. Elle regrette de ne pas avoir pensé à s'équiper de ces grands éventails aperçus un peu plus tôt dans la loge. C'est pire que le pire de ses cauchemars où elle se retrouve nue dans la rue. Par réflexe, elle tire un peu sur le bout de dentelle qui ne dissimule rien. Elle voudrait disparaître. La voix suave d'Etta James fend l'obscurité :

Oh oh, sometimes I get a good feeling… yeah…

Julia déglutit en reconnaissant un titre familier, une chanson teintée de soul, de gospel et de blues. Une de ses préférées, songe-t-elle, avec une pensée pour Félix qui décidément la connaît bien. Pourtant, cela ne la rassure pas. Un spot illumine brutalement sa silhouette. Le temps suspend son vol. Des grains de poussière flottent dans le rayon de lumière. Son cœur pulse dans sa poitrine et résonne dans son cou. Elle pourrait jurer que la salle entière peut entendre ce battement. *Pom pom. Pom pom. Pom pom.* La voix éraillée d'Etta James déchire à nouveau le silence :

I get a feeling that I never, never had before, no no…

Éblouie, Julia jette un coup d'œil en coulisses, un appel à l'aide. La petite troupe la fixe, la respiration coupée. La sirène a la main sur sa bouche, Joséphine Baker roule des yeux effrayés. Julia sent la scène s'ouvrir sous ses pieds. Félix fronce alors les sourcils et lui intime d'un signe de tête de se lancer. Puis il articule en silence : « Vivante ».

La chanteuse afro-américaine poursuit sa lente introduction d'une voix puissante, charnelle :

And I just wanna tell you right now that…

Les chœurs répondent à la voix éraillée, réchauffent l'air, et enveloppent Julia. Elle a une pensée pour sa grand-mère, la revoit lui prendre la main, puis mettre ses pieds sur les siens pour lui enseigner le rythme.

« Écoute, lui disait-elle, laisse-toi porter. » La salle est suspendue au souffle de la chanteuse.

I believe, I really do believe that...

Piano et batterie entrent en scène. Julia lève le menton et entoure sa taille de ses mains. Léger balancement du bassin, mâchoires serrées. Le public l'encourage. Elle entreprend quelques pas de côté, puis tente un roulement d'épaules. La musique s'insinue en elle, glisse le long de sa colonne vertébrale, caresse ses bras, ses cuisses. La voix d'Etta James s'enroule autour de ses hanches. Julia avance une jambe, son corps prend la parole. Quelques acclamations s'élèvent. Elle offre un sourire timide à ses admirateurs.

Elle lâche prise. S'approprie la scène, alterne œillades discrètes et poses lascives. Ses mains répondent à ses jambes, son corps ondule, s'offre au public, pour mieux lui échapper à nouveau. Elle glisse sur les notes de piano, coule sur les graves, vibre sur les contretemps. La salle est captivée, rivée à sa sensualité. Dans les coulisses, la troupe la fixe, ébahie.

Julia plane. Son corps s'abandonne. Elle se sent féminine, désirable, désirée. Un plaisir intense, une euphorie des sens, ça résonne dans son ventre, irradie son cœur, c'est son âme tout entière qui hurle sa joie d'être en vie. Elle est ici et maintenant. À sa place. Et pour rien au monde elle ne voudrait être ailleurs.

Du bout des dents, elle saisit l'un de ses gants. Elle marque un arrêt et interroge d'un air coquin les spectateurs. Charmée, la petite foule acquiesce en criant. Julia, incandescente, se défait lentement des deux longs morceaux de soie, en caressant le public de ses longs cils. Les sourires et les acclamations lui répondent. Elle balaie la foule du regard et se fige. Dans le public, Antoine la dévore du regard. Continue ! Continue ! s'exhorte-t-elle. Julia le fixe tandis que sa main descend doucement sur son ventre. Elle se retourne, ondule, plaque ses mains sur ses fesses presque nues et s'immobilise sur les dernières notes.

La salle est en transe. Dans les coulisses, la troupe hurle son admiration. Julia salue, conquérante, avant de disparaître derrière le rideau. Félix se précipite vers elle, les yeux brillants d'admiration.

Liste des disques offerts
par Jean Coloretti
entre août et octobre 1944

Premier Rendez-Vous (Danielle Darrieux)
Rendez-vous sous la pluie (Jean Sablon)
Près de toi mon amour (Charles Trenet)
Dans ma petite calanque (Alibert)
Vous faites partie de moi (Joséphine Baker)
Je n'aime que vous au monde (Danielle Darrieux)
La vie au soleil du Midi (Andrex)
Mon amant de Saint-Jean (Lucienne Delyle)
Si tu m'aimes comme je t'aime (Jeanne Aubert)
Une jolie jambe dans un joli bas (Andrex)
Un amour comme le nôtre (Jean Lumière)
Bonne nuit mon amour (Annette Lajon)

36

– À la prochaine, Lulu ! Reviens quand tu veux ! lui lance le videur, charmé, en lui ouvrant la porte.

Grisée par les applaudissements autant que par le champagne, Julia plane un peu. Quelques instants plus tôt sur scène, elle a salué le public sous les acclamations, sa main dans celle de Félix.

– Je rentre avec Kiki, dit Félix en serrant son manteau contre lui. Elle habite près de chez moi. Bravo Lulu, tu as été sensationnelle. Jeannine aurait été fière de toi.

Il la serre dans ses bras. Le mistral agite les boucles blondes de Julia. Le petit groupe n'a pas eu le temps de se démaquiller et forme une drôle d'assemblée dans la ruelle. Les portières claquent et les voitures disparaissent une à une dans la nuit tandis que Julia se glisse dans la vieille Peugeot en frissonnant. Un peu ailleurs, elle se rejoue encore une fois le film de son numéro. Elle s'apprête à mettre le contact quand on tape à sa vitre. Elle sursaute.

– Je peux monter ?

Antoine ! Antoine, sa barbe de trois jours et ses yeux bruns. Julia reste sans voix. Elle l'a cherché après le spectacle, en vain.

– Tu me déposes ?

D'un signe de tête, elle l'invite à monter. Un silence s'installe entre eux.

– Je ne m'attendais pas à te voir ici…, lâche-t-il en lui lançant un regard en biais.

– Moi non plus, répond-elle, amusée.

À chaque clignement, ses faux cils chatouillent ses paupières.

– Je cuisine pour le restaurant certains soirs…, dit-il d'une voix sourde pour justifier sa présence au cabaret.

Sa phrase meurt dans un silence. Il prend une inspiration et se redresse sur son siège, comme pour se redonner une contenance. Derrière la vitre défilent les silhouettes sombres des arbres tandis que la voiture sort du village. C'est la première fois qu'elle le sent moins sûr de lui, et ça lui fait du bien. Et la rassure aussi. Elle lui jette un coup d'œil. Il a l'air vulnérable, plus humain. Touchant.

– Et c'est quoi ton petit nom de scène ? se moque-t-elle.

– Tonio de La Vega, répond-il en se déridant un peu. L'effeuilleuse à plumes, c'était moi.

Elle éclate de rire en l'imaginant nu sur la piste.

– Mais je te rassure, la nuisette te va mieux ! Tu étais très… enfin, très jolie.

Sous son maquillage, Julia rougit.

– J'aime bien cet endroit, poursuit-il. Des copains musiciens s'y retrouvent parfois pour prendre un verre.

– Tu joues d'un instrument ? demande-t-elle, soulagée qu'il change de sujet.

– Non, à part le piano de cuisine… C'était mon père le musicien. Il chantait en grattant sa guitare pendant que moi je lisais le *Club des Cinq*. C'est un peu la bande-son de mon enfance.

– Moi, j'étais plutôt Fantômette.

– La justicière en trottinette qui mène une double vie la nuit ! Ça ne me surprend pas trop en vérité…

Coup de coude de Julia qu'il esquive en souriant.

– Une féministe avant l'heure surtout ! Je rêvais de parler plein de langues, de faire des arts martiaux, du ski, du kayak, et de déjouer les plans d'espions machiavéliques… Et j'avoue, j'aimais bien ses copines un peu nunuches. Ficelle et… et…

– Boulotte ?

Elle le dévisage, surprise.

– Je lisais ce qui me tombait sous la main…, se justifie-t-il à nouveau.

– Œil de Lynx, s'enthousiasme Julia, le journaliste qui connaissait sa véritable identité. Tu savais que lui et Fantômette avaient le même nom de famille sans que l'auteur ait jamais voulu expliquer pourquoi ? Comme si un mystère venu du passé liait les deux personnages…

Antoine sourit. Et ce sourire bloque un instant sa respiration.

– Tiens, prends à droite, c'est le portail blanc.

Julia reconnaît la longue allée de terre et un goût amer envahit sa bouche.

– Tu as grandi ici ? demande-t-elle d'une voix un peu trop sèche.

– Non, à Marseille.

– Et cette maison ?

– Elle appartenait à mon grand-père.

La voiture s'immobilise.

– Viens, j'ai quelque chose pour toi, lâche-t-il avant de disparaître dans la nuit.

Julia éteint le moteur. Dehors, le mistral siffle dans les arbres et maltraite les branches. La lune éclaire les lourdes portes du hangar. Julia le suit à l'intérieur. Le parfum entêtant de la truffe la saisit brutalement dans l'obscurité et son odorat prend l'ascendant sur tous ses autres sens.

– Par là.

Elle se laisse guider par sa voix. Devine les contours de la longue table en bois. La silhouette d'Antoine s'éclaire à contre-jour lorsqu'il ouvre le frigo et en sort une belle prise.

– Je l'ai trouvée ce matin avec Zerb'. Goûte-moi ça.

Il referme la porte et replonge la pièce dans la pénombre. D'un coup de canif, Antoine découpe une tranche. Les nervures blanches luisent à la lumière de la lune. Doucement, il porte la lame à la bouche de Julia. Elle ferme les yeux. Une myriade de saveurs explose sur sa langue. Dans l'air, ça sent l'humidité, la terre, et le musc.

– Alors qu'est-ce que t'en dis, Lulu Béguin ?

Julia sourit et Antoine pose ses lèvres sur les siennes.

Ma libellule,

Je glisse dans ce carnet les quelques photos que j'ai pu garder de Jean. Je les tenais cachées dans une enveloppe au fond de mon armoire. Quel soulagement de savoir que son nom ne mourra pas avec ma mémoire... Nous sommes si peu de chose.

Que j'ai l'air jeune ! Quant à lui, quelle allure ! Je ne me lasse pas de détailler ses yeux doux. Que cet homme était bon !

Quand septembre arrive, ma collection de disques occupe la moitié de ma coiffeuse. Charles Trenet murmure sa chanson d'automne, et mon cœur bat la chamade à chacune de mes rencontres avec Jean. J'intègre avec fierté une petite école de dactylos où l'on m'enseigne les rudiments du secrétariat. L'arrière-saison est douce, et Jean m'attend parfois à la sortie. L'orange et le rouge des vignes colorent nos rendez-vous amoureux. L'avenir nous tend les bras.

Jean vient me chercher chaque dimanche après la messe,

un petit bouquet de fleurs sauvages à la main. Un mois plus tard, il sonne à notre porte dans son complet bleu, pâle comme un linge, et demande à parler à mon père. Fébrile, je patiente dans la cuisine pendant une éternité. Ma mère façonne des navettes. La pâte exhale la fleur d'oranger. Depuis, ce parfum me ramène toujours à ce moment. Alors qu'elle enfourne les biscuits dans le four brûlant, mon père crie depuis le salon :

– Henriette, sers-nous donc un peu de limoncello !

Je me précipite pour les rejoindre, la liqueur à la main. Jean me regarde avec tendresse avant de s'agenouiller devant moi. Je ne lui laisse même pas le temps de poser la question et lui saute au cou en poussant un cri de joie ! Il me passe au doigt un petit brillant et nous trinquons au bonheur à venir. Je suis jeune, mais la plupart de mes amies se marient avant leur majorité et j'ai hâte de pouvoir échapper à l'autorité de mon père.

Nous en sommes à discuter de la date du mariage quand on sonne à la porte.

– Entrez ! crie mon père. Pétard, dès qu'on sort le limoncello, tout le village accourt, ironise-t-il en se resservant un verre.

Lucienne apparaît dans l'encadrement de la porte. Son regard timide va de mon père à Jean, et elle n'ose pas s'approcher de la table. Mon visage s'éclaire et je lève ma main en agitant l'anneau qui brille à mon doigt. Lucienne blêmit et disparaît dans le fracas de l'escalier qu'elle dévale. Inquiète, je me lève pour la rejoindre, mais mon père me repousse vivement sur mon siège.

– Laisse-la donc ! Apprends à gérer tes fréquentations, bon sang ! D'ici à ce qu'elle finisse comme sa mère !

Je le fixe, mâchoire serrée, prête à lui répondre, mais Jean pose sa main sur mon bras et je ravale ma fierté en silence.

Les jours qui suivent, je ne touche plus terre. Je flotte dans une ouate douce et rose. Sur la route qui me mène à la ville, je voudrais embrasser chaque pin, enlacer chaque pied de vigne et crier ma joie au soleil. Je découpe les patrons de robe dans les magazines, et mes amies me pressent de questions.

Mais ce bonheur est de courte durée. Quelques semaines plus tard, Jean apprend que sa mère est au plus mal. Dès lors, il n'a plus qu'une obsession : la rejoindre avant qu'elle ne décède. La Provence est libérée, mais l'armistice pas encore signé. Tous les navires ou presque ont été détruits pendant la guerre, et le courrier comme les bateaux circulent difficilement entre la Corse et le continent. Il remue ciel et terre, parvient à se faire délivrer un billet simple par la préfecture sur un paquebot noir et blanc réquisitionné par l'armée. Il embarque, inquiet de me laisser, inquiet de l'état de sa mère. Je songe à l'accompagner mais les femmes sont interdites sur les navires militaires. Comment vais-je pouvoir survivre à cet éloignement ?

Sur le quai du port de Marseille, je ne suis que sanglots.

Quand le paquebot fait entendre sa corne de brume, Jean extrait de sa valise un dernier disque, un titre de Fréhel qu'il glisse dans mes bras avant de courir vers la passerelle que les marins relèvent aussitôt. Je ne vois pas le bateau disparaître à l'horizon tant mes yeux sont pleins de larmes. Je garde sur ma peau les baisers que Jean y a déposés par centaines. Il me semble encore sentir sa main sur ma joue et l'entendre murmurer : « Je t'écrirai chaque jour. »

37

Zerbino bâille à s'en décrocher la mâchoire.

Il s'étire de tout son long et dresse l'oreille. Son museau frémit, alléché par les effluves qui lui parviennent de la cuisine. Des odeurs d'herbes de Provence, de beurre chaud et de porto, et une pointe de fleur d'oranger. Le museau en l'air, il remonte la piste. Une note de rose – non, de freesia –, une autre de mirabelle, et puis de mousse de chêne. Zerbino pénètre dans la chambre. Du lit dépasse une main endormie qu'il s'empresse de lécher avec curiosité. Le goût de cette peau lui est inconnu. Quand il lève les yeux, il reconnaît la jeune femme du marché et pose deux pattes sur l'édredon moelleux.

La fille au goût de miel sourit. Zerbino, flatté, remue la queue avec enthousiasme avant de réaliser que ce sourire est destiné à son maître. Antoine les rejoint, un tablier autour des hanches, et s'assoit délicatement près d'elle. Puis il écarte une mèche de cheveux et l'embrasse.

– Bien dormi ?

La fille l'attire à elle et Antoine bascule sur l'oreiller avant de disparaître sous les draps. Zerbino cligne des yeux. Il n'a pas l'habitude de partager son maître avec d'autres. Résigné, il retourne à la cuisine.

Allongé sur le carrelage, il se réchauffe le dos au soleil. Ses yeux se ferment, un parfum lui chatouille les narines. Il salive, se lève, contourne la table, puis saute sur la chaise. Devant lui, trois filets d'agneau tendres, pris sur la selle, baignent dans de la truffe concassée. Le fumet chaud qui s'en dégage est un supplice. Zerbino penche la tête et se lèche les babines. Il songe à Antoine, à ses sourcils froncés et à son ton autoritaire quand il dit : « Zerbino, non ! » À contrecœur, il redescend de la chaise et se tourne mollement vers sa gamelle vide. Il hésite, suit des yeux une mouche qui frappe à la vitre, décide de l'ignorer, tourne sur lui-même à la recherche de la position la plus confortable et se couche dans son panier. L'œil triste, il écoute la pendule égrener les secondes, mais l'odeur l'obsède. Les filets d'agneau lui font signe et dansent devant ses yeux. Zerbino pousse un soupir, avant de céder à l'appel du ventre. Il pose ses pattes sur la nappe et plonge son museau dans la sauce. Un feu d'artifice papillonne dans sa gueule. En quelques coups de langue et de canines, Zerbino en fait son affaire. Il se lèche consciencieusement les babines avant de repousser le plat minutieusement nettoyé au milieu de la table. Son maître ne se rendra peut-être compte de rien… Mais, presque aussitôt, sa conscience le rattrape. Il se faufile sous le canapé en espérant qu'on l'oublie.

Un peu plus tard, pressé par un besoin naturel, la panse pleine et l'air contrit, Zerbino se présente devant la chambre. Le soleil est haut quand il rejoint son maître. Il marche, tête basse, la queue entre les jambes et se poste au pied du lit. Antoine et la jeune femme sont en pleine discussion. Elle caresse ses cheveux, tandis qu'il la couve d'un regard doux, la tête sur son ventre.

– Giono, Vargas, Castillon… Des choix éclectiques, mais de goût…, sourit la jeune femme en désignant les livres sur la table de chevet.

– On ne peut pas lire que du Fantômette…

Elle lui ébouriffe les cheveux en riant avant de l'embrasser à nouveau. Zerbino se fait discret. Il voudrait disparaître, mais il a besoin de sortir. La jeune femme se redresse sur un coude. Sa peau est claire, presque transparente et les draps exhalent des arômes de vanille et de pêche quand elle bouge.

Antoine s'approche et embrasse son ventre avant de remonter vers sa bouche.

– Non, attends, se défend-elle. Parle-moi un peu de toi.

Résigné, Antoine s'assoit dans le lit et attrape une cigarette.

– Mon grand-père est mort jeune, dit-il en donnant une pichenette sur le silex de son briquet. Dans sa famille, on était trufficulteurs de père en fils depuis cinq générations. Un jour, à la chasse, son chien a sauté pour l'accueillir. Il avait son fusil à double canon posé sur les genoux, orienté vers son ventre. L'arme était chargée, le coup est parti, droit dans l'abdomen. Il est mort dans l'ambulance. Les villageois de Saint-Amour en parlent encore...

Un ange passe.

– Ma grand-mère venait d'apprendre qu'elle était enceinte. Ils s'étaient fiancés en secret une semaine plus tôt. Seul le vieux Flavio était au courant. Mon grand-père et lui étaient comme des frères.

Antoine tire sur sa cigarette, le regard perdu au loin.

– C'était une autre époque... Dans les villages comme Saint-Amour, une fille-mère ça la fichait mal. Alors, ma grand-mère est partie à Marseille. Le bout du monde pour elle ! Elle a confié son fils aux bonnes sœurs de la Serviane et revenait le voir de temps en temps. Mon père est devenu pêcheur sur le Vieux Port. Un vrai loup de mer ! Solitaire et passionné, il connaissait son métier comme personne.

Les yeux d'Antoine s'éclairent à cette évocation.

– Ma mère l'a quitté peu de temps après ma naissance, alors il m'a élevé et m'a appris son métier. On partait tous les matins avant l'aube faire le rouget, sur son pointu. Mon père aimait bien la compagnie des mouettes. Il les appelait les mouettes rieuses. Il me disait : « Le pessimiste se plaint du vent, l'optimiste espère qu'il va tourner, et le réaliste ajuste ses voiles ! »

Antoine marque une pause. Son accent est plus marqué quand il évoque ses souvenirs. Julia détaille ses mains et les caresse.

– C'est lui qui m'a appris à cuisiner. Il est mort il y a cinq ans. Cancer de la gorge. Mais sans lui, rien n'était plus pareil… Un jour, j'en ai eu assez de démailler les toiles et de puer l'écaille, alors j'ai tout revendu. Sauf ça.

Il désigne un petit poste noir, usé par le sel et les embruns, posé sur une commode en pin.

– C'était sa radio portable. Il la posait sur le toit du bateau quand on partait. On arrachait la pescaille des filets en écoutant *Nostalgie.*

Il sourit.

– Je suis revenu au village. J'ai racheté la propriété du grand-père qui avait été laissée à l'abandon, et j'ai appris un nouveau métier. J'ai lu tout ce que je pouvais trouver sur le sujet et le vieux Flavio m'a donné Zerbino.

À l'annonce de son nom, Zerbino s'anime et promène sa truffe humide sur la main de son maître.

– Mais pourquoi les villageois te traitent-ils comme un étranger ? s'indigne Julia en repensant à la scène du marché.

Antoine se rembrunit.

– De vieux cons qui ne savent rien et ne méritent pas de savoir.

Zerbino gémit en remuant la queue. Puis il se dirige

vers la porte en tentant d'attirer l'attention d'Antoine. En vain.

– Et toi alors ?

– Mes parents ont divorcé quand j'avais trois ans, mon père est parti vivre à Los Angeles. Il travaille dans le cinéma. Ma mère s'est installée à Paris avec son nouveau compagnon. Ils ont refait leur vie, et puis ils travaillaient beaucoup. Je crois que je les encombrais un peu, alors ils m'envoyaient dès qu'ils pouvaient ici, chez ma grand-mère paternelle…

– Jeannine.

– Tu la connais ?

Zerbino ne tient plus en place. Il saute sur le lit et jappe. Antoine prend sa tête entre ses mains et lui frictionne le crâne.

– Qu'est-ce qu'il y a, mon Zerb' ? Tu veux de l'attention, hein ? Attends, je vais lui ouvrir la porte, dit Antoine en embrassant la fille à la peau de miel. Je reviens dans une seconde avec un festin.

Les deux amants rient et Zerbino ne se souvient pas d'avoir entendu Antoine rire ainsi depuis longtemps. Son cœur s'en réjouit. Il saute sur les genoux de son maître et se montre si impatient de sortir qu'il manque de le faire tomber dans l'escalier. D'habitude, ils sont dehors dès le petit matin. Nouvel amour, nouvelles mœurs.

Dans l'entrée, le vieux chien dresse l'oreille. Son instinct le prévient d'un danger. Il aboie, mais son maître le fait taire. Les sens en alerte, il insiste et presse impatiemment son museau contre la porte tandis qu'Antoine déverrouille le loquet.

– Là, là, mon Zerb' ! Tu es bien pressé ce matin !

Zerbino bondit dehors et se fige. Le vent est tombé. Une odeur de sueur et de chien lui saute à la gueule. Il aboie, encore et encore, jusqu'à ce qu'Antoine, agacé, se décide à enfiler ses bottes. Quand il lève les yeux vers son maître, celui-ci est livide. D'aussi loin qu'il puisse voir, la parcelle est ravagée. La truffière a été pillée pendant la nuit et les cages des chiens sont vides.

38

Les conversations s'interrompent brutalement quand Antoine et Julia pénètrent dans le café de la place.

– Ils sont où ces enfoirés ? hurle-t-il à l'intention de trois hommes attablés autour d'un pastis.

Julia serre les lèvres, inquiète de la tension qui électrise soudain la salle. Elle reconnaît les deux hommes du marché. Charretier s'affale sur sa chaise en écartant les bras, un mauvais sourire aux lèvres.

– Il a pas l'air en forme, le Marseillais !

Antoine bondit, l'agrippe par la chemise et le force à se lever, renversant du même coup les verres, la bouteille et la chaise.

– Enculé ! Où t'as mis mes chiens ?

– Lâche-moi ! Je sais pas de quoi tu parles.

– Arrête de me prendre pour un con, Charretier !

– Et toi, fous la paix à Eva !

Eva ? Le cœur de Julia se serre.

– T'es vraiment trop con ! lance Antoine, hors de lui.

Les deux acolytes le retiennent.

– Qu'est-ce qui se passe ici ? s'écrie Lucienne, qui vient d'arriver.

– C'est le petit qui veut se faire entendre, mais personne comprend ce qu'il dit ! répond l'autre en défroissant sa chemise.

Elle s'approche et fixe Charretier d'un air mauvais.

– Lâche-lui les basques ! Et toi, viens avec moi.

Antoine, mâchoires serrées, ne quitte pas Charretier du regard.

– Bande d'enfoirés de merde ! crache-t-il avant de se diriger vers la porte.

Julia pose une main sur son bras, mais Antoine se dégage.

– Laisse-moi.

– Quoi ? parvient à articuler Julia, incrédule.

– Laisse-moi !

Il claque la porte du café et s'engouffre dans la camionnette. Julia n'a pas le temps de le rejoindre. Le véhicule disparaît dans un crissement de pneus.

Julia est blême. Elle sent monter une profonde colère. Un sentiment d'injustice mêlé de révolte. Un élan furieux qui semble avoir attendu son heure pour exploser en elle. Mais pour qui se prend-il, bon sang ? Qu'est-ce qu'il croit ? Qu'il peut passer la nuit avec elle et la jeter au petit jour ? Elle fulmine. Il n'a qu'à aller la retrouver, son Eva ! Elle aurait mieux fait de le planter sur le parking et de rentrer chez elle ! Elle le déteste, s'en veut. Leur en veut à tous. Qu'ils aillent au diable !

Tous ces mensonges et ces faux-semblants la rendent folle.

Ivre de rage, elle aperçoit la silhouette frêle de Lucienne se diriger vers l'église.

– Pourquoi tu m'as menti ? glapit Julia en entrant dans la nef.

Lucienne se signe.

– Je t'ai posé une question !

Sa phrase rebondit sur les murs froids de l'église. Lucienne se retourne et plante ses yeux jaunes dans les siens.

– Tu ne respectes donc rien ! souffle-t-elle entre ses dents. Ni ta grand-mère ni Dieu !

– Pourquoi m'as-tu menti ? L'homme sur la photo n'était pas son cousin ! Pourquoi ? rugit-elle.

Lucienne s'agenouille devant une statue de Marie et prie à voix basse. Ses mains tremblent sous son menton. Julia, les joues rouges et les yeux brillants, s'approche d'elle et siffle :

– Jeannine, elle sait que tu as abandonné ton fils ?

Lucienne la regarde, épouvantée. Julia la domine de toute sa hauteur.

– C'est bien ce que je pensais ! raille-t-elle. Jusqu'où es-tu prête à aller pour sauver les apparences, Lucienne ? Qu'as-tu d'autre à cacher ?

Soudain, les portes de la sacristie s'ouvrent et le curé se précipite vers la vieille femme. Il la prend dans ses bras. Elle tremble de tous ses membres.

– Mais qui êtes-vous ? Comment osez-vous hurler ainsi dans la maison de Dieu ? s'écrie-t-il.

Julia fulmine de rage et ne quitte pas Lucienne des yeux. Une larme coule sur sa peau ridée.

– Sortez ! siffle le père Marius. Sortez de cette église avant que j'appelle les gendarmes !

Ma libellule,

Hier, j'étais chez le médecin. Il est bien aimable de s'occuper des vieilles cervelles comme la mienne. Chaque jeudi, nous faisons des exercices. Tantôt nous jouons à Memory, tantôt nous lisons le journal et il me demande de lui raconter ce que j'ai lu. Souvent, il me fait parler de toi et des jours qui passent. Quel jour étions-nous hier ? Que ferai-je demain ? Tous ces va-et-vient me donnent le tournis, mais je m'accroche. Je tiens à ce que tu me trouves en forme quand tu viendras !

Chaque semaine, je croise un couple dans la salle d'attente. C'est étonnant comme avec le temps, certains époux en viennent à se ressembler. Elle est toujours bien mise, lui est malade. Il ne parle pas, ou à peine, et répète inlassablement : « Lis-les-moi encore. » Sa femme a toujours à la main des petites fiches blanches. Hier, j'ai enfin osé lui demander ce qu'ils faisaient.

Les yeux humides, elle m'a expliqué que son mari était pris de panique avant chaque rendez-vous. C'est un ancien professeur de l'université à ce que j'ai compris, une sommité qui a écrit des livres, un peu comme toi ma Lili. La mémoire du pauvre homme a fichu le camp et il craint plus que tout de mal répondre aux questions du médecin. Alors, pendant les rendez-vous, son épouse prend des notes qu'ils révisent ensemble.

Je m'inquiète du temps qui file et de ces souvenirs qui m'échappent. Je prie pour venir à bout de ce carnet avant qu'il ne soit trop tard car je suis seule dans ce bateau qui prend l'eau.

J'ai honte parfois quand je me retrouve dans une pièce sans me rappeler ce que je suis venue y chercher. Il m'arrive de plus en plus souvent de ne pas savoir quel jour on est. Certes, il y a bien la date sur ma montre, mais de quel mois, et de quelle année ? J'ai pris l'habitude de me promener avec un tampon encreur dans la poche de ma blouse, de ces tampons qui donnent la date et que j'utilisais quand j'étais secrétaire. Chaque soir, devant la météo d'Évelyne Dhéliat, je fais tourner les chiffres et puis je pense à toi.

39

Félix éteint le sèche-cheveux.

– Alors Gisèle, ces cours d'informatique ? demande Félix. Ça avance comme vous voulez ?

Devant lui, Gisèle, en bigoudis, a le nez sur son ordinateur. Comme chaque mardi, elle a profité de l'atelier d'initiation organisé par Billy, un retraité timide mais sympathique. Les participants ne sont pas nombreux, mais Gisèle est assidue.

– Comme dirait l'autre, je comprends vite, mais faut m'expliquer longtemps. Vous connaissez la « robase » ? C'est un peu comme un code postal en forme de bouton de rose. Si vous ne mettez pas de fleur dans l'adresse, votre courrier n'arrive jamais.

Julia leur fait un petit signe de tête en refermant doucement la porte.

– Alors Lulu, raconte ! s'exclame Félix avec un sourire malicieux.

Elle ôte son manteau en silence.

– Mamie est dans sa chambre ?

– Eh ben, cache ta joie ! L'apollon n'a pas été à la hauteur de sa réputation ? Rassure-moi, vous avez passé la nuit ensemble, au moins ?

À ces mots, Gisèle lève la tête, soudain très intéressée. Félix agite sa brosse ronde.

– Ah ! Elle rougit ! Raconte, Lulu ! Je veux tous les détails ! De grandes et belles mains comme ça, ça laisse imaginer la…

– Plus tard, le coupe Julia. Je vais voir ma grand-mère.

Félix hausse les épaules d'un air contrit.

– Faudra repasser pour les détails, ma pauvre Gisèle, lance-t-il en rallumant le séchoir.

Julia quitte le salon. Elle a honte. D'elle, de sa mauvaise humeur, de son agressivité envers Lucienne. Mais le comportement d'Antoine, les mensonges de la vieille dame et la santé déclinante de sa grand-mère mettent ses nerfs à rude épreuve. Sans oublier son éditeur qui la relance quasi quotidiennement au sujet de son livre. Elle craque.

Elle repense à sa nuit avec Antoine. À la photo sur la commode. On y voit un homme devant son bateau. Au loin, Notre-Dame-de-la-Garde se dessine sur un ciel clair. Visage buriné, mains abîmées, l'homme brandit un poisson, un bras autour des épaules de son fils. Antoine, vingt ans à peine, sourit au photographe. À sa droite, une femme, l'air sévère, maigre comme un clou. Lucienne.

Sur le moment, Julia avait trouvé ça touchant. À présent, elle doute. Et si Antoine était complice des cachotteries de la vieille femme ? Elle se maudit d'être tombée si facilement dans ses bras. Enrage du chagrin coincé dans sa gorge depuis qu'il l'a abandonnée au bistro. Après tout, il ne t'a rien promis ! s'agace une voix intérieure.

Julia ferme les yeux un instant. Se ressaisir avant de voir Jeannine. Elle prend une profonde inspiration et ouvre la porte. Sa grand-mère est allongée dans la pénombre. Sa poitrine se soulève doucement. Julia s'assoit délicatement sur le lit et prend ses mains dans les siennes. Sa peau est sèche et marquée d'un hématome. À son contact, Jeannine ouvre les yeux. Elle la fixe. Puis son visage s'illumine :

– Oh, ma libellule ! Quel bonheur de te voir !

Ma libellule. Combien de temps encore Mamie se souviendra-t-elle de mon nom ? se demande Julia, le cœur au bord des lèvres. *La libellule dans sa bulle veut faire un grand voyage.* Enfant, elle raffolait de cette comptine que lui chantait Jeannine. Julia se penche pour l'embrasser. Le parfum familier qui se dégage du cou de sa grand-mère lui serre le cœur, elle lutte pour retenir le sanglot qui comprime sa gorge.

– Comment te sens-tu, Mamie ?

Jeannine esquisse un petit sourire.

– Tout va bien. Pardonne-moi, je m'étais assoupie ! Et toi, ma Lili, ça va ?

Julia affiche une humeur joviale. Elle lui parle du village, des gens qu'elle a croisés au marché, leur prête des mots affectueux.

– Le vieux Flavio t'embrasse.

– Ah ! Tu le salueras de ma part ! s'enthousiasme Jeannine.

Julia caresse sa main et pose un baiser sur sa paume. Elle la tient étroitement contre elle, comme si elle craignait qu'elle ne s'envole. Elle ôte un de ses bracelets, le passe au poignet de sa grand-mère, la recoiffe un peu, passe une main sur sa joue. Des gestes que Jeannine avait jadis pour elle, quand elle était enfant. Julia lui raconte quelques anecdotes qu'elle tient d'elle, ces histoires qu'elle se plaignait d'entendre trop souvent. Jeannine rit, de ce petit rire venu tout droit des nuages, un rire aux yeux lointains.

– Je t'aime, Mamie.

Et elle ajoute, comme sa grand-mère le faisait aussi :

– Plus qu'hier et moins que demain.

Une ombre inquiète passe sur le visage de la vieille dame.

– Quel jour sommes-nous ?

– Mercredi.

– Ah, mercredi, c'est bien.

Puis, à voix basse :

– Tu sais, j'ai bien honte parfois.

Julia détaille son visage ridé, ses yeux sombres qui ont vu tant de choses. Elle ne sait pas quoi dire.

– Montre voir ce que tu tiens là. C'est ton nouveau livre ?

Julia sourit, lâche sa main et ouvre le carnet épais.

– Non, c'est une belle histoire que l'on m'a confiée. Tu veux que je te fasse la lecture ?

Le visage de la vieille dame s'éclaire d'un sourire d'enfant naïf, tranquille. Julia repense aux histoires qu'elle lui lisait le soir avant de dormir et ressent un pincement au cœur. L'ironie de la vie est parfois bien douloureuse. Avant d'entamer son récit, elle sort du carnet la photo de Jean Coloretti et la pose sur la table de chevet. Puis, doucement, déplie une lettre usée à force d'avoir été lue.

San-Gavino-di-Carbini, le 14 octobre 1944

Ma chérie, mon soleil, ma garrigue,

J'ai confié cette lettre à un marin en priant pour qu'elle te parvienne. Je crains que tes réponses ne mettent du temps à accoster sur mon île, mais cela n'enlève rien au bonheur que me procure la simple évocation de ton sourire.

Ma mère est au plus mal et les médecins ne peuvent pas grand-chose. Je passe mes journées à son chevet sans pouvoir la soulager. C'est une torture de chaque instant. Ils disent qu'elle ne passera pas la Noël. Je ne sais pas ce qu'il faut lui souhaiter.

Je pense à toi sans cesse. J'espère que la musique t'apporte un peu de réconfort et que tu continues de bien étudier.

Pour se consoler, mes sœurs cuisinent et je crains que tu ne me trouves un peu gros à mon retour. Je t'emmènerai ici en voyage pour nos noces, et nous mangerons des canistrelli les pieds dans l'eau. En attendant, le brocciu sans toi n'a que le goût du chagrin.

Un silence assourdissant résonne dans ma montagne.

Tes rires manquent à mon cœur.

Tes yeux manquent à mon âme.

Tendres baisers de ton fiancé qui t'adore,

Jean

40

– *Tes yeux manquent à mon âme…*

La voix de Jeannine se superpose à celle de Julia. Une larme roule sur sa joue. Elle connaît encore la lettre par cœur, songe Julia.

– Parle-moi de Jean, Mamie.

Julia sait bien que la suite du carnet lui apportera des réponses. Mais à cet instant, elle n'a qu'une envie : entendre le récit de la bouche de Jeannine. Sa grand-mère lui manque tellement, elle ne s'est jamais sentie aussi seule. Où partent tous ces souvenirs ? S'évaporent-ils en laissant une trace, une émotion, le sentiment confus d'un bonheur passé sur lequel on ne peut mettre de visage ? Reviennent-ils en rêves ?

Jeannine serre les mains de sa petite-fille, s'y accroche.

– Nous nous sommes aimés… Nous nous sommes aimés comme il ne m'a plus jamais été donné d'aimer personne. J'ai dû commettre un terrible péché dans une autre vie pour qu'on me donne un tel amour, et qu'on me l'enlève…

Sa voix est faible.

– Il était bel homme, tu sais !

– Tu ne l'as jamais revu ?

– Non…

– Pourquoi, Mamie ?

Il lui semble que Jeannine se tient dans une barque, accrochée à un fil très fin qui menace de se casser à tout instant.

– C'est la faute de mon père. Je ne pourrai jamais lui pardonner. Mais tout cela paraît si loin à présent…

Julia retient son souffle.

– Et mes géraniums… tu sais où ils sont ?

Julia réprime un sanglot. Le courant a de nouveau emporté sa grand-mère. Elle lui caresse les cheveux et l'embrasse doucement. Jeannine va et vient entre ce monde et un autre. Et un jour, songe Julia, elle ne reviendra plus.

41

– Tout va bien ?

Julia lève ses yeux pleins de larmes vers Éliane. Le couloir est désert.

– Venez avec moi.

L'infirmière l'entraîne vers une salle modeste mais confortable. Une petite table, quelques chaises et un magazine oublié. Éliane met de l'eau à chauffer puis pose une main sur son épaule.

– Un petit sourire ?

Julia se contente de hocher la tête. L'infirmière l'attire à elle et la serre dans ses bras dodus. Il n'en faut pas plus à Julia pour se laisser aller à son chagrin.

– Jeannine est heureuse ici, vous savez. Votre père s'est assuré qu'elle soit bien entourée. Et quelle chance pour elle de vous avoir à ses côtés ! Elle rayonne depuis que vous êtes arrivée.

Julia saisit un mouchoir dans la boîte qu'elle lui tend.

– Félix la fait danser tous les jours… Quand ils ne

partent pas en voyage au bout du monde ! Ces deux-là se sont bien trouvés.

Julia sourit entre ses larmes. Combien de familles Éliane a-t-elle consolées ? Et elle, qui la console ? Ça fait quoi de vivre avec ceux qui vont bientôt mourir ? Julia s'en veut de s'être ainsi abandonnée.

– Désolée… je suis désolée, vous devez en avoir assez de ramasser les visiteurs à la petite cuillère…

– Ne vous excusez pas, c'est humain le chagrin, la réconforte Éliane. Le plus dur, c'est pas pour les malades, c'est toujours pour leurs proches. Ils voient cette maison comme une gare avant le grand voyage. Un quai où il faut faire ses adieux. Heureusement, nos résidents ont souvent l'air plus joyeux que leurs visiteurs !

Éliane dégage quelque chose de rassurant, de lumineux. Côtoyer la vieillesse lui a conféré une sagesse, une sérénité que Julia lui envie. L'infirmière aux grands yeux clairs marque une pause, pensive.

– La mort est devenue taboue aujourd'hui. On la cache, on la nie. Pas étonnant que quand elle nous frôle, ça nous terrorise. Pareil pour la vieillesse, la maladie, tout ça nous angoisse à force d'être dissimulé. Dans les yeux des visiteurs, il y a toujours la même question : « Suis-je le prochain sur la liste ? » Ils s'imaginent dans trente ou cinquante ans, c'est eux dans cette chaise roulante, c'est eux qui ont tout oublié… Avant, on se posait moins de questions, et c'était pas plus mal. Maintenant, on veut tout contrôler, tout décider, du sexe des bébés, jusqu'à la date de notre mort. La vérité, c'est qu'on fait partie d'un tout qui nous dépasse. On gagnerait à lâcher prise, vous ne croyez pas ?

Julia repense aux conseils de Félix. À ce livre qu'elle n'arrive pas à écrire. À Antoine.

– La vie a plus d'imagination que nous, ajoute Éliane dans un sourire. Il faut la laisser nous mener où elle le souhaite.

Une sonnerie se fait entendre. Un pensionnaire appelle. L'infirmière jette un coup d'œil à sa montre. Bientôt vingt-trois heures.

– Venez avec moi.

Julia la suit dans les couloirs silencieux et pénètre avec elle dans une chambre tout juste éclairée par une veilleuse, meublée d'une commode, d'un lit et d'une petite penderie. Simple mais chaleureuse. Julia remarque la valise vide rangée tout en haut de l'armoire. *Une gare avant le grand voyage*. Son cœur se serre. Une voix fluette appelle à l'aide depuis la salle de bains.

– Éliane ! Éliane, où suis-je ?

L'infirmière rejoint la vieille dame.

– Vous êtes à la Bastide du Figuier. C'est chez vous ici maintenant, la rassure-t-elle.

Depuis le lit, un chat les observe d'un œil torve. Plume. Madeleine, chemise de nuit et cheveux défaits, apparaît au bras d'Éliane. On dirait un fantôme, pense Julia, avant de le regretter aussitôt.

– Mais que va-t-on faire pour mon anniversaire ?

s'inquiète la tricoteuse en se glissant péniblement sous les draps.

– Une grande fête !

– Avec des ballons ?

– Et des confettis.

Le visage de Madeleine s'illumine.

– Vous avez pensé aux bougies aussi ? Vingt-cinq, ne vous trompez pas ! Chaque anniversaire doit se fêter comme si c'était le dernier. C'est important.

– Bien sûr, on a les bougies, les ballons et même le gâteau, dit Éliane.

– J'ai faim.

L'infirmière fait la moue.

– Juste une alors, Madeleine. Ensuite, vous dormez, d'accord ?

Ce disant, elle ouvre une grande boîte ronde posée à son chevet et en tire une papillote dorée. La tricoteuse lui offre son plus beau sourire et murmure :

– Une seule ?

– Vous êtes incorrigible, s'amuse Éliane en lui en glissant une seconde dans la main.

Du chocolat ? En pleine nuit ? Décidément, cette infirmière me plaît, songe Julia, amusée. Madeleine s'empresse de déballer la confiserie qu'elle fourre dans sa bouche avant d'extraire d'un tiroir une petite lampe de poche qu'elle braque sur l'emballage.

– Plume, écoute ça, lance-t-elle la bouche pleine.

« On peut vivre sa vie de deux façons, soit comme si rien n'est un miracle, soit comme si tout l'est. »

Ravie, elle tire de sa chemise de nuit un minuscule bloc-notes attaché à une ficelle et s'applique à recopier la phrase de ses doigts fins et tordus. Julia sourit en pensant aux bonnets et remarque alors la collection de boules à neige sur la commode.

– Dès qu'on part en voyage, on lui en ramène une, dit Éliane en secouant l'une d'elles, faisant tomber des flocons sur une gondole. Elle les collectionne.

– Et celle-là ! s'enthousiasme la vieille dame à l'intention du chat. « Les gentilles filles vont au paradis, les autres vont où elles veulent » !

– Allons, c'est l'heure de dormir maintenant.

– Ils annoncent de la neige. Avez-vous pensé aux bougies ?

– Bien sûr.

Éliane éteint la lampe de poche et la borde soigneusement.

– Ça va aller, Madeleine, murmure-t-elle.

La tricoteuse saisit alors sa main et plonge ses yeux fatigués dans les siens.

– Vous êtes une belle personne.

Pendant des semaines, je traîne ma peine entre l'école et ma chambre. La Toussaint approche et nous sommes sans nouvelles de Jean. J'écoute en boucle le disque qu'il m'a remis le jour de son départ, la complainte de Fréhel me fait sangloter à chaque coup.

Si tu n'étais pas là
Comment pourrais-je vivre ?

Te souviens-tu, ma chérie, quand nous l'écoutions ensemble ?

La guerre n'est pas terminée, me rassure ma mère. La distribution du courrier est encore bien aléatoire. Je prie pour son retour chaque jour, et puis parfois pour que sa mère décède bien vite, avant de m'en vouloir terriblement. D'autres fois, j'en viens à douter que notre histoire ait réellement existé. Seul l'anneau à mon doigt me fait croire à des lendemains meilleurs.

Je renoue avec Lucienne. Avant son départ, Jean lui a

offert une méthode de lecture. En instituteur consciencieux, il n'avait de cesse de la reprendre sur sa grammaire déficiente et de l'encourager à étudier davantage. Elle s'est mis en tête de lire parfaitement à son retour et révise chaque soir en sortant de l'école. Je la retrouve souvent à la fontaine, emmitouflée dans un grand manteau de laine troué jusqu'à ce que la nuit l'empêche d'y voir clair.

Les hommes défilent toujours dans la chambre de sa mère ; alors, dès que mon père s'absente, je l'invite à la maison. Nous parlons peu de Jean. Par pudeur, par superstition ? Notre attachement pour lui nous unit dans l'attente impatiente de son retour. Et puis un jour, ma mère accourt, échevelée, un sourire jusqu'aux oreilles.

– Du courrier pour toi !

Le cœur battant, je m'empresse de lire la lettre. Je bénis le Ciel d'avoir mis Jean sur ma route. Je rêve de tous nos bonheurs à venir, nos retrouvailles, notre mariage, notre vie commune, et je rougis en pensant à notre voyage de noces. Le soir, au dîner, je parle sans discontinuer et ma mère se réjouit de cette joie de vivre retrouvée.

Je ne résiste pas à l'envie de partager ces nouvelles avec Lucienne. Elle m'écoute d'une oreille, le nez dans sa méthode, sans y attacher d'importance. Commencerait-elle à l'oublier ? Je la croise parfois avec un garçon du village du nom d'Émile, un grand échalas au visage criblé d'acné, dont le père possède une truffière un peu plus haut dans la montagne. Mais les semaines passent et j'ouvre la boîte aux lettres jour après jour, inquiète de la trouver vide. L'hiver succède à l'automne. L'absence de Jean m'inquiète, à tel point que je n'ose plus l'évoquer. M'aurait-il oubliée ?

42

– Lucienne est la grand-mère d'Antoine ? s'exclame Félix, incrédule.

Julia, Félix et Jeannine font le tour de la fontaine. Assise dans sa chaise roulante et emmitouflée dans un châle, la vieille dame est silencieuse.

– Si tu savais comme je m'en veux de lui avoir hurlé dessus comme ça dans l'église… Je ne sais pas ce qui m'a pris.

– Va t'excuser… et rappelle Antoine !

– Mais Félix, il m'a plantée, comme ça ! Rien que d'en parler, j'ai envie de hurler.

Il pose sa main sur la sienne.

– Lulu, prends un peu de recul. Visiblement, Antoine a rouvert malgré lui une de tes vieilles blessures et…

– The Fabulous Gatsby, maître en psychologie de comptoir…, l'interrompt Julia que les mots de Félix déstabilisent.

Nos colères ne sont-elles que l'écho de douleurs anciennes ?

– Moque-toi ! N'empêche que tu sais que j'ai raison. Antoine n'a fait que gratter la plaie. Mais son attitude ne dit rien de toi ! Je suis fière de ma Lulu... L'ancienne Julia n'aurait jamais mis un pied dans son lit, trop occupée à siroter sa tisane !

Elle baisse la tête et refoule ses larmes.

– Arrête d'écrire les histoires des autres, penche-toi sur la tienne. Et tant pis si parfois ça fait peur. Tu t'es donnée sans filtre, sans crainte, et je suis prêt à parier que tu as passé la plus belle nuit de ta vie. Je me trompe ?

Elle hausse les épaules en balayant ses arguments d'un geste.

– Si ça se trouve, dit-elle, Lucienne lui a demandé de garder un œil sur moi pour que je ne découvre pas la vérité...

– Tu dis n'importe quoi. Et si tel était le cas, que peut-il faire ? Franchement, ces vieilles histoires lui passent sûrement au-dessus de la tête. Moi, je crois que Lucienne boit la tasse toute seule. Ça fait d'ailleurs un moment qu'on ne l'a pas revue, remarque-t-il. Et pour revenir à Antoine, sans vouloir le défendre, il avait des raisons d'être en colère...

Ils remontent l'allée en silence. L'air sent l'herbe coupée, un jardinier passe la tondeuse de l'autre côté du parc.

– Si tu avais vu le terrain ! dit-elle. Des trous partout. Comme si une colonie de taupes avait posé ses valises dans la truffière. Les voleurs viennent paraît-il avec des lampes frontales, certains ont même des jumelles à vision nocturne, comme les militaires, pour voir arriver les propriétaires de loin. Tout ça pour des truffes ! Et personne n'a rien entendu bien sûr…

– Même son chien ?

– La propriété est immense et le pauvre Zerbino un peu dur de la feuille.

– Et tu penses que les vieux du village ont quelque chose à voir avec ça ?

– Pour Antoine, ça ne fait aucun doute. Ils ne veulent pas d'étrangers et sont prêts à tout pour les dissuader de s'installer ici. Un comble quand on sait que cette terre est aussi la sienne !

– Le comble, si tu veux mon avis, c'est que soixante ans après, Lucienne redoute autant le regard des villageois et interdise à son petit-fils de dire d'où il vient !

Le visage de Julia se ferme.

– Et moi, je compte bien découvrir la vérité ! Je suis sûre que Joseph et Lucienne ont ruiné la vie de ma grand-mère. Pourquoi ? Je l'ignore, mais elle semble en porter la culpabilité. Ça me rend folle de me dire qu'elle a vécu toute sa vie avec ce poids sans oser se confier, conclut-elle en posant une main sur l'épaule de sa grand-mère qui semble loin, très loin d'eux.

Le trio dépasse Pierrot et Fernand qui, coiffés de leurs bonnets en laine, disputent une partie de dames autour d'une table en pierre.

– Et la Micheline con, tu l'as revue ? s'exclame le premier.

– Pétard, un peu que je l'ai revue ! Je l'ai même épousée !

Félix fait un clin d'œil à Julia.

– Les grandes retrouvailles ?

– On ne s'en lasse pas !

Gisèle les rejoint d'un pas décidé, son ordinateur sous le bras.

– Il faut que je vous montre quelque chose ! lance-t-elle avec fierté.

Tous trois s'installent dans la véranda dans de larges fauteuils en osier. Jeannine a le regard perdu au loin. À quoi peut-elle bien penser ?

– Julia, j'ai bien réfléchi, et j'aime beaucoup cette idée de bonnets à messages, lance-t-elle d'un air grave.

– Les bonnets de Madeleine ?

– Oui, Félix m'a dit que vous vouliez les vendre à Paris.

Julia acquiesce, amusée.

– Le gang des grands-mères qui tricotent plus vite que leur ombre !

– Alors voilà, avec Félix on en a discuté, et puis on s'est dit que l'avenir, c'est l'Internet.

Gisèle marque un temps d'arrêt pour laisser à Julia le temps d'intégrer cette idée épatante.

– Avant de perdre la tête, Célestin nous avait acheté un ordinateur. Il disait que ça nous permettrait de rester jeunes ! C'est presque drôle quand on y pense. Bref, quand Félix m'a parlé de l'Internet et de Madeleine, je me suis dit que j'allais profiter du cours d'informatique. J'ai demandé à Billy de me montrer comment fabriquer un site. Au début, il était un peu sceptique et puis de fil en aiguille – c'est le cas de le dire, hein ! –, il s'est pris au jeu. Contrairement à Billy, moi je ne suis pas du genre patiente : les slashs, les guillemets, les triples clics et tout le tintouin, ça m'a vite donné le tournis. On a rapidement conclu que le site, ça serait lui qui le ferait ; moi, j'observerais. Autant vous dire que ça nous a donné du fil à retordre. Mais regardez-moi ce travail. Du cousu main !

Fière comme Artaban, Gisèle brandit son ordinateur. À l'aide d'une large souris à fil branchée sur sa vieille bécane, elle fait défiler les pages. Les crânes dégarnis de Pierrot et Fernand apparaissent à l'écran, coiffés des bonnets multicolores de Madeleine. Tout autour scintillent des gifs animés venus tout droit des années quatre-vingt-dix.

– *Mad'Laine* ? déchiffre Félix, entre la photo d'un chat et celle d'un arc-en-ciel.

Gisèle rayonne.

– C'est le nom de notre magasin ! Parce que l'anglais, ça fait vendre. C'est le petit-fils de Billy qui dit ça. C'était son idée et comme il fait de la mercatique, j'ai dit banco. Je vous donne beaucoup de détails, mais c'est pour vous expliquer, hein ! Alors il suffit de choisir un bonnet et de cliquer avec la souris, et ensuite ça va dans l'escarcelle. On appelle ça une échoppe.

– Une e-shop ?

– Oui, une échoppe. Une échoppe électronique.

Félix et Julia sourient. Des applaudissements retentissent dans la salle commune.

– Autant vous dire que Madeleine met les bouchées doubles. Faut que tout soit prêt pour l'ouverture ! La bonne nouvelle, c'est que Billy, il connaît tout le monde au village ; et comme il parle beaucoup, tout le monde a voulu y mettre son grain de sel. On a déjà dix commandes dont trois rien que pour le boucher. Paraît qu'il fait froid dans son frigo. La mercière a livré deux grands cartons de laine à la Bastide. Elle a dit qu'on paierait quand on pourrait. Et puis la bibliothécaire nous a mis de côté des livres de citations pour inspirer Madeleine pour les papiers cachés, mais je crois bien qu'elle n'en a pas besoin. Madeleine, c'est une philosophe.

Julia applaudit, émerveillée des ressources insoupçonnées que déploie Gisèle qui, décidément, n'a vraiment pas sa place à la Bastide du Figuier. Soudain, des cris horrifiés parviennent de la salle voisine.

– Qu'est-ce qui se passe là-bas ?

Félix n'a pas le temps de terminer sa phrase qu'un lama déboule en cavalant dans la véranda, une pelote de laine emmêlée entre son cou et ses babines.

– Attrapez-le ! hurle un homme, lancé à ses trousses.

Sidérés, Julia et Félix voient Pierrot sauter sur la bête en criant. Jeannine éclate de rire.

– Eh ben, t'as pas perdu le coup de main, dis donc ! s'exclame Fernand.

– C'est pas plus vif qu'un lièvre ! Mais qu'est-ce qu'il pue !

L'homme les rejoint, à bout de souffle, suivi par Madeleine et Éliane.

– Mais enfin ! s'écrie Éliane. Pourquoi vous amenez des animaux enragés dans une maison de retraite ? Nos activités sont là pour éveiller les patients, pas pour les traumatiser ! Il aurait pu blesser un pensionnaire !

– Ou un chat ! rétorque Madeleine.

Prise d'un fou rire, Jeannine en pleure.

– Quelle idée aussi de vouloir enfiler un bonnet au lama ! rugit l'homme en tentant de dénouer la laine emmêlée dans les oreilles de l'animal.

Indifférente à l'effervescence ambiante, Gisèle lève la tête de son écran et lance :

– Allez Madeleine, au tricot ! C'est pas le tout, mais on a du pain sur la planche !

Liste des petits bonheurs de l'existence (suite)

Croquer dans une pêche
Pousser quelques jurons
Lécher la cuillère
Voir sourire Aznavour
Admirer les costumes des patineuses artistiques
Faire un six aux petits chevaux
Trouver le mot qu'on a sur le bout de la langue
Équeuter des haricots
Dénicher quelques mûres entre les ronces
Ouvrir grand les volets
Sauter à la corde
Descendre une côte à vélo

43

Serrant son châle dont elle se couvre les oreilles, Lucienne pénètre dans l'église par la porte latérale et referme soigneusement le verrou.

Elle se signe et s'agenouille devant la croix. La nef, déserte, est faiblement éclairée par la lampe rouge postée près du tabernacle. Elle aime ces moments où l'église n'appartient qu'à elle. Des ombres flottent sur son visage tandis qu'elle dépasse les cierges et remonte l'allée principale. Une bénévole s'est chargée de ranger les bancs et les missels après la messe de dix-huit heures. Lucienne fait glisser un doigt suspicieux le long du bois ciré.

– Tout ce qui est mal fait est à refaire, et tout ce qui est à refaire n'est pas fait, grommelle-t-elle en se dirigeant le dos courbé vers la sacristie.

La petite pièce est propre et tout est à sa place. D'un geste, elle saisit une échelle, la pose délicatement sous une trappe au plafond et remonte son jupon. Au grenier, s'entassent une demi-douzaine de cartons marqués au feutre du mot SANTONS.

Elle descend une à une les boîtes, grimaçant sous l'effort et manquant à plusieurs reprises de se rompre le cou. D'habitude, elle peut compter sur l'aide du père Marius et celle de Mireille Fourneyron. Pour couper court à l'intervention de cette dernière, Lucienne a décidé cette année de s'occuper seule de l'installation de la crèche. L'an passé, sous prétexte d'attirer les fidèles avec de la nouveauté, la Mireille avait ajouté quelques figurines glanées lors de ses voyages. Une poupée andalouse, un éléphant, une boule à neige. Lucienne avait cru sa dernière heure venue en découvrant le soir de Noël un pierrot hilare à côté de Marie à genoux.

Lucienne sort délicatement les Carbonel du papier de soie avant de tirer de sa poche une feuille de papier noircie de son écriture maladroite. Elle a passé les trois derniers mois à réfléchir à la disposition des bâtiments, dessinant les scènes, arpentant les boutiques spécialisées et marquant d'une croix rouge l'emplacement des figurines principales comme le ravi et le meunier aux joues roses qui ont depuis toujours sa préférence.

Lucienne ne l'admettra jamais, mais la préparation de la crèche est sans doute ce qui la réjouit le plus dans son travail de sacristine. Ça, et les déjeuners hebdomadaires avec le père Marius.

Penchée sur le décor de mousse dont la peinture s'écaille par endroits, elle s'attelle à la décoration. Elle installe d'abord l'étable et son pigeonnier, puis l'église un peu plus loin devant laquelle elle pose amoureusement la figure du curé en soutane. Viennent ensuite la borie, le lavoir, et la fontaine fleurie avec sa Provençale à la cruche. Le moulin et ses lavandes, quelques maisons en pierre et puis un olivier à l'ombre duquel un âne humble se repose. Enfin, elle arrange la mousse autour d'une école et y ajoute l'instituteur. La petite figurine a souffert et Lucienne gratte du bout de l'ongle un peu de poussière incrustée sur le livre que tient le maître entre ses mains. Elle le scrute avec attention, détaillant la moustache fine, les cheveux bruns et la barbe délicate.

– Pourquoi a-t-il fallu qu'il s'en aille ?

L'écho de sa voix se répercute sur la pierre froide. Lucienne tend l'oreille dans l'attente d'une réponse. Voilà qu'elle se met à penser à voix haute ! s'alarme-t-elle. Sa culpabilité la dévore et tout la renvoie à son passé, à Jeannine, à Jean. Chaque odeur, chaque morceau de musique, jusqu'à cette silhouette qu'elle a prise pour lui l'autre soir au café. Dans un soupir, et après s'être assurée que l'église est bien vide, elle tire de sa blouse une lettre abîmée.

Ma chérie, mon soleil, ma fauvette,

Toujours sans nouvelles de ma fiancée. Mon cœur s'abîme dans cette mer qui nous sépare. Je t'imagine préparant Noël et décorant le sapin, confectionnant la pompe à huile et salivant devant les treize desserts, si chers à ce pays qui me manque tant.

Les dents serrées, les yeux rougis par ses nuits sans sommeil, Lucienne parcourt en diagonale le texte qu'elle connaît par cœur. Elle s'arrête sur un passage, maintes et maintes fois lu, et retient sa respiration.

Je n'oublie pas dans mes pensées cette chère Lucienne. J'espère qu'elle étudie et s'attache à tenir la promesse qu'elle m'a faite en partant. Transmets-lui toute mon affection et mes encouragements.

Lucienne passe son doigt déformé par l'arthrose sur l'écriture régulière de l'instituteur. *Cette chère Lucienne. Toute mon affection.*

Au dos, une main malhabile a griffonné quelques croquis au crayon de bois. Un jeune homme s'y devine, de face, de profil, de trois quarts. Un nez fin et de grands yeux rieurs que caresse une mèche de cheveux mutine.

Elle secoue la tête, glisse la lettre dans son sac, puis se signe et retourne à ses santons.

Ma mère et moi sommes assises devant la cheminée, elle tricote, moi je me concentre sur mes leçons. Dehors, c'est l'hiver. Le jaune guilleret des mimosas en fleur contraste tristement avec l'abattement dans lequel me plonge le silence de Jean.

Ma mère s'inquiète de l'heure qui tourne. Deux semaines plus tôt, mon père a fait un malaise pendant une partie de pétanque. Le médecin du village, qui jouait justement avec lui ce jour-là, en a profité pour l'ausculter. Mon père a balayé ses craintes d'un revers de la main avant de reprendre sa partie. Depuis, ma mère se signe à chaque fois qu'il quitte la pièce.

L'horloge sonne neuf coups quand mon père passe la porte, accompagné d'un homme. Avenant, la vingtaine bien entamée, il porte un képi, une cape bleu marine et un pistolet à son ceinturon.

Il s'appelle Gaston.

Gaston, Marcel, Paillard.

Il est blond, le visage rond, des joues roses et un rire

clair. Il n'est pas désagréable à regarder. Sans doute que mon père se dit la même chose quand il nous le présente, déjà un peu éméché. Il ne tarit pas d'éloges sur ce gendarme plein d'avenir. Nos échanges se résument à quelques formules courtoises et insipides. Gaston n'y connaît rien en musique ni en littérature.

Pourtant, mon père l'apprécie beaucoup et Gaston passe tous ses jours de repos chez nous. Tous deux disparaissent parfois des nuits entières, tandis que ma mère, inquiète, veille au salon. Je le considère avec indifférence, tout juste si je remarque quand il vient avec un bouquet de fleurs ou quelques oranges rapportées d'on ne sait où. Un beau jour, sans prévenir, mon père m'annonce que je vais l'épouser.

Je tombe de ma chaise, abasourdie. Puis éclate de rire. Il me gifle. Où ai-je donc été éduquée pour bafouer ainsi son autorité ? Je m'insurge, je hurle au scandale, n'a-t-il donc point de parole ? Son engagement auprès de Jean n'a-t-il aucune valeur ? Mon père serre les dents et m'accuse de n'avoir même pas su le retenir.

Mon cœur s'arrête de battre.

Plutôt mourir que de me plier à ses ordres ! Je m'enferme plusieurs jours dans ma chambre. Mon père n'en a que faire. Alors, je tente de l'amadouer, lui remémore les bons moments passés avec Jean. Il reste inflexible. Le silence de Jean parle de lui-même et mon honneur ne saurait être entaché par celui d'un homme sans principes ! Exaspéré, il m'invective et s'en prend à ma mère qui me supplie d'accepter.

J'enrage de ce monde qui ne tourne que grâce aux femmes et les brise du même temps. Que de nuits sans sommeil et de rêves de fugue cette année-là... Et de colère contre Jean. Où est-il, lui qui a juré de me protéger et de m'aimer dans cette vie et les suivantes ? Où est-il celui qui offre un monde où les hommes s'arment de caresses et de respect quand chez moi tout se discute à coups de ceinturon ?

Lucienne, elle, comprend ma colère. Elle me serre dans ses bras. Je fonds en sanglots.

– Ne pleure pas, dit-elle. Après tout, il est bien mis, et beau garçon. On dit qu'il est drôle et qu'il ira loin.

– Mais Jean ?

Elle me prend par les épaules et plonge ses yeux dans les miens. Je réalise qu'elle a beaucoup grandi et me dépasse à présent de cinq bons centimètres.

– Les hommes ne valent rien, lâche-t-elle d'un air grave qui contraste étrangement avec son visage d'enfant. Ils cherchent tous la même chose et ne donnent que pour recevoir. Épouse Gaston et sois heureuse. Ça lui fera les pieds, à l'autre !

Ce disant, elle crache par terre. Lucienne a treize ans et ne s'encombre pas de rêves. La vie ne lui a rien donné, pas même de faux espoirs. Lucienne a treize ans et pour elle, tous les hommes sont des salauds. L'affection qu'elle avait pour Jean s'est muée en haine, une haine pour les hommes, tous autant qu'ils sont. Une haine nourrie par chaque visite dans la chambre de sa mère où l'amour s'offre à qui veut, sans que jamais il en reste un peu pour elle.

Je serre les poings et relève le menton. Le lendemain, la mairie publie les bans.

44

Lucienne pose sur la table une daube fumante d'où émergent quelques carottes tendres. Flavio tend son assiette et Zerbino appuie son museau sur la cuisse du vieil homme. L'atmosphère est lourde. Son maître n'a pas ouvert la bouche depuis l'odeur des chiens et de la sueur dans la truffière. Quant à Lucienne, elle est si pâle qu'elle tremble un peu en remplissant l'assiette d'Antoine.

– Qu'ont dit les gendarmes ?

– Qu'ils vont ouvrir l'œil ! Tu parles ! fulmine Antoine.

– Les salopards…

Le vieux Flavio trempe son pain dans la sauce.

– Et toi, tu te laisses faire ! s'écrie soudain Lucienne.

Antoine lève ses yeux sombres sur elle.

– Je me laisse faire ? C'est à moi que tu dis ça ? Rien ne serait arrivé si tu arrêtais de craindre ces ordures comme tu crains le bon Dieu !

Lucienne abat son poing sur la table, mais ne réussit qu'à faire trembler les verres.

– Ça suffit ! J'ai passé l'âge d'être humiliée et qu'on me dise ce que je dois faire !

– Tu as surtout passé l'âge de vivre avec des fantômes ! Je n'en peux plus de tous ces mensonges ! Ni de ce village ! Je vais partir, mais crois-moi : avant, tout le monde saura qu'ici je suis chez moi autant qu'un autre !

– C'est ça, va-t'en ! Et emporte avec toi cette fille de malheur ! Elle fouine partout ! Rien de bon n'en sortira, crois-moi !

Et elle s'effondre. Antoine la rattrape de justesse.

– Oh !

– Lucienne, qu'est-ce qui t'arrive ? s'alarme le vieux Flavio. Assieds-toi !

Il file à la cuisine et en revient avec un torchon imbibé d'eau fraîche. Il le pose sur le front de Lucienne, lui sert un verre d'eau. Lucienne les repousse faiblement.

– Viens t'allonger.

Dans la chambre, Antoine ferme les volets. Flavio retourne au salon, Zerbino sur ses talons. Lucienne attrape son petit-fils par la manche.

– Antoine…

Le jeune homme s'assoit sur le lit.

– Si je dois mourir bientôt, sache que j'ai fait ce que je pensais être le mieux. Et pour le reste…

– Le reste ?

– J'ai cru bien faire, tu sais…

– Mais de quoi tu parles ?

– Ne laisse personne changer l'image que tu as de moi. Je t'en supplie ! Surtout pas Julia.

Antoine se redresse, étonné d'entendre prononcer à nouveau ce prénom. Qu'est-ce que Julia a à voir avec le déclin si soudain de Lucienne ?

– Mèfi à cette fille ! poursuit-elle faiblement. J'ai fait des erreurs, mais j'ai été sincère dans l'amour que j'ai porté aux autres.

De quoi parle-t-elle ? Il ne comprend pas. S'apprête à poser des questions, mais sa grand-mère a fermé les yeux et semble dormir. Il caresse sa main et sort en refermant doucement la porte derrière lui.

C'est le plus triste des mariages. Ma robe a été cousue dans un reste de soie blanche, et ma mère déploie mille efforts pour égayer cette journée sans parvenir à me faire sourire. Depuis un mois, mon père ne nous adresse plus la parole. Il disparaît dès qu'il le peut avec Gaston. De mon futur mari, je ne connais rien si ce n'est son goût pour le tabac et le pastis.

Quand je remonte l'allée au bras de mon père, mon esprit flotte quelque part en Méditerranée. Perdue en haute mer, je prie pour que Jean apparaisse dans la nef. Je ne sais plus qui je suis, et vers quoi tend ma vie. Je tente de me rassurer en voyant le visage encourageant de mes amies, et celui de Lucienne, assise au premier rang.

Oui, ma Lili, j'ai été mariée, avant ton grand-père. Tu comprends maintenant pourquoi il n'y a pas à la maison de photo de lui et moi souriant sous une pluie de grains de riz. J'avais déjà été mariée à l'église avant, et j'ai honte que tu l'apprennes aujourd'hui. Ne m'imagine pas en femme de peu de valeur, prête à s'amouracher du premier venu. D'amour, il n'y en avait pas.

Mon père a organisé un banquet après la cérémonie. Un photographe a immortalisé l'instant mais j'ai brûlé tous les clichés. Parfois, j'arrive à me convaincre que ce mariage n'a jamais eu lieu. Gaston boit beaucoup ce soir-là et, au moment de partir, il fond en larmes.

Un train nous emporte vers la Normandie pour notre voyage de noces. Gaston a été élevé par une vieille tante originaire du Mont-Saint-Michel. Je quitte pour la première fois ma Provence, mais le parfum de l'océan n'a rien de comparable avec celui de la Méditerranée. Il fait froid et humide, et Gaston exprime à mon égard un désintérêt poli. Certes, je suis jeune et naïve, mais les baisers chastes qu'il dépose chaque soir sur mon front ne cessent de m'étonner. C'est sans doute de ma faute, me dis-je. Quelque chose chez moi fait fuir les hommes. Jean m'a abandonnée, et mon mari me tourne le dos. Mais à qui demander conseil ? Je me sens terriblement seule, ma mère me manque.

À notre retour, Gaston s'installe chez nous. Il travaille souvent de nuit et nous nous croisons peu. Les premières semaines me donnent à penser que rien n'a changé pour moi. Je suis libre d'aller et de venir, tout juste si je remarque que quelqu'un partage mon lit. Je décroche mon diplôme de dactylo et, en attendant de trouver du travail ailleurs, j'aide mon père à la quincaillerie.

Les mois passent et mon père me confie de plus en

plus souvent la boutique. Les catalogues, les factures et les inventaires n'ont bientôt plus de secret pour moi. Les affaires marchent bien et les clients sont contents. À ma grande surprise, mon père accepte de me payer un salaire. Le peu d'argent que je gagne, je le remets à Gaston. Avec dégoût. Lui le glisse dans la table de chevet, sans un mot.

Un jour, un client entre dans la boutique. Cheveux bruns, yeux bleus, un peu plus âgé que moi. Il a une cicatrice à l'œil gauche qui donne à son visage un air étrange. Il sourit timidement, comme pour s'excuser d'être là.

– Je cherche un jouet. Pour un petit garçon.

Les r roulent sur sa langue. Ce jeune homme vient du froid.

– Quel âge a-t-il ? lui demandé-je.

Ma question le prend de court.

– Cette taille-là, à peu près… ?

Il étire ses mains pour figurer un petit paquet, la largeur d'une bûche, d'un grand pain, ou d'un gros poisson. Je ris de bon cœur. Il rougit.

Je le guide le long du comptoir, lui montre un ours en peluche, notre collection de soldats de plomb, une toupie, des automobiles miniatures. Il opte pour un canard à roulettes. Nous faisons connaissance tandis que j'emballe l'objet dans un carton. Je viens de Ploumilliau, me dit-il, sans quitter des yeux le canard en bois. Suis-je déjà allée en Bretagne ? Je secoue la tête, ses yeux s'illuminent et il ose enfin croiser mon regard en me parlant de son pays natal. Ce garçon taiseux et courtois s'appelle Baptiste. Il travaille à Toulon comme officier de la marine et rend visite à des amis installés dans le village. Je lui remets le jouet, il me salue, sa paupière gauche paresseuse pourrait laisser croire qu'il me fait un clin d'œil.

Baptiste et son drôle de visage reviennent le jour suivant. Il a besoin d'une louche. D'un panier en osier. De cirage, d'une bassine, d'une cafetière, de clous. J'en viens à attendre ses visites. De fil en aiguille, nous apprenons à nous connaître. Il m'aide parfois à ranger la boutique, à passer un coup de balai, ou à trier des vis. Je me confie à lui. Son oreille attentive me fait du bien.

Chaque jour, je redoute un peu plus de rentrer chez moi. Gaston a la main lourde sur la bouteille, et la manière dont il s'adresse à ma mère me rend folle. Pour une raison que j'ignore, elle est la cible de ses railleries et de ses blagues nauséabondes. Mon père, dans ces moments-là, est aux abonnés absents. Un soir, pendant le dîner, Gaston annonce avec fierté qu'il va quitter la gendarmerie et acquérir une pâtisserie. Il veut devenir propriétaire et a besoin de moi pour l'aider.

– La quincaillerie, c'est pas un métier pour une femme ! s'exclame-t-il.

Je lève la tête de mon assiette, abasourdie. Voilà qu'en plus de me prendre ma liberté, il veut me forcer à quitter mon travail ?

– Je quitterai la quincaillerie le jour où tu quitteras ta bouteille. Ça nous laisse un peu de temps.

Gaston repousse sa chaise et m'assène une gifle retentissante. Ma mère pousse un cri. Je lève les yeux vers mon père qui, occupé à couper du pain, fait semblant de ne rien voir. Que pense-t-il à cet instant ? Depuis plusieurs semaines, il m'adresse à peine la parole. Se sent-il coupable d'avoir fait entrer cet homme dans nos vies ? Rien n'est moins sûr. Les femmes à cette époque étaient peu de chose, ma Lili. Mon père a trouvé en Gaston le fils qu'il n'a jamais eu.

Ils dînent comme si nous n'étions pas là. Ma mère fait le service, mutique. Je comprends alors que ce n'est pas Jean qui m'a quittée, mais mon père qui nous a séparés pour laisser la place à cet homme. A-t-il brûlé ses lettres ? Lui a-t-il écrit en inventant les pires mensonges à mon sujet ? Je ne le saurai jamais.

Ce soir-là, je me fais la promesse de mettre un terme à cette vie. Quand et comment ? Je n'en sais rien, mais ma décision est prise. Je ravale ma colère et serre les dents.

Les semaines passent. Baptiste m'invite de temps à autre à prendre une glace sur la place. Il fume plus qu'il ne mange. Me parle de sa Bretagne natale, de ses falaises et de sa mer tourmentée, de ses plaines et de ses villages, de ses projets de voyage et de la ferme où il est né. Quand il revient de permission, il m'apporte parfois quelques douceurs, sablés bretons ou crêpes au beurre salé. Lui parler m'aide à tenir bon. À la maison, les disputes et les crises sont de plus en plus fréquentes, et ma mère dépérit. La douceur et le respect que me témoigne Baptiste me donnent de l'espoir. Sans doute existe-t-il ici-bas quelques hommes qui méritent notre affection…

Pourtant, un matin, Baptiste m'annonce qu'il est envoyé dans les colonies. On l'attend dès la semaine suivante au Maroc, où il poursuivra sa mission. À ces mots, mon cœur se serre. On m'enlève mon seul ami ! Baptiste n'est pas très expansif, mais il m'assure qu'il sera toujours là si j'ai besoin de lui. Je note son adresse en lui promettant de lui écrire. J'ignore alors que ce bout de papier va me sauver la vie.

45

Sa grand-mère, mariée contre son gré ! Julia repose le carnet, elle est livide.

Elle jette un coup d'œil ému à Jeannine, assise de l'autre côté du salon. Absorbée par un programme télévisé. Des applaudissements s'échappent du petit écran où deux joueurs se défient en poussant la chansonnette. Ses joues sont creuses et elle a maigri. Le matin même, le médecin ne s'est pas montré très optimiste quant à son état.

Félix soupire de tristesse. Le récit du carnet le touche plus qu'il ne l'aurait imaginé. Ses deux mains, tendues, sont entourées de laine. À l'autre bout de l'écheveau, Madeleine, les sourcils froncés, fait une pelote. Félix est assis près de Julia. Sa lecture du carnet l'affecte de plus en plus. La date en haut de la page indique le mois d'octobre, peu avant l'arrivée de Jeannine à la Bastide du Figuier. La vieille dame aura-t-elle eu le temps d'aller au bout de son histoire ?

– C'était une autre époque…, dit-il, peinant à trouver

les mots pour réconforter Julia. Les hommes croyaient bien faire, ils avaient toute autorité…

– Et broyaient leurs filles et leurs femmes sous le joug de leurs caprices !

Elle déglutit, une boule s'est formée dans sa gorge. Jeannine fredonne un classique d'Aznavour.

– C'est quand même étrange que son père l'ait forcée à se marier si vite, commente Félix à voix basse en tournant ses poignets. Il avait pourtant accepté qu'elle épouse Jean…

– Son père a peut-être pris peur à cause de son silence…, tente Julia. Mais ce silence est incompréhensible. À moins que ma grand-mère ne se soit fait mener en bateau…

– Personne ne le saura jamais.

Plume s'étire longuement avant de bondir sur les genoux de Félix qui pousse un cri de douleur.

– Ce chat a encore grossi !

Madeleine lève la tête et sourit.

– Ils annoncent de la neige.

Puis, elle saisit un morceau de papier sur lequel elle griffonne quelques mots avant de le glisser de ses doigts déformés à l'intérieur d'un bonnet et se remet à sa pelote. Julia meurt d'envie de lire la citation tout autant que de savoir à qui elle est destinée.

– Et Baptiste, c'est ton grand-père ? demande soudain Félix.

Julia esquisse un sourire triste et s'apprête à lui

répondre lorsque le téléphone de Félix se met à vibrer. La jeune femme s'en empare et le lui tend, mais Félix lève ses bras immobilisés par la laine en signe d'impuissance.

– C'est Kiki qui t'écrit, lit Julia.

– Qui ?

– Kiki... Kiki Guinguette !

Félix pouffe.

– Qu'est-ce qu'elle veut ?

Julia parcourt le message et lève un sourcil intéressé.

– Elle t'envoie une annonce ! « Recherche danseurs à vocation pluridisciplinaire pour un spectacle de music-hall à Marseille. Taille minimum : 1,70 m. Expérience de la scène valorisée. Si ce casting vous... »

– C'est bon, tu peux l'effacer, la coupe Félix tout en essayant de se débarrasser du chat.

Julia le dévisage. Dans ses yeux verts, une lueur sombre.

– Je ne suis pas intéressé par les auditions, se justifie-t-il. C'est toujours la même chose. Une foire d'empoigne où tout le monde se tire dans les pattes. Tu perds ta journée et, au final, il ne se passe rien.

Un silence.

– Tu as peur ?

Félix hausse les épaules et secoue ses genoux. Le chat en surpoids s'affale au sol en miaulant.

– Tu as peur ! s'exclame Julia. Mais c'est un comble ça ! Où est passé celui qui prône la vulnérabilité, l'ouverture à l'inconnu, de prendre le risque de tout perdre pour se sentir vivant ?

– T'apprends vite !

– Cinquante euros que t'auras pas le cran d'y aller !

Le visage de Félix se ferme.

– N'insiste pas. Les concours, c'est pas mon truc. Ma place est ici, auprès de Jeannine.

Il dépose son écheveau de laine sur la table, s'approche du phonographe et glisse un disque sous l'aiguille. Un air de swing résonne dans le salon.

– Jeannine, vous m'accorderez bien une danse ?

La vieille dame, ravie, lui offre sa main, et tous deux se mettent à tourner doucement. Madeleine secoue la tête en rythme. Félix, tout à ses pas cadencés, ne voit pas Julia prendre des notes, le nez dans son téléphone. Dansera bien qui dansera le dernier, songe-t-elle. Une fois son message envoyé, elle en profite pour répondre à son éditeur qui se réjouit de l'avancée de son livre. Il aime particulièrement le portrait sur le trufficulteur et son chien. Lui est-il possible de faire davantage de photos ? Julia lève les yeux au ciel. Revoir Antoine ? Plutôt mourir ! Elle ignore depuis deux jours ses messages, malgré les encouragements de Félix à mettre un peu d'eau dans son vin. Elle n'a qu'un but : terminer le livre, faire la lumière sur les confidences de sa grand-mère avant de rentrer à Paris. Et parler au médecin. L'état de Jeannine la préoccupe et ses espoirs de retrouver celle qu'elle était jadis s'amenuisent de jour en jour.

Julia caresse le carnet du bout du doigt, le feuillette doucement et en tire la photo de Jean Coloretti, main dans la main avec Jeannine. Que s'est-il passé pour qu'il disparaisse aussi brutalement ? Est-il mort ? L'a-t-il cherchée ? Elle détaille les yeux de Jean, son sourire. Rien dans ce visage ne peut laisser présager le drame qui se prépare. L'expression insouciante de sa grand-mère lui serre le cœur.

Au même instant, Gisèle pénètre dans le salon, triomphante. Julia détaille sa robe vert pomme et le rouge qui colore ses joues : Gisèle s'est faite belle.

– Je vous le dis tout net : l'Internet, c'est l'avenir ! s'exclame-t-elle.

Julia se fige et son visage s'éclaire. *L'avenir.* Comment n'y a-t-elle pas pensé plus tôt ? Et s'il n'était pas trop tard pour réécrire le passé ?

Liste des bruits qui me rendent heureuse

L'angélus porté par les trois cloches du village
Le roulis de la meule qui broie les olives noires
La première cigale de juin
Le clapotis de la fontaine sur la place
Le portail qui grince pour annoncer Lucienne
L'oignon qui caramélise dans la poêle
Le générique de l'émission de Nagui
Le vent dans les feuilles de mon abricotier
Les crapauds qui s'aiment les nuits d'été
Les cloches de nos chèvres, là-haut dans la montagne
Le crissement du gravier sous la bicyclette du facteur
Le bouchon qui s'échappe d'une bouteille de rosé
Les pétards du 14 Juillet

46

– « Une mamie tricoteuse affole le monde de la mode », lit Julia, sous les yeux émerveillés des pensionnaires.

Ils l'écoutent dans un silence de cathédrale.

Sur la cinquième page de *Var-Matin*, une photo de Madeleine et de Gisèle se tenant par le bras. Devant elles, Pierrot et Fernand posent tout sourires, leurs bonnets sur la tête.

– « À peine lancé, le site de la petite boutique croule déjà sous les demandes. La raison de ce succès ? Des bonnets tricotés main par une grand-mère philosophe. Les heureux propriétaires le jurent : ces bonnets aux mystérieux messages ont changé leur vie. »

Cris de joie. Gisèle, rayonnante, embrasse Madeleine, dont les aiguilles se croisent sous le regard torve de Plume. Les oreilles rouges, Billy couve Gisèle du regard.

– Va falloir recruter, mesdames ! s'exclame Félix.

– C'est en cours, répond Gisèle, avec le sérieux d'une directrice du CAC 40. Nous recevons des courriers de toute la France de grands-mères qui proposent de tricoter pour nous. Mais nous sommes très exigeants sur la qualité, n'est-ce pas, Madeleine ?

Madeleine sourit, son visage de petite souris éclairé par ces bonnes nouvelles.

– Je vous sers un petit rafraîchissement ?

– Non Madeleine, pas le temps ! Le président de la République doit être en train de commander un bonnet à l'heure qu'il est ! Quant à nous, Billy, on a du pain sur la planche ! Où sont Pierrot et Fernand ? Faut qu'on les prenne en photo avec les dernières créations de Madeleine !

Billy, perdu dans un pull trop grand pour lui, saisit son appareil et disparaît derrière elle. Clin d'œil d'Éliane à Julia, il semble que Gisèle ait encore de beaux jours devant elle.

– Karl Lagerfeld n'a qu'à bien se tenir ! s'exclame Félix. Que diriez-vous de faire un tour à Paris, Jeannine ? Cela nous donnera l'occasion d'admirer la Seine et de danser le tango sur les quais !

Jeannine sourit, ravie, tandis que Madeleine casse un fil de laine d'un coup de dents. Elle tourne le bonnet dans ses mains, pour s'assurer qu'il n'a aucun défaut, et le tend à Julia.

– Merci, Madeleine ! Il est superbe ! Félix, faut qu'on y aille. Éliane, vous pouvez prendre le relais ?

Éliane acquiesce, mais Félix blêmit.
– Vraiment ?
Mais Julia a déjà ouvert la portière de la voiture.

Ma petite chérie,

Je t'écris depuis mon lit où le sommeil m'évite comme un vieil ennemi. Est-ce parce que mon esprit se prépare à partir en voyage ? Ou à cause de tous ces souvenirs qui s'agitent dans ma tête ?

Hier, prise de remords, j'ai failli tout jeter au feu. Le carnet, les photos, tout. Je pestais en répétant : « à quoi bon ? », « que va-t-elle penser ? » Et puis, le téléphone a sonné. C'était toi, ma libellule, qui venais prendre de mes nouvelles. D'entendre ta voix, mon cœur s'est remis à chanter. Tu m'as dit que tu ne viendrais pas avant Noël, mais que tu pensais à moi. Si tu savais, mon ange, le bonheur que me procurent tes appels ! En raccrochant, j'étais bien joyeuse. Ragaillardie, je me suis dit que tu méritais de savoir. Peu importe ce que tu penseras de moi, et si j'égratigne le souvenir des absents. Je crois que la mort n'excuse rien, et que certains morts ne méritent pas plus de respect que d'autres vivants.

Un soir, Gaston rentre tard. Allongée dans notre lit

conjugal, je feins de dormir pour ne pas avoir à lui adresser la parole. La veille, ma mère a tenté de dissimuler un œil au beurre noir qu'elle affirme s'être fait en tombant dans la cuisine. Mon père s'enferme de plus en plus dans le silence. Gaston, lui, est à la noce tous les soirs. Je redoute ses humeurs.

Quand il entre dans la chambre de son pas lourd et aviné, il sent l'alcool et trébuche contre un meuble. Il hurle mon prénom. Je m'empresse de me lever de peur qu'il ne réveille toute la maisonnée. Je l'ai à peine rejoint qu'il aboie :

– Sers-moi un verre avant que je m'énerve !

Je tente de le raisonner, l'invitant à se déchausser et à se coucher près de moi. Il lève la main pour m'atteindre, mais trop éméché, rate son coup. Son bras heurte le mur dans un bruit sourd. Il reste bête un instant avant de fondre en larmes. Il marmonne une phrase incompréhensible. Des excuses ? Une confession ? Je tends l'oreille. Ce qu'il dit me glace. Il m'avoue en pleurant un amour indomptable, déchirant, qui le consume tout entier. Me supplie de le pardonner.

Les mots qu'il prononce me parviennent par bribes. Gaston, amoureux de mon père ? Je tressaille. C'est impossible. Qui d'autre est au courant ? Et surtout : est-ce de ma faute ?

Que j'ai honte, aujourd'hui encore. Je reste persuadée que je suis seule responsable de tout ce malheur. C'est moi qui ai fait fuir Jean, c'est moi qui ai fait sombrer mon mariage, et moi qui plus tard briserai le cœur de ma mère. Mais qu'aurait-il fallu faire ? Je l'ignore encore.

Quand Gaston s'endort enfin, les questions se bousculent dans ma tête. Quelle sera ma vie si je reste ? Ai-je le droit de rêver plus loin que ce lit triste où je me couche chaque soir ? Mais que deviendra ma mère si je pars ? Qui la protégera ? Et surtout, y survivra-t-elle ?

Même si je le déteste profondément, les aveux de Gaston me font de la peine. L'égoïsme et la cruauté de mon père ont fait beaucoup de dégâts, et Gaston souffre sans doute autant que moi de ce mariage. Toute ma colère se reporte alors sur mon père. Est-il assez naïf pour ne pas avoir compris ? M'a-t-il forcée à l'épouser en connaissance de cause ?

Ah ! ma chérie ! À présent que la nuit se lève sur ma pauvre existence, je dois me résoudre à ne jamais avoir de réponses à toutes ces questions. Pourtant, mon humiliation, ma fureur et mon chagrin sont intacts. Ce mariage a brisé mes rêves. Aujourd'hui encore, je ne peux m'empêcher de maudire mon père en voyant son portrait.

Ce soir-là, je sais que le plus triste reste à venir.

47

Zerbino trottine, le museau au vent.

Au loin, les silhouettes du vieux Flavio et d'Antoine marchent côte à côte. Zerbino s'imprègne des parfums de la forêt. La terre, les feuilles, l'humus. L'écorce et la roche. Il perçoit l'odeur de fourmis, d'un lièvre quelques kilomètres plus loin, mais pas de champignons noirs.

Il s'en retourne vers son maître, attentif à ses indications et à son humeur inquiète. Où est passée la fille au goût de miel ? Antoine tire de sa poche quelques biscuits qu'il lui lance machinalement avant de lâcher :

– Je vais vendre le terrain.

Le vieux Flavio s'arrête. Le vent soulève les pans de sa veste.

– Antoine…

– Je suis allé voir Charretier. Je lui ai montré l'acte de propriété et la preuve qu'Émile était mon grand-père.

– Il t'a cru ?

– Bien obligé. Je lui ai dit aussi que je tuerais le premier qui remettrait les pieds ici.

Un écureuil les observe depuis les branches d'un chêne blanc. Zerbino dresse les oreilles, intrigué.

– Et pour Lucienne ? demande le vieil homme, soucieux.

– Je n'ai rien dit.

Antoine sort les mains de ses poches et siffle. Il est temps de faire demi-tour. Leur longue marche n'a rien donné. La truffière, mise à mal par les pillards, ne donnera pas aujourd'hui. Zerbino chemine à leurs côtés, calant son pas sur celui de son maître. De retour à la maison, Zerbino s'ébroue, lape un peu d'eau dans sa gamelle et saute sur le canapé. Antoine débouche une bouteille de pastis.

– À l'avenir, mon Flavio ! lance-t-il sans entrain. En ce qui me concerne, il s'écrira à Marseille, loin de ces charognards.

Flavio lève son visage buriné vers Antoine.

– Alors c'est ça, hein ? À la première difficulté, tu te dégonfles ? Qu'est-ce que tu croyais ? Que la truffe se donnait au premier venu ?

Il poursuit sans lui laisser le temps de répondre :

– Je te croyais plus malin ! Je pensais que tu avais compris que ça demanderait du courage, de la patience, de la volonté. Mais sans doute que je me suis trompé.

Vexé, Antoine ne relève pas.

– Écoute-moi, fils, poursuit le vieil homme. La vie, à chaque épreuve, t'offre une leçon. Si tu veux retourner à tes poissons, vas-y. Mais ne le fais pas par dépit. Tu es un homme intelligent… Montre-leur de quoi tu es capable ! Pourquoi tu n'ouvres pas un restaurant ? Tu es le meilleur cuisinier que je connaisse ! Et tu verras que Charretier et les autres se battront pour te vendre leurs champignons !

Antoine observe le vieil homme. Ses manches trouées, ses mains rugueuses et ses yeux rendus vitreux par la cataracte. Il le connaît comme personne, et si sa fierté l'empêche de l'admettre, ses paroles résonnent en lui. Il vide son verre en silence. Zerbino ouvre un œil quand son maître saisit la bouteille et les ressert.

– Et cette fille, tu l'aimes ?

Antoine soupire et hoche la tête.

– J'y pense nuit et jour. Mais on n'a rien à faire ensemble. Ou plutôt, c'est elle qui n'a rien à faire avec moi.

Flavio balaie sa phrase de sa main parcheminée.

– Bah ! Si quelqu'un comprenait quelque chose à l'amour, crois-moi, il serait milliardaire. La truffe est le plus grand mystère de ce monde, après celui du cœur ! Arrête donc de chercher à savoir la direction du train. Prends-le en marche et laisse-toi aller. Tu te dis aujourd'hui que tu as le temps, et un jour, tu te diras que c'est trop tard. La vie nous file entre les doigts… Moi, je crois que pour toi le meilleur est à venir.

C'est mon anniversaire. Cette phrase résonne dans ma tête. C'est mon anniversaire et c'est la dernière fois que je dors dans ces draps.

Je frissonne. Le traversin sent la lavande, j'ai une pensée pour ma mère qui use ses mains rougies tous les matins au lavoir. C'est la dernière fois que je dors dans ces draps, ces draps qu'elle frottera demain en écoutant d'une oreille distraite les commérages des voisines. Ma mère, mon amour.

Derrière les volets, le jour se lève à peine. Je me tiens au bord du lit, le plus loin possible de lui. Aucune partie de mon corps ne doit l'effleurer.

Aujourd'hui, j'ai vingt et un ans. Il est temps de partir.

Je pose les pieds sur le sol. J'enfile mes bas, une robe en laine épaisse et un gilet. Je détourne les yeux de la chaise sur laquelle gît son uniforme bleu marine, son gros ceinturon, son caleçon et ses chaussettes sales que ma mère ramassera dans quelques heures.

J'ai peur. Je le regarde pour la dernière fois. Il dort. Je devine les petits yeux rapprochés sous les paupières fermées, l'haleine de whisky sur la langue empâtée.

Le cœur battant, j'ouvre doucement le tiroir où chaque vendredi Gaston range ma paye. Je prends les billets, j'hésite, me ravise, j'en laisse la moitié. Les glisse dans mon sac à main.

Sans me retourner, je sors de la chambre. J'attrape un bout de pain que je fourre dans ma poche. Mon cœur bat à tout rompre. Cet instant, je veux le graver dans ma mémoire. Comme le décor du salon. Quand mon regard se pose sur la pelote de laine et les aiguilles de ma mère, j'ai les larmes aux yeux. Je fixe son tricot et pense à ses mains douces. J'ai peur pour elle, bien plus que pour moi. Il me vient l'envie furieuse de courir jusqu'à sa chambre. Viens vite, c'est un long voyage qui nous attend, je t'en supplie, dépêche-toi.

Des bruits de pas au bout du couloir. J'attrape la valise minuscule dissimulée dans un placard et ferme la porte le plus doucement possible. Je descends les escaliers, la peur au ventre. Et si mon père apparaissait dans l'escalier ? Mais le crâne dégarni de mon père n'apparaît pas. Il n'apparaîtra plus.

Mes semelles claquent sur les pavés alors que je remonte la ruelle jusqu'à l'église. Je ne respire plus. Les cloches sonnent sept heures, le car s'arrête, je monte. Dans ma poche, j'ai l'appoint. Debout derrière la vitre, je regarde s'éloigner le village. L'église de ma communion. La fontaine où je me rafraîchissais enfant. Les pins. Les champs de lavande. Le lavoir où ma mère noiera demain son chagrin. Sur mon manteau de laine, les larmes meurent en silence.

Alors que l'autocar m'emporte vers Marseille, je songe que Baptiste ne sait pas que je suis en route. Je serre dans ma poche le papier où est notée son adresse. Demain, si Dieu le veut, je poserai le pied sur le tarmac de Casablanca. Seule et majeure.

Tout au long de ce voyage, je pense en pleurant à ma mère, abandonnée seule à la colère de ces hommes. Sans doute n'aura-t-elle pas la force, demain, d'aller jusqu'au lavoir.

48

Seule, dans la voiture, Julia tente de refouler ses larmes.

Sa grand-mère a eu le courage de prendre la fuite. De braver l'inconnu. De surmonter sa culpabilité vis-à-vis de sa mère pour se sauver elle-même. Voilà ce dont Jeannine a sans doute le plus honte.

Julia effleure le carnet des doigts. Les feuillets restants sont vierges. Entre les pages qu'elle espérait remplir, sa grand-mère a glissé des photos. On la voit au bras de Baptiste, jeune, le regard doux et la pipe aux lèvres, dans une palmeraie. Jeannine sourit, mais dans ses yeux, une ombre de chagrin. Quel courage de partir si loin ! Quel courage, ou plutôt quelle détresse…

La suite, Julia la devine. Baptiste l'accueille, surpris. Il la prend sous son aile et le temps transforme ces deux amis en amants. Julia se rejoue le film de son histoire. Trois hommes, deux drames, une passion. La vie tient à peu de chose. Les amours les plus folles côtoient les chagrins les plus grands.

Son téléphone émet un son depuis son sac à main. Inspirée par Gisèle, elle a posté quelques jours plus tôt une annonce sur un forum de généalogie afin de retrouver la trace de Jean et de Gaston. Que sont-ils devenus ? Y a-t-il une chance pour que Jean soit encore vivant ? Un bénévole vient de lui répondre.

Julia sèche les larmes sur sa joue et ouvre la pièce jointe, la gorge serrée. Un acte de naissance au nom de Gaston, Marcel, Paillard s'affiche sur l'écran, dans une écriture penchée et presque illisible. Julia déchiffre péniblement le texte venu d'un autre âge. « Le vingt-deux février de l'an mille neuf cent dix-huit »... On y mentionne le prénom des parents, et même celui de la sage-femme ayant procédé à l'accouchement. Julia scrute chaque information, s'étonnant du peu de détails auquel se résume un homme. Profession du père : ouvrier. Profession de la mère : femme au foyer. Le tampon de la ville côtoie la signature d'un agent de la mairie. Et puis, à la main, écrit dans la marge :

« Marié à Jeannine, Paulette, Paoli, le 6 janvier 1945, à Saint-Amour. »

Son cœur se serre. Voir le nom de sa grand-mère rend l'histoire terriblement réelle. Le mariage mélancolique, la robe en soie, les rêves abandonnés. Elle s'arrête sur le sceau de la mairie, détaille les signatures. Tout en bas, tapé à la machine :

« Décédé à Toulon, le 10 mars 1964. »

Julia fixe les trois syllabes sur le petit écran.

Décédé.

Gaston a-t-il vécu dans la région ? Tenté de refaire sa vie, après le départ de Jeannine et la mort de Joseph ? Jeannine a-t-elle été informée de sa disparition ? Ou a-t-elle vécu toute sa vie avec l'angoisse que Gaston la retrouve ?

Coup d'œil à l'horloge du tableau de bord. Félix lui a demandé de l'attendre dans la voiture, mais elle ne tient pas en place. Elle attrape le sac à dos qu'il a oublié sur la banquette, un prétexte tout trouvé pour le rejoindre.

La salle est habillée de miroirs. Une cinquantaine de personnes se pressent à l'intérieur dans un silence épais. Julia aperçoit Félix dans un coin, visiblement inquiet. Elle se faufile dans la foule, dépasse une fille qui fait le grand écart, contourne un danseur qui s'échauffe, le pied dans la main. En short et débardeur, Félix entame une série de pliés, la tête haute, le dos droit. Il sursaute en la voyant.

– Qu'est-ce que tu fais là ? Je t'avais dit de ne pas venir !

– Je voulais te souhaiter bonne chance !

Livide, Félix est méconnaissable. Une voix s'élève dans la salle. Une femme frappe dans ses mains et parcourt les postulants du regard. Ses longues tresses lui tombent en bas du dos. Julia la trouve intimidante.

– OK, dans cinq minutes on vous montre la choré. Ça va aller très vite, donc soyez prêts. Ensuite, vous vous mettrez dix par dix et on voit ce que ça donne. Bonne chance !

Quelques regards à la dérobée. Les concurrents tentent d'évaluer leurs adversaires.

– Tu la connais ? souffle Julia.

Félix secoue la tête. Elle se demande si elle a bien fait d'insister pour qu'il participe au casting. Entourée de tous ces danseurs prêts à en découdre, elle en vient à douter. Près d'elle, une jolie rousse l'effleure et enchaîne une série de pirouettes impeccables. Félix baisse la tête.

– Passe-moi mes affaires, on s'en va.

– Quoi ?

– Je n'ai rien à faire ici.

– Trop tard. Allez, aie confiance en toi, concentre-toi sur la musique...Tu... Tu vas les épater.

La femme aux tresses frappe dans ses mains et leur intime de se mettre en ligne. Tous se disputent le premier rang, sauf Félix, dissimulé au fond de la salle.

Julia s'éclipse et observe derrière le hublot. La femme

entame une chorégraphie qu'elle détaille mouvement par mouvement. Des gestes et des pas d'une telle complexité que Julia s'étonne de les voir reproduits aussi facilement par les danseurs. Au bout de quelques répétitions, la musique se lance.

– 5,6… 5,6,7,8 !

Panique dans les rangs, la vitesse prend tout le monde de court. Félix semble complètement perdu.

– Dernière fois ! Après, c'est à vous ! Vous ferez deux passages ! Donnez tout ce que vous avez !

Concentrés, tous la fixent, attentifs à chacun de ses gestes. Les visages sont tendus. Julia voit Félix interroger sa voisine, il lui demande des précisions sur un mouvement qui lui a échappé. La fille lui tourne le dos. Julia se ronge les ongles, inquiète de la tournure que prennent les événements. Si Félix échoue, il ne voudra plus jamais retenter sa chance. C'est plus qu'un casting qui se joue sous ses yeux, c'est son avenir, sa liberté.

Le groupe se divise en lignes. Dos au miroir, la fille aux tresses les scrute un à un.

– 5,6… 5,6,7,8 !

Les lignes défilent devant elle. Soudain, vient le tour de Félix. Julia retient son souffle. La musique est lancée. Concentrés, les danseurs entament la chorégraphie. Au cinquième mouvement, Félix se trompe. La femme aux tresses secoue la tête et frappe dans ses mains.

– Ligne suivante ! 5,6… 5,6,7,8 !

Julia pousse un juron. Au fond de la salle, son ami rassemble ses affaires pendant que les danseurs entament leur second passage. Il longe le mur et rejoint la sortie. Derrière la porte, Julia le retient.

– Ne pars pas maintenant. Essaie une dernière fois. Je t'en prie, ne les laisse pas avoir le dernier mot.

Félix évite son regard, se dirige vers la porte.

Elle repense à leur discussion sur la terrasse, à son rêve de lumière, à ses parents qui l'empêchaient d'avancer. À Jeannine qui l'a toujours encouragée à suivre ses passions. Si j'écris aujourd'hui, songe-t-elle, c'est grâce à elle. Qu'aurais-je fait, sinon ? Aurais-je eu le courage, comme elle, de suivre ma voie et de forcer mon destin ?

Julia rattrape Félix et le serre dans ses bras. Un long moment. Suffisamment pour sentir son cœur battre. Puis elle prend son visage dans ses mains et plante ses yeux dans les siens.

– «*Sois toi-même, tous les autres sont déjà pris…*», cite-t-elle en repensant au bonnet tricoté par Madeleine pour Félix. Tiens, prends ça Gatsby, dit-elle en lui tendant la paire d'escarpins trouvée dans son sac. Va leur en mettre plein la vue !

Une merveille de talons aiguilles à paillettes que Félix portait chez Madame Arthur. Surpris, il hésite. Puis, sans un mot, les enfile. Il dépasse à présent Julia d'une bonne tête et prend une profonde inspiration avant de pousser la porte battante. Quand il rejoint enfin sa place dans la ligne, il lui jette un coup d'œil à travers le hublot de la porte.

– « Vivant », articule-t-elle en souriant.

49

Lucienne balaie les confettis sur les marches de l'église. Ces saloperies se glissent partout et entre les pavés, c'est impossible à enlever ! Les mains crispées sur son balai, elle s'escrime à frotter. En vain.

La nuit passée, pourtant à bout de forces, elle n'a pas réussi à fermer l'œil. Ses démons l'attaquent sans cesse. Des voix résonnent dans sa tête et elle ne supporte plus l'obscurité. Cela fait cinq jours qu'elle n'a pas rendu visite à Jeannine. Elle ne trouve pas le courage de la voir et redoute de croiser Julia.

La tête lui tourne, elle s'accroche à son balai et réunit les ronds de papier coloré en un tas méticuleux. Les mariages d'hiver sont aussi pénibles que ceux d'été. Quel besoin ont-ils de se donner ainsi en spectacle ! Autrefois, on se contentait de dire oui au curé, sans cette débauche de fleurs, de rubans et de photos. Pire qu'une kermesse !

Une bourrasque disperse les confettis autour d'elle.

De rage, Lucienne jette son balai au sol. Soudain, elle est prise d'un vertige. Elle se retient à la porte de l'église avant de se réfugier à l'intérieur. Elle s'agenouille, le front en sueur. Prie, les lèvres sur les mains. Plus pâle que les statues qui la surplombent. Ses oreilles bourdonnent. La pierre bouge et les visages des saints se déforment.

– Que je sois maudite !

Sa poitrine se soulève. Elle étouffe, une main sur sa poitrine. Son cœur bat à toute allure. Elle n'entend pas la soutane qui effleure les tomettes. Un chapelet dans les mains, le prêtre s'agenouille près d'elle et se met à prier doucement.

– « Ô Vous qui seul êtes Bon et qui ne gardez point le souvenir de nos offenses, Seigneur, je viens Vous confesser mes péchés. Car même si je me tais, Vous savez tout, Seigneur, et rien n'est caché devant vos Yeux. »

Lucienne réprime un sanglot. Le curé psalmodie sans la regarder :

– « J'ai péché, Seigneur, j'ai péché et je ne suis pas digne de lever les yeux pour contempler la profondeur du ciel. »

Un silence. La poitrine prise dans un étau, Lucienne a envie de hurler, de disparaître, elle ne sait plus vers qui se tourner. Le père Marius lui prend la main.

– Je suis là pour toi.

Lucienne se recroqueville sur le banc.

– Quoi que tu aies fait, Lucienne, Dieu peut tout entendre, tout pardonner.

Sa vulnérabilité l'émeut. Les cloches sonnent midi. Lucienne prend une profonde inspiration. La chaleur de la main du père dans la sienne l'apaise. Elle a soudain envie de parler. De tout avouer. Que ça sorte, que ça gicle, quitte à tout éclabousser. Elle veut vomir son chagrin, ses remords et sa détresse. Qu'elle en finisse avec cette culpabilité qui la dévore depuis tant d'années ! Et que le diable l'emporte ! Autant mourir que de survivre une seconde de plus avec ce poids sur les épaules.

– Pardonnez-moi, mon père, car j'ai péché. J'étais jeune et…

Un sanglot l'interrompt, sa gorge est nouée. Le père Marius l'encourage du regard. Lucienne songe qu'elle va le décevoir, et cette idée-là lui déchire le cœur. Les yeux tournés vers le sol, la voix éteinte, elle murmure :

– J'avais douze ans à peine quand je l'ai rencontré. C'était au bal de Sainte-Cécile, après la Libération. Le plus bel homme qu'il m'ait été donné de croiser. Il s'appelait Jean Coloretti.

Son corps se met à trembler. Ses mains, sa mâchoire, ses genoux. Tout lâche.

– Continue…

– Je l'ai aimé de tout mon cœur, de toute mon âme. Cet homme-là, mon père, m'a même sauvé la vie. Il prenait soin de moi, me donnait un peu d'argent, m'a appris à lire, à chanter. Je lui dois tout, et pourtant… Et pourtant, j'ai brisé sa vie et celle de la femme qu'il aimait.

Retour brutal plus de soixante-dix ans en arrière. Elle ferme les yeux. L'église se remplit de lumière. Elle marche dans les champs de lavande, sa main dans celle de Jeannine. Jean lui sourit, et ce sourire la réchauffe. Elle sent encore la chaleur de ses bras, quand il la dépose sur les galets. Et puis le ciel s'assombrit. Seule, dans le couloir sombre et humide qui conduit à la chambre de sa mère. Sur la porte, un foulard rouge lui en interdit l'accès. Elle entend des rires, des gémissements, des soupirs. Elle met ses mains sur ses oreilles. Jean est parti un mois plus tôt et lui manque terriblement. Mais ce qui la fait plus souffrir encore, c'est la morsure de la jalousie. Deux crocs plantés dans son cœur. La veille, Jeannine lui a fait lire la lettre qu'elle a reçue de Jean. Une lettre d'amour magnifique. Et pas un mot pour elle.

Derrière la porte, le lit martèle le mur, les cris de sa mère se font plus rauques. Sortir. Mais pour aller où ? Dehors, il tombe des cordes et le jour peine à se lever. Elle frissonne, tourne la tête vers la sacoche oubliée dans le couloir. Elle reconnaît celle du facteur. Un veuf chauve et gras, qui la reluque à chaque fois qu'il la croise. Ces derniers temps, il est là presque tous les matins, juste avant sa tournée. Elle soupçonne sa mère de vouloir se faire épouser ; avec la Libération, les soldats se font rares.

Lucienne s'approche du sac. Elle écarte les soufflets et saisit un paquet de lettres, bien décidée à les brûler. De quoi décourager le postier de revenir. Elle ouvre le courrier, déchire certains plis, griffonne des obscénités sur d'autres. Soudain, sur une enveloppe l'écriture de Jean. A-t-elle bien vu ? Son cœur lui joue des tours. Elle allume une bougie pour vérifier. L'écriture ronde, ce trait de plume qui enrobe le J comme une étreinte. Elle ouvre l'enveloppe en hâte. Les lettres dansent devant ses yeux. Elle devine le prénom de Jeannine, parcourt le texte du doigt, peine à le déchiffrer.

– À cet instant, le diable s'est caché au fond de mon ventre. Et y est resté. Je me disais : tu dois rendre la lettre, Lucienne, tu dois la rendre ! Mais je n'y arrivais pas. Parce que je devais la lire, encore et encore. À chaque visite du postier, je fouillais son sac. Je m'inquiétais de ses absences. J'avais peur. Peur qu'il n'y ait plus de lettres. Peur que Jeannine reçoive une lettre qui serait pour moi.

Le visage du père Marius reste de marbre. Il recueille en silence ses péchés.

– Je me disais que c'était Dieu qui avait mis ces lettres entre mes mains. J'en ai volé une douzaine, tendres et sincères. Mais plus le temps passait, moins je pouvais les rendre. Jeannine, elle, allait de plus en plus mal. Je l'évitais. La voir me brûlait le corps, la tête. Ce que je faisais était mal, je le savais. Mais après tout, Jean allait revenir et ils se retrouveraient ! C'était pas bien grave ! Quand Émile m'embrassait, je fermais les yeux. Les lèvres de Jean se posaient sur les miennes.

Elle frissonne de plus belle. La sueur lui givre l'échine. Lucifer lui-même souffle un vent glacial sur sa nuque.

– Jeannine avait tout pour elle ! Moi, rien que ces lettres. Oui, Jean finirait par revenir, et tout redeviendrait comme avant... Jusqu'au jour où Gaston est arrivé. C'était ma chance. Mon moment. Dieu l'avait mis sur son chemin. Si Jeannine se mariait, elle oublierait Jean ! Et Jean m'épouserait. Mais Gaston, la rendrait-il heureuse ?

Lucienne fond en larmes et se tourne vers le curé :

– J'étais une enfant, mon père ! Une toute-petite ! Mais que cette toute-petite soit maudite ! Je vous le jure devant notre Seigneur, jamais, non jamais, je n'ai voulu être la cause de tant de peine ! Tant de malheur, à cause de moi...

Lucienne enfouit son visage entre ses mains. Elle ne peut plus parler. Le prêtre la prend dans ses bras et se remet à prier.

– « Ouvrez pour moi les trésors de votre Volonté, étendez sur moi votre Main. Pardonnez-moi tous mes crimes et guérissez mon âme, car j'ai péché contre Vous, Seigneur, contre Vous, à qui reviennent tout honneur et toute gloire dans l'éternité. »

Je ne reverrai jamais mon père. Il mourra un an plus tard d'une crise cardiaque sur la place du village, sous les yeux des boulistes et du curé.

Je ne reverrai jamais ma mère. Elle partira quelques semaines après. Il ne me sera pas donné de l'embrasser une dernière fois. De la prendre dans mes bras, de sentir sa main dans la mienne. Je n'imaginais pas qu'elle me manquerait autant. J'étais jeune, si jeune. Pas un jour ne passe sans que je pense à elle. Le manque me fait si mal.

De mon père, il ne me reste qu'une lettre que m'a transmise le notaire après sa mort.

Ma fille,

Voilà déjà trois mois que tu es partie et je sais que tu ne reviendras pas.

Ton départ m'a brisé le cœur. Et si j'en connais les raisons et ne les cautionne pas, je tiens à te dire que je te pardonne.

J'espère qu'à ton tour tu comprendras que j'ai voulu vous protéger, toi et ta mère. Cela a toujours été ma priorité et je n'ai jamais voulu que ton bonheur.

Quand Jean est parti, je me savais condamné. Ma rencontre avec Gaston m'est apparue comme une chance. Il semblait t'apprécier et j'ai vu en lui l'homme qui prendrait soin de vous quand je ne serais plus là. Mais mon affection pour lui m'a aveuglé, je n'ai pas voulu voir ton chagrin.

Je n'ai jamais été un père tendre, sans doute car je n'en ai jamais eu moi-même. Mais il est trop tard pour revenir en arrière. Je veux que tu saches que j'ai fait de mon mieux pour t'élever et que tu deviennes une femme forte, prête à affronter le monde. Et malgré nos différends, je suis fier de celle que tu es aujourd'hui.

Ma fille, je ne meurs qu'avec un seul regret, celui de n'avoir jamais pu t'exprimer mon affection. Je me console en me disant que tu liras cette lettre.

Je te souhaite, ma chère enfant, une longue et belle vie.

Joseph

Parfois, la nuit, mon père s'assoit sur mon lit et bat la mesure sur une musique imaginaire. Attend-il que je me mette à danser ? À chaque fois, il me dit : « Tu m'as brisé le cœur. » Que faut-il comprendre de ces rêves éveillés ? J'en viens à douter de ces souvenirs. Est-ce ma mémoire qui les fabrique ou ces événements ont-ils vraiment eu lieu ?

Je suis fatiguée ce matin, sonnée par tout ce que je t'ai confié. Je t'imagine lisant ces mots, découvrant ces passions et ces chagrins qui ont été les miens. Ne me juge pas trop durement, ma chérie. Abandonner ma mère a été la chose la plus difficile que j'aie eu à vivre, et je ne me pardonnerai jamais de l'avoir fait.

Mon esprit s'égare dans mes photos, dans mes listes. Il y a des bouts de papier partout, mes buvards sont tachés, je ne sais plus où j'en suis. J'espère que tu trouveras dans ce désordre un peu de ce qu'a été ma vie. Je crains que tout cela ne soit décousu. Je ne suis plus sûre de tout ce que j'ai confié à ce carnet.

Pourtant, écrire m'a fait du bien. Je ne suis pas une sainte mais il y a en chacun de nous une aspiration à aimer autant qu'à être aimé. Nous faisons de notre mieux. Parfois, les chemins des uns creusent les ornières des autres.

Ma Lili, ne perds jamais le goût de la vie, le goût des gens. Ne te résigne jamais. Ne cesse jamais de croire en l'avenir.

Demain, si ma cervelle usée veut bien nous y aider, je te raconterai mes premières années avec ton grand-père dans les colonies. Que d'aventures nous avons vécu ensemble ! J'ai trouvé à ses côtés affection et tendresse. Pas cet amour incandescent qui brûle les lèvres et le cœur, mais Baptiste a été un phare dans ma nuit.

Lucienne sonne à la porte ! Je ne l'attendais pas

aujourd'hui – je crains de m'être encore pris les pieds dans le calendrier. Quel jour sommes-nous encore ? Ah ! la vieillerie !

Allez, je m'empresse de la rejoindre et t'embrasse, ma libellule jolie.

50

Seule dans le jardin, Julia fixe le sol, perdue dans ses pensées.

Un peu plus tôt, elle a reçu un nouveau message d'un bénévole du forum de généalogie. Elle a détaillé l'acte de décès de Jean Coloretti le cœur serré, et puis elle est restée là, hagarde, face aux pages blanches du carnet.

Un bruit de porte qui coulisse. Gisèle s'approche et allume un cigarillo. Le bout rougeoie dans la nuit, elle serre les pans de son gilet contre elle.

– Vous vous enlunez ?

Julia lève la tête, hésitante.

– Oui, vous vous enlunez. C'est Madeleine qui m'a appris ce mot. C'est quand on part dans ses pensées, qu'on est dans la lune.

Julia esquisse un petit sourire sans joie. Gisèle tire sur son cigarillo.

– Vous ne savez pas la dernière ? Des Américains veulent acheter nos bonnets ! Pas mal, non ? Paraît qu'il fait froid là-bas... Moi, j'en sais rien, j'y ai jamais mis les pieds. Ces trucs de western, ça ne me dit rien qui vaille ! Mais quand même, des Américains, ça me fait quelque chose. J'ai même dû acheter un timbre spécial. La postière m'a dit que nos bonnets allaient prendre l'avion. L'avion ! Je ne suis jamais montée dans un avion. Et ça me donne bien du plaisir que nos bonnets prennent le grand air ! C'est Billy qui va avoir du boulot, parce que maintenant faut qu'on cause en anglais dans l'échoppe.

Elle marque un arrêt, soudain inquiète, son mégot en suspens.

– Mais j'y pense ! Madeleine aussi, faut que ses bonnets ils causent en anglais. Comment on va faire ?

Julia ne répond pas, l'esprit ailleurs. Cet après-midi, en rentrant du casting, elle a rejoint Jeannine. Quand elle a voulu l'embrasser, Jeannine a tourné la tête et dit :

– Comment vous vous appelez ?

Julia n'a pas su quoi répondre. Aveugle au chagrin à côté d'elle, Gisèle poursuit son monologue :

– Billy veut qu'on emménage ensemble. Il dit qu'on n'a pas le temps d'hésiter, que le bonheur ça s'attrape au vol, qu'il faut s'y agripper bien fort et se laisser porter.

– Il a raison, Gisèle. Ce n'est pas votre place ici. Vous avez encore plein de belles choses à vivre, et je suis sûre qu'il saura prendre soin de vous.

Gisèle gratte le sol de sa chaussure et marmonne d'un air grave :

– C'est que les hommes, moi, je ne leur porte pas

chance. J'ai été veuve deux fois, vous savez. J'ai la poisse et ça se finit toujours de la même façon : les hommes, ils nous promettent la lune, et après ils nous abandonnent. On reste entre femmes à parler d'enterrements et à changer l'eau des fleurs.

Julia pense à Antoine. Félix insistait pour qu'elle lui parle, alors hier elle s'est rendue au marché. Sa camionnette était garée devant le bar. Attablé avec Eva, il ne l'a pas vue entrer.

– Mais Billy il m'a dit qu'il prendrait le risque, poursuit Gisèle. Que s'il ne lui restait que quelques jours à vivre, il préférait les vivre avec moi. Il a dit qu'on vivrait d'amour et de Scrabble. C'est drôle, non ? D'amour et de Scrabble ! Moi, ça m'a fait envie. Et puis c'est vrai que pour les bonnets de Madeleine, ça serait plus pratique… Parce que c'est du travail l'échoppe ! Sans parler du mal qu'on se donne quand il s'agit de prendre Pierrot et Fernand en photo ! Ils sont pas photogéniques pour un sou, ces deux-là, mais faut avouer qu'on rigole bien.

Julia n'a pas eu le temps de les rejoindre, Eva a pris le visage d'Antoine entre ses mains. Julia est restée hagarde. À l'intérieur de sa poitrine, un bruit sec. Comme une branche qui se brise.

– Ma foi, ça ne vous embête pas que je vous raconte tout ça, hein ? poursuit Gisèle. C'est qu'avec les autres, on ne peut pas discuter. J'ai pas le temps de finir ma phrase qu'ils se souviennent déjà plus de quoi il retourne.

Inquiète du mutisme de la jeune femme, elle se tourne vers elle.

– Vous avez l'air bien pâle. Vous y croyez, vous, à l'amour ?

Liste des choses
que j'aurais aimé savoir à ton âge

Mieux vaut demander pardon que de demander la permission

Après l'hiver vient toujours le printemps

Les vraies histoires d'amour sont rares. Bats-toi pour les vivre

La vie n'est pas toujours facile. Accepte-le et va de l'avant

Aime-toi comme tu voudrais que l'on t'aime

Pardonne : la vie est trop courte pour la vivre en colère

Tout commence par un rêve : crois au merveilleux

51

Julia se gare devant la maison de sa grand-mère sans remarquer la camionnette qui patiente sous l'olivier. Elle franchit le portail, tête basse. Cherche les clefs dans son sac.

– J'ai un double si tu veux.

Elle sursaute. Recule, dos à la porte. Une silhouette sombre s'approche d'elle. Elle reconnaît Antoine.

– Tu m'as fait peur.

– Pardon, ce n'était pas mon intention.

Crispée, les bras croisés, Julia ne bouge pas. Un vent froid se glisse sous son manteau et lui gèle les os.

– Tu ne réponds pas à mes appels, ni à mes messages. Je me suis dit qu'ici je pourrais peut-être te parler.

Son cœur bat vite, mais ses lèvres restent obstinément scellées. Un étrange combat s'amorce en elle, sa fierté mène le jeu. Antoine s'approche et s'assoit sur les marches moussues.

– Ça t'ennuie si je fume ?

Julia ne répond pas. Hésite et, malgré elle, s'assoit près de lui. Mais pas contre lui. Elle regarde au loin. Une volute de fumée s'étiole dans l'air du soir.

– Comment va ta grand-mère ?

Elle serre les dents.

– Mal.

– Je suis désolé.

– C'est pour ça que tu es là ? Pour m'exprimer ta compassion ? Et la tienne, ça va ?

Son ton est acerbe, cassant. Elle ne sait pas d'où lui vient cette colère.

– Pas très bien, non plus.

– C'est elle qui t'envoie ?

Antoine marque un arrêt, déstabilisé par la question.

– De quoi tu…

– Ne fais pas l'innocent. Ça l'arrange bien que Jeannine n'ait plus toute sa tête, non ?

– Je ne sais pas, mais elle est dans la voiture. Elle veut te parler.

Julia se fige. Elle ne s'attendait pas à ça. Elle redoute cette entrevue. Que doit-elle en espérer ? Antoine plante ses yeux dans les siens.

– Je suis désolé, Julia.

Julia ne dit rien. Il hésite.

– Les événements de ces derniers jours ne m'ont pas aidé à me montrer sous mon meilleur jour…

– En effet… Mais j'imagine que tu as su trouver avec qui te consoler…

– Tu parles d'Eva ?

Julia se lève. Il l'attrape par le bras. Un frisson lui parcourt l'échine.

– Arrête ! Il n'y a personne dans ma vie, et tu le sais. Eva est une amie, une amie avec plein de problèmes, mais une amie. Et même si elle le voulait, ça ne sera jamais davantage.

– Tu parles !

– Ouvre les yeux ! s'emporte Antoine. Dans ma vie, il n'y a rien ! Que les truffes, mon chien, Lucienne et le vieux Flavio ! Il n'y a rien ! Et tout ça pourquoi…

Un voile passe sur son visage. Julia s'en veut, hésite à le contredire. Cette solitude dont il parle, elle la connaît. Elle vit avec depuis longtemps. La lune joue avec des ombres sur son visage. Julia détaille la barbe de trois jours, les mâchoires crispées qui pulsent dans ses joues. Antoine est tendu, mais déterminé. Et cet élan, songe-t-elle, cet élan lui va bien.

– Et en ce qui concerne Lucienne…, poursuit Antoine, franchement, je ne sais pas ce qui se passe entre vous, et je ne suis pas sûr que ça me regarde. Lucienne va mal, mais refuse de me dire pourquoi. C'est ma grand-mère et je tiens à elle. Mais je tiens aussi à toi. Plus que tu ne le crois.

Il cherche ses mots.

– La vérité, Julia, c'est que je ne m'attendais pas à toi. T'es arrivée comme ça, au milieu de mes problèmes, avec ton accent parisien et ton bloc-notes à spirale. T'es arrivée sans prévenir, toi, tes yeux rieurs et ta Bibliothèque rose. Je croyais que dans ma vie, il n'y avait de place pour personne. J'avais fermé la porte, et toi t'es passée par le toit. Je ne t'ai pas vue venir. Nous deux, c'est comme deux planètes qui se croisent une fois tous les cent ans, un peu comme une éclipse de soleil, un truc tellement rare et puissant qu'il faut mettre des lunettes pour pas perdre la vue.

Julia est prise de court.

– Pardon de t'avoir donné l'impression que cette nuit qu'on a passée ensemble n'était rien. C'était loin d'être rien. Nous deux, c'est quelque chose. Un truc fragile, naissant, mais plein de promesses. Je peux te dire que ça me fait peur, ça me fait même carrément flipper. On ne m'avait pas prévenu que ce genre de rencontre, ça pouvait m'arriver. Je n'ai pas de recette, je n'ai pas de réponses, et je ne peux rien jurer, mais j'ai une certitude : si tu nous donnes une chance, je la saisirai.

Julia ne peut plus parler. Est-ce bien à elle qu'il s'adresse ? Lui, ses ongles noirs et ses humeurs imprévisibles. Lui, son chien, ses truffes et sa Provence. Qu'a-t-elle à voir avec lui ? Une alarme résonne en elle, la pressant de se mettre à l'abri : Antoine mettra bientôt les voiles, et ce jour-là, il faudra être prête. Julia ne respire plus, pétrifiée par ces vents contraires qui soufflent et hurlent dans sa poitrine.

– Tu ne dis rien ?

Il soupire.

– Je vais attendre dans la voiture.

Il s'éloigne dans l'obscurité. Elle reste là, incapable d'articuler la moindre pensée. Un choc secoue soudain sa poitrine. Elle repense à tous ceux qu'elle a quittés de peur qu'un jour ils ne la quittent. Elle songe à toutes ces histoires avortées pour ne pas se brûler les ailes. À sa grand-mère et au courage avec lequel elle a mené sa vie. Elle se sent lâche et honteuse. L'aurait-elle écrit, ce carnet, elle ? Aurait-elle eu l'aplomb d'affronter ses souvenirs, de se soumettre au jugement, et de livrer bataille contre elle-même ? Ou aurait-elle baissé les bras face à la maladie en attendant que tout se désagrège ?

Les vraies histoires d'amour sont rares. Bats-toi pour les vivre.

Julia se lève, rattrape Antoine par la main. Autour, il y a le vent des collines qui charrie le parfum du maquis. Il y a les insectes qui s'éveillent, l'humidité des feuilles et le murmure des arbres. Il y a la chaleur de sa peau.

– Moi non plus, je ne m'attendais pas à toi…

Elle déglutit, cherche ses mots.

– En dix jours passés ici, j'ai appris davantage sur moi qu'en trente ans de ma vie. Je ne sais plus où j'en suis, incapable de croire que j'aie pu marcher à côté de moi-même pendant si longtemps. J'ai lâché prise et je marche à l'aveugle.

Son cœur bat tellement fort que le ciel semble résonner sous ses coups. Antoine s'approche et appuie son front contre le sien.

– Moi aussi j'ai peur, murmure Julia.

– Fantômette n'a peur de personne.

Julia rit en même temps qu'une larme s'échappe de sa paupière. Alors, sans un bruit, dans l'intimité de la nuit et des parfums du soir, Antoine l'attire à lui et l'embrasse.

– Je ne sais pas où on va, mais je crois que c'est mieux si on y va ensemble.

52

Quand le jour se lève, Lucienne et Julia sont toujours assises dans la cuisine.

La vieille femme tient entre ses mains une tasse froide et Julia, les bras croisés sur sa poitrine, a le regard cerné. Les yeux rougis, elle se lève et met la cafetière en route. Puis elle jette un œil à l'horloge.

– Il faut que tu lui parles.

Comme rescapée d'un tremblement de terre qui l'aurait laissée exsangue, Lucienne ne réagit pas. Comme lorsqu'elle avait manqué d'être engloutie par l'eau. Sa noyade n'aurait peut-être pas été une si mauvaise chose, se dit-elle.

Julia s'assoit et approche sa chaise de la vieille femme. Elle détaille son visage anguleux, ses traits creusés, son teint cireux, et ses cheveux fins qui s'échappent de son chignon. Lucienne n'est plus que l'ombre d'elle-même. Alors, pour la première fois, Julia lui prend la main.

– Il n'est jamais trop tard.

Lucienne se tourne lentement vers elle et la dévisage

longuement avant de hocher la tête. Elles boivent leur café sans un bruit puis referment derrière elles la porte de la petite maison. Antoine dort dans le salon.

Le trajet vers la Bastide s'effectue en silence. Cette nuit, tout a été dit. L'a vieille Peugeot traverse les vignes caressées par un soleil timide. Entre les forêts de chênes et de conifères, sous la houlette tranquille du massif de l'Estérel, le village se réveille.

Julia se gare devant le bâtiment blanc. Lucienne, prostrée, ne desserre pas les dents. Ses mains crispées sur son vieux sac à main, elle lui fait de la peine. Julia l'encourage d'un signe de tête. Lucienne tire alors de son sac un mouchoir en tissu qu'elle déplie soigneusement. À l'intérieur, un paquet de lettres jaunies par le temps. Sur la première enveloppe, le nom de Jean Coloretti. Un peu plus tôt dans la nuit, Lucienne la lui a tendue en disant : « Celle-ci a été écrite par Joseph. »

Jean,

Je ne sais plus s'il convient de m'adresser à toi comme à un gendre ou à un lâche.

Voilà trois mois que nous sommes sans nouvelles de toi. Pourtant, le courrier circule, le vieux Francescu m'a dit ce matin avoir reçu un message de sa sœur.

Ma fille dépérit et pleure depuis ton départ. Je crains pour son honneur autant que pour son cœur. Les femmes sont fragiles. C'est à nous de nous assurer qu'elles restent à leur place mais aussi de les protéger lorsqu'elles s'y tiennent.

Cette lettre sera la première et la dernière que tu recevras de moi. Ma santé m'impose de prendre des dispositions rapides pour assurer l'avenir de ma fille et de ma femme. Les jours me sont comptés, et elles ne peuvent rester seules. Car même si la guerre est finie, les temps sont incertains.

Je te préviens, sans nouvelles de toi d'ici la Saint-Sylvestre, ces fiançailles seront rompues. Je ne veux pas croire que nous en arriverons là. Ces dernières années ont charrié suffisamment de chagrin pour que l'on n'ajoute aux cadavres de nos soldats les cœurs brisés de nos femmes.

Jeannine a la tête dure, mais elle mérite d'être heureuse. Écris-lui et jure-moi que tu prendras soin d'elle. Le père que je suis ne peut mourir sans l'entendre.

Dans l'attente pressée d'une réponse de ta part,

Joseph Paoli

Julia regarde Lucienne disparaître à l'intérieur du bâtiment. Ce matin est porteur de promesses, d'espoir et de pardon.

Elle ouvre son sac à la recherche du carnet. Ses doigts se faufilent à l'intérieur et tombent sur le bonnet que Madeleine a tricoté quelques jours plus tôt. Elle le lui avait tendu avec un sourire doux, un sourire un peu absent.

C'est un bonnet bleu ciel tricoté en point coquille

dans une laine douce et soyeuse. Julia l'admire un moment en songeant à Madeleine, à Pierrot, à Fernand, à Jeannine, et à tous ceux pour qui le temps a suspendu son vol. L'oubli ouvre-t-il une voie vers le bonheur ? Et puis elle pense à tous les autres, à qui il est donné de se souvenir encore. À Lucienne et à l'enfant triste qui, en elle, pleure encore.

Elle retourne le bonnet. Sur un bout de papier étroit glissé à l'intérieur, l'écriture fine de Madeleine :

Même les méchants rêvent d'amour

53

Lorsque Lucienne toque à la porte, Jeannine est seule avec Félix. Une odeur de café flotte dans le petit salon et un disque tourne sur le phonographe. La mélodie s'éteint doucement quand Lucienne les rejoint. Son corps est une enclume, chaque pas lui coûte. Elle n'entend pas Félix quitter l'appartement. Elle n'entend que son cœur qui martèle si fort qu'elle craint de tomber sous ses coups.

Assise face à la fenêtre, Jeannine est perdue dans ses pensées. Elle porte la robe de chambre que Lucienne lui a offerte pour son dernier anniversaire, brodée de fleurs et d'hirondelles. Lucienne se revoit avec elle quelques mois plus tôt, trinquant à l'avenir. Elles étaient allées déjeuner chez Gino. Jeannine s'était faite belle, il faisait doux et le serveur était charmant. Lucienne peut encore l'entendre rire. Un rire sonore, imprévisible et contagieux.

Lucienne pose une main sur l'épaule de son amie.

– Jeannine ?

La vieille dame lève vers elle un regard craintif. Elle hésite, inquiète.

– Est-ce que… ?

Lucienne prend sa main et la serre.

– C'est moi, c'est Lucienne.

– Lucienne ! Pardon, je ne t'avais pas reconnue. Comment vas-tu, ma Luce ? As-tu bien étudié ?

Elle sourit et Lucienne s'assoit près d'elle, le souffle court. Une roche est enchâssée dans sa gorge. Une pierre faite de colère, de dégoût de soi et de renoncement.

– Où as-tu mis Jeannot ? s'inquiète Jeannine. Il faut lui trouver à manger, Mme Berthot nous donnera les salades qu'elle n'aura pas vendues.

Lucienne retient ses larmes.

– Jeannine, j'ai quelque chose à te dire.

Elle l'écoute, le visage détendu. Avec une innocence d'enfant.

Par quoi commencer ? Implorer son pardon ? Réécrire l'histoire de cet amour inavoué ? Lucienne hésite. La fatigue l'accable, ses pensées sont confuses. Elle voudrait disparaître, la douleur est trop forte et ce poids bien trop lourd. Est-il encore temps pour l'aveu et l'absolution ?

Cet instant, Lucienne l'a vécu bien souvent. Elle s'était imaginé lui prendre la main et laisser ensuite les mots glisser de sa bouche. Couler d'elle, fluides, libérateurs. Mais en tête à tête avec Jeannine, ses forces l'abandonnaient. Elle remettait à demain ses confidences, confiante dans l'idée que le destin leur donnerait encore de belles années. C'était compter sans la cruauté de l'existence qui, après l'avoir privée d'amour, lui enlevait Jeannine, la laissant seule avec ses fantômes.

Est-il trop tard ? Lucienne chancelle. Les mots meurent dans sa gorge. Puisqu'elle ne peut parler elle-même, elle décide de laisser parler l'absent.

Elle tremble en dépliant la première lettre. L'écriture familière de Jean remplit la page. Une page noircie au stylo-plume, soixante-dix ans plus tôt. À certains endroits, l'encre n'a pas résisté au temps. Lucienne ne prend pas la peine de chausser ses lunettes, chacune des phrases s'est inscrite en elle, profondément.

– *Ma rose…*

Sa voix se brise. Elle se racle la gorge, essuie une larme qui encombre sa pupille et reprend.

Ma rose, ma mélodie, mon soleil,

Voilà bientôt un mois que nous sommes séparés. J'entendais hier à la radio un morceau de Trenet qui m'a consolé d'être si loin de toi. Je me suis dit que si ce monde était bien fait, tu l'écoutais aussi en pensant à moi.

Les jours passent et avalent nos espoirs de voir se rétablir Maman. Nous avons passé Noël bien tristement, mais je m'accroche à l'idée que l'année prochaine, nous le fêterons ensemble. J'espère que tu es patiente et que tu ne tiens pas trop tête à ton père. Sous ses dehors maladroits, je crois que c'est un homme bon.

J'ai hâte de te retrouver ma chérie, de caresser ta joue, d'embrasser ta peau si douce et de te serrer dans mes bras. Prends soin de toi, et embrasse Lucienne pour moi.

Ton fiancé qui t'adore,

Jean

Ses oreilles bourdonnent.

– Jeannine, ces lettres… Ces lettres, c'est moi qui les ai prises, je… Je n'aurais pas dû te…

Sa phrase s'éteint dans un murmure. Jeannine ne réagit pas. Son visage n'exprime ni surprise, ni colère, ni tristesse. Juste un contentement simple, heureuse d'être en bonne compagnie. Lucienne hésite, et déplie une deuxième lettre.

Mon ange,

Ma mère est morte ce matin. J'ai tant de chagrin, et prie le Ciel pour qu'il me ramène bien vite près de toi. Il y a en moi un amour que rien ne peut combattre, et qui ne faiblira jamais.

Ce matin, je pensais à ceux que nous serons dans cinquante ans. Je nous imaginais comme ces petits vieux qui vont à l'église main dans la main, veillant l'un sur l'autre, indifférents au temps qui passe. Oui, nous serons de ces vieux-là.

Je t'offrirai des disques que nous écouterons ensemble. On parlera d'amour, on chantera la tendresse. On dansera sous les étoiles et elles riront de nous voir si heureux.

Nous ne craindrons ni les jours qui filent, ni l'obscurité au bout du chemin.

Les larmes noient ses joues ridées. Lucienne s'interrompt, sort un mouchoir de son corsage, qu'elle serre dans son poing avant de reprendre sa lecture. Jeannine est-elle là ou est-elle déjà partie trop loin pour que ces mots l'atteignent ?

Lentement, elle déplie chaque lettre et les lit comme on récite une prière. Espoir, passion, musique et avenir… Des mots d'amour comme une bouteille à la mer. Des mots d'amour dont rien n'entame la foi, pas même le silence.

Lucienne repose les feuilles flétries sur le guéridon, s'essuie les yeux et se signe. Elle sent ses forces qui peu à peu l'abandonnent et prie Dieu de lui donner du courage. Cette lecture, c'est son chemin de croix. Il reste une dernière lettre. Elle la déplie et prend une profonde inspiration. Sa voix n'est plus qu'un filet mince à présent, presque un murmure :

Jeannine,

Je sors de chez toi où j'ai trouvé ton père furieux. Je n'ai pas même eu le temps de le saluer qu'il m'a mis à la porte en me menaçant de me tuer. Son regard m'a glacé. Je me suis empressé d'aller sonner chez Lucienne qui m'a dit que tu t'étais mariée.

D'écrire ces mots, les bras m'en tombent. Les bras, le cœur, l'âme ; je m'écroule tout à fait et je ne veux pas croire que ce qu'elle dit puisse être vrai. Je n'ai pas même retenu le nom de cet homme ; tout juste qu'il t'a emmenée loin de moi, de nos rêves. Comment as-tu pu nous trahir ? Bafouer notre amour ? La vie qui nous attendait ? Je ne peux m'y résoudre. Pourtant, je suis revenu, et tu n'es plus là. Mon cœur s'affole, blessé, abasourdi, inquiet.

Je confie cette lettre à Lucienne et j'y joins mon adresse. Je suis appelé pour enseigner à Aix. Je t'en supplie, écris-moi pour me dire que tout ceci n'est qu'un cauchemar. Écris-moi vite. Je peux tout entendre. Rien n'est impossible pour ceux qui s'aiment, comme nous, d'un si grand amour. Mais m'aimes-tu encore ?

Tendrement,

Jean, qui t'aime et qui t'espère

Une larme roule sur la joue de Jeannine. Bouleversée, Lucienne presse son mouchoir sur sa bouche, incapable de poursuivre. Soudain, la voix frêle de son amie résonne dans le salon :

– Jean revient-il bientôt ?

Lucienne s'agenouille, le visage déformé par la souffrance. Sa tête posée sur ses jambes, Jeannine caresse ses cheveux d'un air absent. Lucienne est secouée de sanglots. Elle voudrait expliquer, exprimer toute la haine qu'elle a pour elle-même, tout le dégoût que lui inspire la gamine qu'elle a été. S'excuser de cette amitié qu'elle n'a jamais méritée.

Mais les mots lui manquent.

Le visage enfoui dans la blouse de Jeannine, elle pleure un long moment. Elle pleure sur ce destin qui s'acharne sur les âmes, sur les amants sincères, et sur les enfants indignes d'être aimés. Elle pleure une vie de misère et de culpabilité, une vie de solitude et d'amours brisées.

54

Le jardin de la Bastide est désert. Assise sur un banc, Julia contemple le jour qui se lève. Ses doigts caressent le carnet posé sur ses genoux. Elle entend sa grand-mère. Son rire, comme une volée d'hirondelles.

Il lui vient soudain l'envie de poursuivre ce voyage en sa compagnie. C'est une évidence, un appel qui vient de loin. Elle veut réparer ce qui a été brisé. Raconter leur histoire telle qu'elle aurait dû être. Une histoire comme une chanson d'amour, un refrain à quatre mains, une valse à trois temps.

Un, deux, trois, il la prend dans ses bras.

Un, deux, trois, ils accordent leurs pas.

Un, deux, trois, je serai toujours là.

Sans hésiter, elle ouvre le carnet à la première page vierge et saisit son stylo. Qui a dit que les gens heureux n'avaient pas d'histoire ? Elle va écrire la leur. Combler les blancs. Raconter l'amour qui résiste au temps. À la maladie. L'amour que rien n'efface. Pas même l'oubli.

55

Quelques semaines plus tard…

À l'aide d'un pinceau, Julia dépose un peu de poudre sur les pommettes de Jeannine. La vieille dame porte un sautoir de perles mauves sur une large blouse couleur pastel et Félix a permanenté ses cheveux le matin même. Elle sent bon la laque, la pivoine et le citron.

Julia lui tend un petit miroir. Jeannine s'observe un instant et sourit. Julia masse doucement ses mains qu'elle parfume en même temps d'une crème à la rose.

– Merci, mademoiselle. Ça sent vraiment bon. Rappelez-moi votre prénom ?

La gorge nouée, Julia se présente à nouveau en glissant ses doigts entre les siens, malaxant délicatement la peau parcheminée. Félix les rejoint.

– Tout est prêt, dit-il, avant d'accompagner Jeannine et Julia au restaurant.

Éliane les accueille avec chaleur et dépose sur la table un large plat de tagliatelles à la truffe. Des copeaux épais recouvrent les pâtes, comme si un crayon avait été taillé en cuisine. Pour l'occasion, Pierrot et Fernand ont été autorisés à boire un verre de cidre et trinquent à leurs retrouvailles.

– Peuchère, si j'avais su qu'on se retrouverait, mon vieux ! Et la Micheline, tu l'as revue ?

– Qu'est-ce que tu dis ?

– La Micheline, tu l'as revue ?

– Un peu, mon vieux, je l'ai même épousée !

Pierrot hoche la tête, admiratif, et lève son verre.

– À la victoire ! Et à la tienne, mon ami !

Fernand, radieux, lève son verre en retour et tous deux, la main sur le cœur, se mettent à chanter *La Marseillaise*. Félix secoue la tête tandis que Julia sourit. Ils prennent place à la table voisine, près de Gisèle, Madeleine et Billy. Jeannine observe, ravie, les deux gais lurons qui entament à présent l'hymne des résistants. Éliane fait tinter son couteau sur son verre, invitant les compères à la mettre en sourdine.

– À Jeannine, qui fête ses quatre-vingt-dix ans aujourd'hui !

Le petit public de pensionnaires et d'infirmières l'acclame.

– Et j'en profite aussi, poursuit Éliane, pour remercier quelqu'un qui nous quitte bientôt. Il a illuminé nos vies de son merveilleux sourire, enchanté notre Bastide de ses pas de danse… Il est temps pour lui de partir vers de nouvelles aventures. Pour Félix, *hip hip hip…*

– *Hourrah !*

Tous trinquent dans un joyeux brouhaha, tandis que Billy couve Gisèle de ses yeux amoureux. Les fourchettes s'attaquent bien vite aux assiettes, et le plat, préparé par Antoine, remporte un vrai succès.

– C'est vraiment délicieux ! s'exclame Félix en s'essuyant le menton. S'il veut tester d'autres recettes, je suis partant ! Le restaurant ouvre quand ?

– Pas avant quelques mois, répond Julia. Mais tu seras le premier invité !

– Tant mieux, ça te laisse le temps d'écrire et à moi de danser un peu !

Julia sourit et tourne la tête vers sa grand-mère. Un air de Piaf résonne et Jeannine marque la cadence d'un mouvement lent de la main. Quelques jours plus tôt, Julia a rendu les clefs de son studio et a fait ses adieux à la capitale. Ces prochains mois, elle les passera ici, en Provence, aux côtés d'Antoine et de sa grand-mère. Elle écrira son histoire. Ou ce qu'elle aurait pu être. Et ensuite… Ensuite, on verra. Tout comme Jeannine, Julia a décidé de vivre dans l'instant.

– Et toi, alors, tu commences quand ? demande-t-elle à Félix.

– Les premières répétitions sont lundi. Je vais passer le week-end chez mes parents… On s'est pas revus depuis deux ans. Je crois qu'on a des choses à se dire.

– Je suis fière de toi, Gatsby !

Éliane en profite pour les rejoindre et trinque à l'avenir du danseur.

– Félicitations, Félix !

– J'espère que vous viendrez me voir !

Sa valise est prête. Tout juste s'il a pu la fermer tant elle est remplie de cadeaux. Du saucisson offert par le vieux Flavio, des conserves cuisinées par Antoine, quelques cornichons en plastique glissés discrètement par Pierrot dans ses chaussons de danse, et des bonnets pour la troupe, tricotés par Madeleine.

– Tu penses ! s'exclame Julia. On sera tous là pour la première, pas vrai, Gisèle ?

Gisèle acquiesce.

– Même qu'on se mettra au premier rang avec Jeannine ! On applaudira bien fort et on boira du champagne !

Félix rit de bon cœur, dévoilant ses dents du bonheur. Ses grands yeux verts brillent d'un nouvel éclat.

– Lucienne est passée, dit Éliane. Elle m'a proposé de s'occuper de Jeannine ici, en l'absence de Félix.

Félix et Julia se regardent, étonnés.

– Je l'ai mise à l'essai. Je crois qu'un visage familier rassurera votre grand-mère.

Félix, d'abord sceptique, convient que l'idée est plutôt bonne. Avec elle, Jeannine est entre de bonnes mains. Et puis, avec Antoine qui envisage de reprendre le restaurant, l'Hôtel des Voyageurs devrait trouver une seconde vie. Émue, Julia acquiesce. Le temps ne semble pas vouloir séparer les deux femmes.

Le déjeuner terminé, Félix et Julia raccompagnent Jeannine dans sa chambre. Félix lui retire son collier et ses chaussures. Elle est fatiguée. Julia s'assoit près d'elle et tire de son sac un paquet recouvert de papier cadeau qu'elle pose délicatement sur les genoux de sa grand-mère.

– Joyeux anniversaire, Mamie.

Le visage de Jeannine s'illumine.

– C'est mon anniversaire ?

Puis, inquiète :

– Mais quel âge cela me fait ?

– Un peu plus de vingt ans, répond Félix.

Jeannine déchire doucement le papier par les coins, comme s'il ne fallait pas l'abîmer. Julia la regarde faire, attentive à chacun de ses gestes. La vieille dame dégage du papier une pochette en noir et blanc. À l'intérieur, une galette sombre est marquée en son centre du nom de Fréhel. Elle observe longuement le disque, perdue dans ses pensées.

La pendule rappelle Félix à ses obligations. Il est temps pour lui de partir. Il prend Julia dans ses bras et l'étreint aussi fort qu'il le peut.

– Je suis fier de t'avoir rencontrée, Lulu. Prends soin d'elle et de toi, hein ?

Au bord des larmes, Julia hoche la tête. Félix serre

alors la silhouette fragile de la vieille dame et l'embrasse une dernière fois.

– Ne m'oubliez pas trop vite, Jeannine. Quand je reviendrai, nous danserons encore ! dit-il.

Sa gorge se noue en lui faisant un dernier signe de la main.

Épilogue

Jeannine ouvre les yeux.

Un rayon de soleil se promène dans la chambre, des grains de poussière dorés virevoltent dans l'air. Le gramophone grésille, s'en échappe un refrain familier :

Si tu n'étais pas là
Comment pourrais-je vivre ?

Une silhouette s'approche du lit. Jeannine reconnaît son sourire clair, son regard espiègle et ses traits fins. Il porte un complet bleu et tient à la main un bouquet de fleurs sauvages. Ses lèvres se posent sur elle avec tendresse.

– Enfin, tu es revenu !

Jeannine se dégage des couvertures, pose ses pieds au sol. Il lui manque un soulier. Cela la fait rire, d'un rire insouciant et léger. Elle réajuste sa robe et remet en place une mèche de cheveux. Il prend sa main dans la sienne. Son cœur bat la mesure.

– Tu promets de m'aimer toujours ? demande-t-elle, la tête sur sa poitrine.

– Je te le promets. Et toi, tu promets de ne jamais m'oublier ?

– Jamais je ne t'oublierai.

Et lentement, sur une mélodie tendre qui parle d'amour et d'avenir, sans se soucier d'hier, et sans craindre demain, Jean et Jeannine dansent, main dans la main.

Liste des citations de Madeleine

« Les folies sont les seules choses qu'on ne regrette jamais », Oscar Wilde.

« La vieillesse bien comprise est l'âge de l'espérance », Victor Hugo.

« Soyez vous-même, tous les autres sont déjà pris », Oscar Wilde.

« Même les méchants rêvent d'amour », Jack le Black.

« On peut vivre sa vie de deux façons, soit comme si rien n'est un miracle, soit comme si tout l'est », Einstein.

« Les gentilles filles vont au paradis, les autres vont où elles veulent », auteur inconnu.

La playlist du roman

Parlez-moi d'amour, Lucienne Boyer.

E Viva España, Georgette Plana.

Les gens qui s'aiment, Charles Dumont.

Si tu n'étais pas là, Fréhel.

Ça sent si bon la France, Maurice Chevalier.

Il jouait du piano debout, France Gall.

Premier Rendez-Vous, Danielle Darrieux.

Pour ne pas vivre seul, Dalida.

Something's Got a Hold on Me, Etta James.

Liste des personnes sans qui ce livre n'existerait pas

Les trufficulteurs, restaurateurs et libraire d'Aups qui m'ont accueillie chaleureusement et m'ont fait découvrir les trésors de leur terroir. Un merci tout particulier au Grand Hôtel d'Aups, et à Fabien Daini pour cet après-midi passé ensemble au milieu des chênes et des pieds de lavande. Merci à Jean-Marie pour ses récits hauts en couleur. Chers lecteurs, je vous invite à faire un détour par ce petit village et son musée de la truffe quand vous passerez dans la région (et à y régaler vos papilles, bien évidemment !).

Madeleine Couret, dont l'émouvant journal d'adolescente pendant la guerre a inspiré certaines scènes de ce roman. Merci à Katryn et aux Amis du Vieux Revest qui ont permis cette rencontre.

Jezebel Express, qui m'a initiée au burlesque lors de séances mémorables à New York. Merci aux artistes du cabaret de Madame Arthur à Pigalle. Courez découvrir leur spectacle !

Le père Stéphane Rède, curé de Sainte-Maxime, qui depuis bientôt dix ans répond toujours présent. Merci pour vos relectures et vos anecdotes savoureuses !

La Phonogalerie de Paris, qui m'a révélé les dessous de cet objet merveilleux.

Les « knitting grandmas » de Wooln, des grands-mères tricoteuses de bonnets aussi épatantes que Madeleine. Une bise à Faustine en passant.

Tata Jojo, qui prend soin des personnes âgées avec un dévouement sans limites. Merci pour ces témoignages émouvants.

Delphine, Karine, Fanny, Sandrine, Pascale, Claire, Gwendo et toute notre merveilleuse petite communauté d'Instagram. Vos messages drôles et touchants ont accompagné l'écriture de ce roman.

Lina et Ariane, qui ont fait la connaissance de Paulette et encouragé son auteur à poursuivre cette aventure. Véronique et Audrey, pour leur enthousiasme et leur soutien. Octavie pour sa relecture attentive. Mickaël, pour sa bienveillance et son talent. Ainara, pour son plan de table et son travail fabuleux auprès des auteurs Kindle. Maëlle, pour nos fous rires à la Bastide et ses précieux conseils.

Mon père, qui d'un roman à l'autre m'aide à nommer les fleurs, les odeurs, les plantes. Mon oncle Alain qui a fait ce voyage dans le passé à mes côtés. Merci de prendre soin de Mamie avec autant d'amour.

Jules et Marius, qui acceptent d'aller à la cantine pour que Maman écrive des livres. Je vous aime, mes poussins. Merci à Nicolas, qui en plus d'être un Manny merveilleux, m'a prodigué ses conseils avisés de danseur.

Matthieu, sans qui cette aventure serait restée un doux rêve sur la page mariages de *Var-Matin*. Merci de toujours trouver les mots et parfois d'y croire pour deux. Merci d'accueillir la fantaisie et l'impatience, les rires et les doutes, la sensibilité et la solitude, le mouvement, la folie douce, l'incertain, et puis cette quête parfois épuisante d'un ailleurs.

Ma grand-mère Jeannine. Ce roman arrive trois ans trop tard. L'aurais-tu aimé ? J'étais avec toi chaque jour passé à l'écrire. Merci de m'avoir confié ces souvenirs. Je t'aime, Mamie. Ne m'oublie pas trop vite.

Aux lecteurs,
juste un mot avant de partir…

J'avais vingt ans quand ma grand-mère m'a confié son carnet. Quelques feuillets intitulés *Ma vie*, tapés à l'ordinateur par une vieille dame plus à l'aise sur une machine à écrire. J'ai rangé l'enveloppe en remettant cette lecture à plus tard. J'avais vingt ans et je me disais qu'on avait le temps.

On est con, à vingt ans.

Entre-temps je suis devenue maman, j'ai habité ici et là, j'ai eu des chagrins, des fous rires, des rencontres. Beaucoup de mouvement mais dans tout ça, un pilier : Mamie. Mamie chez qui je passais mes vacances, Mamie et le soleil du Midi.

Il y a trois ans, elle est tombée dans le jardin. Elle s'est mise à chercher ses clefs, ses mots, ses repères. Il y a trois ans, sa mémoire a plié bagage. J'habitais loin, un gouffre s'est ouvert sous mes pieds. Quelqu'un, quelque part, avait brutalement retourné un sablier. J'ai compris qu'on n'avait plus le temps.

J'ai retrouvé l'enveloppe, les photos. J'ai fait des recherches. J'ai questionné ma grand-mère. Malheureusement, elle n'avait plus les réponses.

Alors, j'ai pris mon clavier et j'ai comblé les blancs. Un

grand voyage dans le passé, en moi-même, à ses côtés. Un voyage émouvant, difficile, lumineux.

Nos anciens sont comme des livres ouverts qu'on ne prend pas le temps de lire. J'espère que cette lecture donnera à certains d'entre vous l'élan nécessaire pour interroger leurs grands-mères à leur tour. Ces héroïnes ordinaires aux vies parfois extraordinaires méritent qu'on les écoute. Qu'on prenne le temps.

Je serais heureuse, moi aussi, d'entendre leurs histoires. Ou tout simplement d'échanger avec vous. Pour m'écrire, aghuon.auteur@gmail.com.

La bise aux cœurs sensibles, aux grands-mères courageuses, aux inquiets du temps qui passe et aux lecteurs bienveillants.

Anne-Gaëlle Huon

DU MÊME AUTEUR

LE BONHEUR N'A PAS DE RIDES, City Éditions, 2017.

BUZZ !, City Éditions, 2016.

Composition : IGS-CP
Impression : CPI Bussière en mars 2019
Éditions Albin Michel
22, rue Huyghens, 75014 Paris
www.albin-michel.fr

ISBN : 978-2-226-43891-1
N° d'édition : 23266/01 – N° d'impression : 2042838
Dépôt légal : avril 2019
Imprimé en France